I0623123

VERSANDBRÄUTE DES WESTENS:

Lina

Der Himmel über Montana

VON
DEBRA HOLLAND

Copyright © 2015 by Debra Holland
Deutsche Fassung

Alle Rechte liegen beim Autor. Die Vervielfältigung oder
jegliche andere Nutzung der Gesamtheit oder jedweder Teile
dieses Werks ohne vorherige schriftliche
Einverständniserklärung des Rechteinhabers stellt einen
Gesetzesverstoß dar.

Übersetzung © 2015 Arnd Federspiel –
Language+ Literary Translations, LLC

ISBN: 978-1-939813-41-1

Dedication

In loving memory of Joseph Donato Napolitano.

Thanks, "Uncle Peep" for the stories.
I'm so grateful you survived falling into the wine vat
and lived to a ripe old age.

Danksagung

Ich bin vielen Menschen für ihre Beiträge zu Linas
Geschichte zu Dank verpflichtet.

Don Napolitano für sechs glückliche Jahre mit seiner
italienischen Familie.
Dank ihm weiß ich, dass durch die Adern eines Italieners
rote Sauce rinnt.

Caroline Fyffe dafür, dass sie sich meiner Idee einer
gemeinsamen Versandbraut-Serie anschloss.
Es hat so viel Spaß gemacht.

Elizabeth Jennings, im Ausland – genauer: in Italien –
lebende Autorin,
für ihre Hilfe mit italienischen Wörtern und
Redewendungen.

Allie K. Adams, Autorin, beheimatet in Montana,
mit Dank für ihre Inspiration und ihre Recherche im
Hinblick auf die Jagd.

Meinen Lektorinnen:
Louella Nelson, Linda Carroll-Bradd und Adela Brito

Meinen Erstleserinnnen:
Hannelore Holland
Hedy Codner
Larry Codner
Kandice Hutton

Meiner Cousine und persönlichen Assistentin:
Mindy Codner Freed

VERSANDBRÄUTE DES WESTENS:

Lina

Kapitel Eins

St. Louis, Missouri
März 1886

Angelina Napolitano saß am Tisch in der Küche des Herrenhauses ihrer Arbeitgeber, wo sie gerade ihr Frühstück beendete und die Zeitung des gestrigen Tages las—ein seltener Genuss in ihrem normalerweise geschäftigen Leben. Aber dies war auch ein ungewöhnlicher Tag. Anstatt die drei Hensley Jungen zu hüten und von Ärger fernzuhalten, stand sie kurz davor, arbeitslos zu werden.

In diesem Moment nahmen die ihr Anvertrauten mit ihren Eltern ein Abschiedsfrühstück im Esszimmer ein, anstatt mit ihr im Spielzimmer zu speisen. Sich auf die Lippen beißend, um eine Welle der Traurigkeit zurückzuhalten, zwang sich Lina dazu weiterzulesen. Doch die Worte verschwammen vor ihren Augen, bis nur noch eine in großen Lettern gedruckte Anzeige zu erkennen war.

**DIE AGENTUR »VERSANDBRÄUTE DES WESTENS«
SUCHT FRAUEN VON GUTER REPUTATION
UND MIT PERFEKTEN HÄUSLICHEN FÄHIGKEITEN,
UM IN DEN WESTEN ZU REISEN UND DORT DIE EHE MIT
GENTLEMEN EINZUGEHEN, DIE SICH ZU
VERHEIRATEN WÜNSCHEN
Charakterliche Referenzen vonnöten,
bevorzugt von einem Geistlichen oder einer anderen
ehrbaren Person.**

Im Folgenden teilte die Anzeige mit, dass man Anfragen an eine Mrs. Seymour senden solle. Da die Anzeige ihre Aufmerksamkeit geweckt hatte, blinzelte Lina ihre Tränen fort und las sie erneut. Mit durcheinanderwirbelnden Gedanken ließ sie sich in ihren Stuhl zurücksinken. Die Vorstellung einer Rückkehr in ihr Elternhaus – eines in einer langen Reihe von Häusern, die allesamt ihren Familienmitgliedern gehörten – hatte sie immer mit Schrecken erfüllt. Die überfüllte Straße quoll über von Verwandten – ihren Eltern, ihren fünf Geschwistern, deren Kindern, ihrer *Nonna*, Tanten, Onkeln, Cousins und Cousinen und deren vielfältigem Nachwuchs.

Ihre Familie war laut, voller Wärme und neugierig. Doch so sehr Lina sie auch liebte, wusste sie genau, dass sie keinen Moment der Ungestörtheit und des Friedens haben würde. Ihre Mama würde sie drängen zu heiraten und ihr Enkelkinder zu schenken, als wären die elf, die sie bereits hatte, nicht genug; ihre Tanten würden ihr potentiell heiratswillige Freier schicken, die auch die Söhne des Fischhändlers und des Müllsammlers einschlössen; und ihre Brüder würden sie mit Nachdruck beschützen wollen, als hätte sie nie allein gelebt und nicht, seit sie achtzehn war, für sich selbst gesorgt. Sie war bereit, sesshaft zu werden, allerdings nicht mit einem Mann, den ihre Verwandten für sie aussuchten, und sie sehnte sich nach eigenen Kindern.

Sich diese Zukunft vorzustellen, ließ Lina erschauern. In den letzten acht Jahren hatte sie als Kindermädchen gearbeitet und in einem hochherrschaftlichen Haus voller Ruhe und Eleganz gelebt – wenn nicht die Jungen, wie es oft passierte, irgendeinen Unfug anstellten. Zu Anfang hatte sie sich an die Stille der riesigen Räume gewöhnen müssen, doch bereits vom ersten Tag an hatte sie es geliebt, ihr eigenes Zimmer unter dem Dach zu haben, anstatt sich eines mit ihren zwei Schwestern teilen zu müssen. Das Letzte, was sie wollte, war, in ihr chaotisches Elternhaus zurückzukehren.

Noch einmal las sie die Anzeige für Versandbräute.

Wage ich es, in den Westen zu reisen? Einen Mann zu heiraten, den ich nicht kenne? Die Vorstellung erfüllte sie zu gleichen Teilen mit Begeisterung und Angst.

Das Geklapper von Töpfen lenkte ihre Aufmerksamkeit zur Spüle, an der Arie, das Küchenmädchen, die Frühstückspfannen abwusch. Normalerweise war Arie vorsichtig mit dem Geschirr, besonders, weil jeder Ausrutscher ihrerseits den Zorn der Köchin über sie brachte.

Lina sah das Mädchen fragend an, eine Augenbraue in die Höhe gezogen.

Arie warf einen schnellen, schuldbewussten Blick in die Tiefen der Speisekammer, in der die Köchin dabei war, den Bestand ihrer Vorräte zu überprüfen, bevor sie eine neue Lebensmittelbestellung aufgab. Die Lippen fest zusammengepresst schaute sie Lina an. »Es tut mir leid, dass ich Sie beim Lesen gestört habe.« Sie beugte sich vor, um eine gusseiserne Pfanne zu schrubben. »Es ist nur… bei all dem Kommen und Gehen, dem Aufruhr im Haus… schaffe ich es nicht, mich richtig auf meine Arbeit zu konzentrieren.« Sie schniefte. »Es wird hier nicht mehr so sein wie früher. Der Herr und die Herrin in Europa, alle Jungen, sogar der kleine Master Jimmy, in der Schule, und Sie verlassen uns auch…«

Lina schenkte Arie ein beruhigendes Lächeln. »Du wirst wesentlich weniger Arbeit haben, wenn die Familie fort ist.«

Arie hob eine ihrer dürren Schultern. »Die Köchin und Mrs. Miller werden mich anweisen, das Silber zu polieren, den Keller zu putzen und...«

Als sie der Litanei von Arbeiten lauschte, sandte Lina ein Stoßgebet zum Himmel, dass sie nicht die oft knochenbrecherische Arbeit eines Hausmädchens in einem herrschaftlichen Haus verrichten und die Böden schrubben, Eimer voll Kohle in Kamine und Öfen schaffen und immer wieder Dinge mehrere Stockwerke hinauf und hinunter schleppen musste. Wenn sie die Jungen ins Bett gebracht hatte, gehörte der Rest der Zeit ihr selbst. Die Hensleys hatten ihr erlaubt, Bücher aus ihrer umfangreichen und zum größten Teil ungenutzten Bibliothek zu leihen, so dass sie so manchen Abend lesend verbracht hatte.

Während sie Arie lauschte, stand Lina auf und ging hinüber zu einer Anrichte, deren Schublade sie nach einer Schere durchsuchte. Zum Tisch zurückgekehrt, schnitt sie die Anzeige über die Versandbräute aus. Sie rollte das Stück Papier zusammen und schob ihre Eintrittskarte in eine mögliche Zukunft in den langen Ärmel ihre schwarzen Uniform. Dann faltete sie die Zeitung zusammen und legte sie zu dem Haufen Abfall, der verbrannt werden sollte.

Ein Läuten ließ sie zum zentralen Klingelbrett schauen, und sie sah, dass das Glöckchen über dem säuberlich geschriebenen Schild mit der Aufschrift *Kindermädchen* bimmelte. *Das bin ich. Aber nicht mehr lange.* Mit einem traurigen Seufzer erhob sie sich, strich ihr Kleid glatt und verließ die Küche, um sich zu ihrem letzten Gespräch mit Mrs. Hensley zu begeben.

Mit schweren Schritten stieg sie die Stufen ins Erdgeschoss hinauf und hielt auf den Eingangsbereich zu. Neue Überseekoffer standen auf dem schwarz-weiß gefliesten

Boden. Der Deckel eines der Koffer stand offen, seine obere Kante gegen ein geschnitztes Wandpanel gelehnt. Der spitzenbesetzte Ärmel eines Kleides baumelte über den Rand. Weitere Koffer standen am Rand der Halle – die der Jungen waren bereits mit deren Kleidung und allem gepackt, was sie im Internat brauchen würden. Der Anblick verursachte Lina ein Ziehen in der Brust, und sie eilte in Mrs. Hensleys Zimmer.

Ihre Arbeitgeberin saß in einem blauen Tageskleid an ihrem Schreibtisch und ging eine Liste durch. Sie sah auf und schenkte Lina ein erschöpftes Lächeln. »Ich weiß nicht, warum ich mich von Mr. Hensley dazu habe überreden lassen, am gleichen Tag nach Europa aufzubrechen, an dem wir die Jungen in die Schule schicken.«

Nachdem sie acht Jahre für die liebenswürdige Mrs. Hensley gearbeitet hatte, fühlte sich Lina unbefangen genug im Umgang mit ihrer Arbeitgeberin, um mit ihr in vertrautem Ton zu sprechen. »Das hat er nur getan, weil er nicht wollte, dass Sie das leere Haus ohne Ihre *Bambinos* traurig macht.« Wie es oft geschah, wenn sie erregt war, rutschte Lina ins Italienische. »Ihre Babys«, korrigierte sie.

Mrs. Hensleys Gesichtszüge entspannten sich. »Ich weiß. Er hat versucht, mir den Schmerz zu ersparen, dass auch das letzte meiner Küken das Nest verlässt.«

»Nicht nur Ihnen, Ma'am. Er wir die Jungen auch vermissen.«

»Unsere kleinen Racker.« Mrs. Hensleys graue Augen glänzten verdächtig. Sie presste ihre Lippen zusammen, griff schnell nach einem Umschlag und reichte ihn Lina. »Ein Referenzschreiben, Ihr letzter Lohn und ein Bonus für Ihre hervorragende Arbeit.«

Lina nahm den Umschlag entgegen und schluckte hart. Als sie das Papier berührte, zitterten ihre Finger. »Danke, Ma'am. Ich werde die Jungen ebenfalls vermissen.«

»Was werden Sie nun tun, Angelina?«

»Ich werde für eine Weile nach Hause gehen, aber ...« Ein plötzlicher Impuls ließ Lina die Zeitungsanzeige aus ihrem Ärmel ziehen und das Papier an ihre Arbeitgeberin reichen. »Das hier habe ich erst heute gelesen, und ich überlege, ob ich nicht darauf antworten soll.«

Mrs. Hensley las die Anzeige und zog die Brauen zusammen. »Ich kenne Margaret Seymour. Die Seymours sind eine alteingesessene Familie in St. Louis. Mrs. Seymour ist eine... ungewöhnliche Frau. Ihr Mann war in der Armee, und sie ist mit ihm durch den ganzen Westen gereist. Ich habe viel Gutes über den Ruf ihrer Agentur gehört. Und doch...«, – sie schüttelte den Kopf – »... eine Versandbraut zu werden... ist ein großes Risiko.« Sie reichte die Anzeige zurück.

Lina faltete das Papier und steckte es in ihren Ärmel zurück.

»Mein Vorschlag wäre, dass Sie nicht sofort heiraten — zumindest nicht, bis ein paar Tage nach dem ersten Treffen vergangen sind. Vergewissern Sie sich, dass Ihnen das Aussehen des Mannes gefällt – dass er zum Beispiel all seine Zähne hat – und dass sein Heim und sein Beruf dem entsprechen, was er zuvor erzählt hat. Ich bin mir sicher, dass Mrs. Seymour damit einverstanden sein wird, dass Sie auf einer kurzen Wartezeit bestehen.«

An diese Möglichkeiten hatte ich gar nicht gedacht. Während sich ihre Finger fester um den Umschlag schlossen, warf Lina ihrer Arbeitgeberin ein unsicheres Lächeln zu. »Das sind gute Ratschläge, Ma'am.«

Mrs. Hensley schüttelte kaum merklich den Kopf. »Wenn dies der Weg ist, für den Sie sich entscheiden, werde ich Margaret Seymour ein Empfehlungsschreiben zukommen lassen.«

»Vielen Dank, Ma'am.« Linas Magen zog sich zusammen. Mrs. Hensleys großzügiges Angebot machte die Möglichkeit, eine Versandbraut zu werden, noch realer. »Wenn Sie den Brief an Mrs. Seymour schreiben könnten, bevor Sie das Land verlassen… damit ich ihn für den Fall der Fälle habe…«

Solch ein drastischer Schritt wollte sorgfältig überlegt sein.

Kapitel Zwei

Sweetwater Springs, Montana
Juni 1886

An dem Tag, an dem Adam ins Feuer fiel, wusste Jonah Barrett, dass er eine Mutter für das Kind finden musste.

Jonah hatte das Kleinkind nicht lange im Haus allein gelassen, nur so lange er die Kuh gemolken hatte, doch als er den Stall verließ, hörte er die schmerzerfüllten Schreie seines Sohnes. Das Herz klopfte ihm bis zum Hals. Er besaß gerade noch so viel Geistesgegenwart, den Eimer Milch nicht fallen zu lassen, dann stürzte er auch schon zum Haus und riss die Tür auf.

Sein achtzehn Monate alter Sohn kniete vor der offenen Feuerstelle, schrie und hielt seine verbrannte Hand.

Jonah fühlte sich, als hätte ihm jemand in den Magen getreten, und untersuchte Adam eilends, um sicherzustellen, dass dieser nirgendwo sonst verletzt war. Dann nahm er den Jungen auf die Arme und stürmte nach draußen. An der Pumpe angekommen, die sich über einem aus einem halben Fass bestehenden Trog befand, bewegte er den

Pumpenschwengel auf und ab und hielt Adams Hand unter das kalte Wasser.

Adam wand sich, brüllte und warf seinen Kopf bei jedem Schrei hin und her.

Mit rasendem Herzen hielt Jonah seinen Sohn fest, sprach beruhigend auf ihn ein und hielt die Hand des Jungen weiter unter das Wasser. Endlich verwandelten sich die Schreie in ein Wimmern, und Jonahs Herzschlag beruhigte sich wieder.

Adam sah zu ihm auf, die grünen Augen nass, die dunklen Wimpern verklebt. Dicke Tränen rannen weiter sein Gesicht hinunter, und er schniefte.

Jonah drückte Adam einen Kuss auf die Stirn, erfüllt von einer Mischung aus Schuld und Sorge wegen der Verletzung seines Kleinen. »Es tut mir so leid, Baby. Pa tut es so leid. Ich hätte dich nicht allein lassen dürfen.« Er erhob sich und trug den Jungen zu dem in die Seite des Hügels gegrabenen Eishaus, öffnete die Tür und bückte sich, um ins Innere zu treten. Der harzige Geruch der dicken Sägespäne, die über die Eisblöcke gehäuft waren, um sie gefroren zu halten, durchdrang die Luft. Er wischte mit dem Arm über die Oberseite eines der Blöcke, um die Schicht Späne zu entfernen, zog sein Taschentuch aus der Tasche und ließ es auf das Eis fallen. Dann platzierte er Adams verbrannte Hand auf der gefrorenen Oberfläche.

Der Junge schluchzte und versuchte zurückzuweichen.

Jonah biss die Zähne zusammen und hielt ihn fest, geplagt von dem Gefühl, ein schrecklicher Vater zu sein, weil er seinen Sohn so quälte. »Das wird dir helfen, kleiner Mann. Versprochen.«

Adam hörte auf, sich zu wehren. Er nahm ein paar zitternde Atemzüge, die seinen kleinen Körper schüttelten.

Nach etwa zehn Minuten befand Jonah, dass die Verletzung soweit abgekühlt war, dass der Kleine es ertragen könnte. Er brachte Adam ins Haus und untersuchte die Wunde. Die Haut auf der Handfläche des Jungen war rot und voller Blasen – schmerzhaft, sicher, aber zu Jonahs Erleichterung sah es nicht so aus, als würde durch die Verbrennung dauerhafter Schaden an der Hand des Kindes entstehen. Sanft rieb er Bärenfett aus einem Tontopf in der Küche auf die Wunde und band ein sauberes Taschentuch um die Hand.

Jonah kochte etwas Tee aus Weidenrinde und hielt dem Jungen, als das Getränk abgekühlt war, die Tasse so lange an die Lippen, bis der Kleine genug getrunken hatte. Danach ging er mit Adam zur Bank auf der Veranda und setzte sich.

Plötzlich fühlte er sich erschöpft, legte den Kopf in den Nacken, und streichelte das weiche dunkle Haar und den Rücken des Kindes. Die Bewegung beruhigte sie beide, und schon bald war Adam eingeschlafen.

Das erste Mal seit dem Unfall hatte Jonah Zeit, darüber nachzudenken, was geschehen war. Er hatte seine Arbeiten auf der Farm erledigt. Dem Kind war schon einige Male beinahe etwas zugestoßen, wenn Jonah anderweitig beschäftigt gewesen war – einmal hatte ihn fast eine Kuh getreten. Daher hatte er Adam allein im Haus zurückgelassen, weil er dachte, das sei sicherer. Er hatte den Jungen oft genug ermahnt, dass er sich vom Ofen und der Feuerstelle fernhalten solle, und hatte angenommen, dass Adam verstanden habe.

Der Schmerz und die Hilflosigkeit, die er in den letzten frustrierenden Wochen empfunden hatte, seit seine Frau Koko während der Fehlgeburt ihrer Tochter im Kindbett gestorben war, drohte, ihn zu überwältigen. *Was soll ich nur tun?*

Er konnte kein lebhaftes Kleinkind mit sich nehmen, wenn er seine Aufgaben erledigte, da darunter sowohl seine Arbeit als auch der Junge leiden würden. Adam war aus dem Papoose, seinem indianischen Tragegestell, herausgewachsen, so dass Jonah ihn nicht mehr auf dem Rücken tragen konnte. Er konnte ihn aber auch nirgendwo festbinden, da er befürchten musste, dass er sich in einem Seil verheddern würde.

Kokos Eltern würden helfen, doch sie lebten ein paar Tagesreisen entfernt. Und nachdem er bereits seine Frau und seine Tochter verloren hatte, konnte er den Gedanken nicht ertragen, Adam ebenfalls zu verlieren, selbst wenn er seinen Sohn von Zeit zu Zeit würde besuchen können.

Bei dem Gedanken an Kokos Familie verkrampfte sich sein Magen vor Schuldgefühlen.

Sollte ich, wenn ich die Blackfoot mit Adam besuche, eine andere Squaw heiraten und mit mir zurückbringen? Die Idee war einladend, besonders, weil diese Alternative einfacher war, als um eine weiße Frau zu werben. Außerdem würde eine Frau, die Adams Mutter ähnlich sah, sicher beruhigend auf das Kind wirken.

Doch was für Jonah einfach wäre, würde letztendlich alles für sie beide schwieriger machen. Die Leute aus der Stadt hatten ihn links liegen lassen, nachdem er mit einer indianischen Frau aus dem Reservat heimgekehrt war. Mit dieser Reaktion hatte er nicht gerechnet, als er dem Zauber des Mädchens erlegen war, das mit langem, im Wind wehenden Haar auf ihrem Pferd dahin gejagt war und das er schließlich geheiratet hatte. Kokos Name, den sie wegen ihres dicht fallenden Haares trug, bedeutete *schwarz*.

Alles in allem hatte ihn die Meinung der Bürger von Sweetwater Springs über seine Ehe nicht weiter belastet. Als Sohn des Dorftrunkenbolds hatte Jonah über die Jahre hinweg genug Sticheleien und Spott ertragen müssen – daher auch seine Entscheidung, eine Squaw zu heiraten, denn keine der heiratsfähigen Frauen aus der Stadt hatte ihn auch nur eines Blickes gewürdigt, geschweige denn wäre bereit gewesen, sich mit ihm zu vermählen.

Doch mit der Geburt des ersten Babys hatte sich alles geändert. Jonah liebte Adam mit einer tiefgehenden Wildheit, die er selbst nie für möglich gehalten hätte. Zu wissen, dass der Junge ein Halbblut war und daher als Bürger zweiter Klasse – nein, schlimmer als ein solcher – betrachtet und behandelt werden würde, hatte ihn stark belastet.

Die Vorurteile der Stadtbewohner halfen ihm schließlich bei der Entscheidung. Egal, wie einfach es die Sache anfänglich machen würde – eine weitere indianische Frau zu heiraten, würde ihr Leben letztendlich schwieriger gestalten.

Aber eine weiße Frau… selbst wenn er eine anständige Frau finden würde, die ihn nähme – würde sie Adam lieben oder ihn lediglich tolerieren? Oder schlimmer noch … würde sie ihn schlecht behandeln, wenn Jonah es nicht mitbekam – wenn er ihn nicht beschützen konnte?

Aber jetzt beschütze ich ihn auch nicht. Ein bekanntes Gefühl der Schuld durchfuhr ihn, verstärkt durch den heutigen Unfall. Während er den Kleinen in seinen Armen wiegte, ging Jonah in Gedanken die Frauen aus der Stadt durch, die „noch zu haben" waren. Nicht, dass er allzu viele kannte, denn er besuchte die Stadt selten und verkehrte kaum mit jemandem – abgesehen von einem gelegentlichen Drink mit Seth Flanigan.

Der Gedanke an seinen Freund brachte Jonah auf eine Idee. Seth hatte vor kurzem eine Versandbraut geheiratet. Eine hübsche Frau, soweit er das beurteilen konnte, nachdem er das Paar einige Male zufällig in der Stadt getroffen hatte. Er hatte erst nach ein paar Wochen erfahren, dass Trudy Flanigan eine Versandbraut war; hatte den Klatsch gehört, als er seinen Wallach zur Schmiede gebracht hatte, damit er beschlagen werden konnte.

Sein Entschluss war gefallen. Wenn Adam aufwachte,

würden er mit dem Jungen zur Flanigan Farm reiten, damit er sich dort Rat holen konnte, wie er an eine Versandbraut käme.

Auf dem Hof vor Seths Farm zügelte Jonah sein Pferd. Die Veränderungen, die seit seinem letzten Besuch hier vorgenommen worden waren, erstaunten ihn. Sowohl er als auch Adam, den er vor sich in den Sattel gesetzt hatte, sahen sich interessiert um.

Das Haus hatte einen neuen weißen Anstrich erhalten. Statt festgestampften Drecks, aus dem hier und dort dürres Unkraut gesprossen war, führte nun ein gepflasterter Pfad über einen grünen Rasen. Farbenfrohe Blumen blühten in Beeten am Rande des Grases und vor der Veranda. Zwei Hälften eines hölzernen Fasses, nicht unähnlich dem, das Jonah als Wassertrog verwendete, waren auf beiden Seiten des Gehwegs in den Boden eingelassen worden. In ihnen blühten noch mehr Blumen. Einige schwarze Hühner pickten auf dem Rasen herum.

Jonah war nicht klar gewesen, wie sehr das Flanigan Anwesen in den letzten Jahren heruntergekommen war, bis er es an diesem Tage sah. Mit Schrecken stellte er fest, dass sein Haus wahrscheinlich genauso schlecht aussah. Trudy war bei Seth geblieben, nachdem sie sein Heim gesehen hatte, doch zu diesem Zeitpunkt waren sie bereits verheiratet gewesen. Seth wusste, wie es um Jonahs Besitz bestellt war, daher würde Trudy es ebenfalls wissen. Würde sie das missbilligen und nicht wollen, dass eine andere Frau in ein ähnlich vernachlässigtes Heim zog?

Und die zusätzliche Verantwortung für ein Kind übernahm, dass nicht ihr eigenes war. Er sah hinunter auf Adams seidenes schwarzes Haar. *Ein Kind, das ein Halbblut ist.*

Bevor Jonah noch entscheiden konnte, wohin er sein Pferd lenken sollte, zum Haus oder zum Stall, erblickte er eine blonde Frau, die auf die Veranda hinaus trat. Er nahm den Hut ab, so dass Trudy sehen konnte, wer ihr Besucher war. »Tag, Miz Flanigan.«

Auf ihrem Gesicht erschien ein strahlendes Lächeln, und sie winkte. »Kommen Sie hierher, Mr. Barrett. Sie können Ihr Pferd am Verandageländer anbinden.«

Jonah trieb sein Pferd leicht an, bis er den Wassertrog in der Nähe der Veranda erreichte.

Mrs. Flanigan kam die Stufen hinunter und eilte zu ihm. »Ich glaube, Seth wird eine Stange zum Anbinden der Pferde am Rand das Rasens aufbauen müssen. Sie sind der erste Besucher, den wir haben, seit das Gras gesät wurde, und wir haben nicht darüber nachgedacht, was wohl mit den Pferden von eventuellen Besuchern geschehen soll.« Sie sah auf seinen Sohn. »Ich bin so froh, dass Sie Adam mitgebracht haben.« Ihr Blick wurde ernst. »Was ist mit seiner Hand passiert?«

»Er hat sich verbrannt.«

»Oh, der arme kleine Racker.« Sie streckte ihm die Arme entgegen. »Willst du zu mir kommen, Adam?«

»Wahrscheinlich nicht, Ma'am. Er ist nicht an Fremde gewöhnt.«

Und richtig – der Junge drängte sich gegen Jonah.

»Tut mir leid, Ma'am.«

»Bitte nennen Sie mich Trudy.«

»Nur, wenn Sie mich Jonah nennen.« Mit der freien Hand streichelte er Adams Rücken. »Komm, mein Sohn. Setzen wir dich erst einmal hinunter.« Er hob ihn aus dem Sattel und gab ihn Trudy in die Arme.

Adam legte sein Gesicht in Falten, kurz davor zu jammern.

Jonah stieg schnell ab, schlang die Zügel um das Geländer und nahm seinen Sohn wieder an sich. Dabei schüttelte er ihn sanft. »Na, na. Alles ist gut.«

»Ich habe gerade frische Haferkekse aus dem Ofen genommen. Kommen Sie herein, damit ich Ihnen beiden etwas zu Essen anbieten kann. Und danach treibe ich Seth auf. Ich glaube, er ist in der Scheune.«

»Wie wäre es, wenn ich ihn suche? Ich kenne mich in Ihrer Scheune aus.«

»Natürlich. Sie kennen ja den Weg. Hätten Sie lieber Tee, Milch oder Wasser zu Ihren Keksen?«

»Wir könnten es mit Milch für Adam probieren. Ich habe erst vor kurzem eine Kuh gekauft, nach dem Tod seiner Mutter, und er weiß noch nicht so recht, wie ihm Milch nun eigentlich schmeckt. Aber ich hätte gerne ein wenig.«

Sanft strich sie mit einem Finger über Adams Wange. »Das kann man ihm wohl kaum übelnehmen. Der arme Kleine muss mit einer Menge Veränderungen klarkommen.«

Eine Welle der Hoffnung durchflutete ihn und hob seine Stimmung ein wenig. Vielleicht hatte Trudy ja ähnliche Gedanken gehabt wie er. Das würde es einfacher machen, das Thema Versandbräute anzuschneiden.

In diesem Moment kam Seth aus der Scheune, eine Schaufel in der Hand.

Trudy rief nach ihm.

Seth schaute auf und erblickte Jonah. Er winkte und lehnte die Schaufel gegen die Scheunenwand, bevor er zu ihnen hinüber kam.

Seth sieht gut und gesund aus. Sein Freund war immer ein wenig dünn gewesen. Nun hatte er jedoch ein paar Pfund zugelegt, wahrscheinlich dank Trudys Kochkünsten. Jonah dachte daran, wie locker sein eigener Hosenbund saß. Ihm würde es auch nicht schaden, ein wenig an Gewicht zuzulegen.

»Jonah!« Mit einem breiten Grinsen schlug ihm Seth auf die Schulter. »Hallo, kleiner Mann.« Er strich mit seiner Hand über Adams Kopf. Zu Jonah sagte er:

»Ich weiß gar nicht, wann du das letzte Mal hier warst. Bevor du geheiratet hast.« Sein Lächeln wurde schwächer, doch er fing sich wieder und gab Jonah einen weiteren Klaps auf die Schulter. »Es ist schön, dich zu sehen. Bitte komm rein und fühl dich wie daheim.« Er wies auf das Haus.

»Ja, bitte.« Trudy eilte vor ihnen die Stufen hinauf.

Mit Adam auf dem Arm folgte Jonah Trudy ins Flanigan-Haus, wo er den köstlichen Duft von Haferkeksen einatmete, der ihm das Wasser im Mund zusammenlaufen ließ. Der Geruch transportierte ihn in seine Kindheit zurück, zum Lachen seiner Mutter, wenn sie ihm einen Klaps auf die Hand gab, weil er versuchte, sich einen noch heißen Keks direkt aus dem Ofen zu holen. Mit einem Gefühl der Trauer erinnerte er sich daran, wie sie ihm, wenn sie erkaltet waren, ein frisches Glas Milch eingoss und ihn zwei essen ließ. Der süße Leckerbissen hatte seinen Magen gefüllt, und Jonah erinnerte sich an ihren liebevollen Blick, während sie ihm beim Essen zusah. Nicht lange danach war sie im Kindbett gestorben, und er hatte seitdem nie wieder einen Haferkeks gegessen.

Jonah schluckte seine alte Trauer hinunter und blickte sich um. Die Küche nahm den größten Teil der linken Seite des Raumes ein, der Wohnraum lag rechts.

Als erstes fielen ihm die Möbel auf. In der Küche stand ein mit einem rotkarierten Tuch bedeckter Tisch, ein Herd, ein hölzerner Waschtisch, ein Fliegenschrank, ein Buffet für Geschirr, Einbauschränke und offene Regale. In einer Kristallvase steckten ein paar Wildblumen.

Auf der anderen Seite des Raumes stand ein mit unzähligen Bänden beladenes Bücherregal an der Wand. Ein Sofa und zwei Ohrensessel mit marmorgedeckten Tischchen umrahmten den Kamin. Öllampen standen auf den Tischen, ihre Glaszylinder blitzten in der Sonne. Schuldbewusst dachte er an die rußverschmierte einzelne Lampe, die er zu Hause hatte. Er hatte den Zylinder seit ein paar Tagen nicht gereinigt. Eine der vielen kleinen Arbeiten, für die er keine Zeit gefunden hatte.

Trudy ging geschäftig zu einem Drahtgestell, das auf dem Herd stand. Sie nahm einen Pfannenwender und häufte flink Kekse auf einen weißen Teller, den sie auf den Tisch stellte.

Seth winkte Jonah zum Tisch.

Jonah zog einen Stuhl darunter hervor und setzte sich, Adam auf den Schoß nehmend. Er beugte sich vor, um ins Gesicht des Kindes zu sehen.

Adam starrte Seth mit großen Augen an.

Trudy brachte einige weitere Teller und ein Glas Milch, wobei sie vor jeden Mann einen Teller stellte und einen weiteren vor einen der noch unbesetzten Stühle. Sie reichte Jonah das Glas Milch. »Schauen Sie mal, ob er es mag. Aber lassen Sie ihn vorher einen Bissen von einem der Kekse nehmen. Nach etwas Süßem schmeckt Milch immer besser.«

Jonah stellte das Glas auf den Tisch und griff nach einem Keks, brach ein Stück ab und reichte es Adam. Dann nahm er selber einen Bissen, um seinem Sohn zu zeigen, wie gut es schmeckte. »Mmmm.«

Der Junge hob den Keks an seinen Mund und begann zu essen. Offensichtlich schmeckte es ihm, denn eilig verschlang er den Rest und griff mit seiner unverletzten Hand nach einem weiteren Keks.

Zum ersten Mal seit Adams Unfall fühlte Jonah, wie das bohrende Gefühl der Schuld langsam verging. Er hielt das Glas, so dass der Junge ein paar Schlucke Milch zu sich nehmen konnte, die er zu mögen schien.

Trudy brachte mehr Gläser und goss Milch für alle ein,

bevor auch sie sich setzte. »Ich freue mich, dass es Adam schmeckt.«

Seth schluckte seinen Keks herunter. »Das liegt nur daran, dass alles, was du machst, einfach köstlich ist, Trudy.«

Trudys Augen glänzten, als sie das Kompliment vernahm.

Jonah streichelte seinem Sohn über den Kopf. »Adam hat in letzter Zeit nicht viel gegessen. Es ist schwierig, ihn für das zu begeistern, was ich koche. Daher bin ich froh, ihn endlich einmal wieder essen zu sehen.«

Ein zufriedener Ausdruck ließ Trudys Augen leuchten. »Ich gebe Ihnen ein paar Kekse mit«, versprach sie. »Und nun, Jonah, erzählen Sie uns bitte, wie es Ihnen in den letzten Monaten ergangen ist.«

Während Jonah Adam fütterte, berichtete er, was an diesem Morgen passiert war.

Trudy legte erschrocken eine Hand auf ihre Brust. »Wie schrecklich für Sie beide.«

Jonah konnte das Mitgefühl in ihren Augen nicht ertragen. Er senkte den Blick auf den Tisch. »Adam braucht eine Mutter. Aber es muss jemand sein, der sich auch aus vollem Herzen um ihn sorgt.«

»Da wäre etwas, das ich mit Ihnen besprechen möchte, Mr.... äh... Jonah.« Trudy beugte sich nach vorn. »Eine mögliche Lösung für Ihr Problem.«

»Die Agentur für Versandbräute, bei der auch Sie waren?«

»Sie können Gedanken lesen.«

»Kennen Sie irgendjemanden, der meinen Anforderungen entspräche?«

Trudy runzelte die Brauen. »Und was ist mit Ihnen, Jonah? Was wünschen Sie sich von einer Frau, abgesehen davon, dass sie Adam eine gute Mutter sein soll?«

»Ich denke, dass jemand, dem der Junge wirklich etwas

bedeutet – dem es egal ist, dass er ein Halbblut ist – alles ist, wonach ich verlangen kann.«

Mit einem Kopfschütteln langte Seth nach einem neuen Keks. »Ich finde, du solltest darüber nachdenken.« Er warf seiner Frau einen liebevollen Blick zu. »Ich war recht genau dabei, was für eine Frau ich mir vorstellte, und Mrs. Seymour hat genau das und noch viel mehr gefunden, was ich mir in einer Frau hätte wünschen können.«

Eine sanfte Röte breitete sich auf Trudys Wangen aus, was sie einfach bezaubernd aussehen ließ.

Soll ich nach einer hübschen Frau fragen? Innerlich schüttelte Jonah den Kopf. *Ich werde die Frau nehmen, die man mir schickt, solange sie Adam nur glücklich macht.* »Eine gute Mutter wird bereits mehr als genug sein.«

Trudy krauste die Nase. »Ich wünschte, ich würde Sie besser kennen, so dass ich Ihnen die beste Kandidatin vorschlagen könnte. Immerhin bin ich bereits seit einem Monat von der Agentur fort. Aber ich kannte Heather, Lina, Darcy, Kathryn und Bertha. Alles wunderbare Frauen.« Trudy lächelte gedankenverloren. »Es ist wirklich erstaunlich, wie nah wir uns in der kurzen Zeit gekommen sind, die wir zusammen waren – mit einer großen Ausnahme, die eine unangenehme Persönlichkeit hatte. Wir waren, wenn man unsere unterschiedlichen Klassen, Erziehung oder Religionen bedenkt, nicht die Art Frauen, die unter normalen Umständen gute Freundinnen geworden wären, aber unsere geteilte Furcht und gespannte Erwartung, das Wissen um die gleichen Risiken, die wir bereit waren einzugehen …«

Seth ließ seine Hand auf die seiner Frau fallen und drückte sie kurz. »Ich bin froh, dass du tapfer genug warst.«

Trudy sah ihn voller Liebe an, bevor sie sich wieder an Jonah wandte. »Mittlerweile sind dort wahrscheinlich sogar ein paar neue Bräute. Aber die Frau, an die ich denke, ist Lina Napolitano. Sie liebt Kinder und freut sich darauf,

Mutter und auch Stiefmutter zu sein. Sie hat als Kindermädchen für drei ungestüme Jungen gearbeitet, die sie angebetet haben, aber nun alt genug sind, um in die Schule zu gehen. Lina liebt es zu kochen und hat uns die italienische Küche vorgestellt. Haben Sie schon einmal Pasta und rote Sauce gegessen, Jonah?«

Er schüttelte den Kopf.

»Dann steht Ihnen ein wahrer Genuss bevor.«

»Wenn sie Italienerin ist …« Er bedachte die Implikationen. »Dunkles Haar und dunkle Augen? Dunkler Teint?«

»Ja. Sie hat eine üppige Figur. Und Korkenzieherlocken.«

Adam wand sich, weil er heruntergelassen werden wollte.

Trudy erhob sich. »Lassen Sie mich ihm etwas suchen, womit er sich beschäftigen kann, auch wenn er wahrscheinlich Krach machen wird.« Sie nahm einen Holzlöffel, einen Topf und eine Blechpfanne und stellte alles neben Adam auf den Boden.

Der Junge ergriff den Holzlöffel und begann, damit auf den Boden zu pochen.

Trudy zeigte ihm, wie man auf den Topf und die Pfanne schlug, bevor sie sich wieder erhob und hinsetzte.

Jonah unterdrückte einen Seufzer. »Ich habe manchmal schon gedacht, dass Adam besser dran wäre, wenn er woanders aufwachsen würde, als in Sweetwater Springs…« Alleine die Vorstellung verursachte ihm einen Krampf im Magen, und Jonah strich seinem Sohn über den Kopf. »Irgendwo, wo er nicht als Halbblut bekannt wäre. Wo er nicht leiden würde unter …« Er zuckte die Achseln, unfähig, das in Worte zu fassen, was Adam in seiner Geburtsstadt würde erdulden müssen: die kritischen Blicke, kalten Schultern und abgewandten Gesichter, den Spott und den Zwang, sich zu oft mit den Fäusten verteidigen zu müssen. »Er könnte sich als Italiener ausgeben.«

Schweigen folgte seinen leidenschaftlichen Worten.

Trudy sah bestürzt zu Seth. »Wird es wirklich so schlimm für ihn sein?«

Seth blickte auf Adam. Seine Kinnpartie spannte sich an. »Das wäre möglich. Von Seiten mancher Leute.«

»Aber nicht von uns«, sagte Trudy mit einem grimmigen Leuchten in den Augen. Ihre Hand verkrampfte sich um ihr Glas, und die Fingerknöchel traten weiß hervor. »Und ich weigere mich zu glauben, dass die Nortons und Camerons und Carters sich so niederträchtig verhalten würden.«

»Vielleicht nicht«, sagte Jonah ruhig, während er einen Finger um den Rand seines Glases kreisen ließ. »Aber mit diesen Leuten habe ich nichts zu tun. Ich habe noch nie mit den Carters gesprochen. Ihnen zugenickt oder Mrs. Carter durch ein Antippen meines Hutes gegrüßt, aber das ist auch schon alles.«

»Ich hatte mit ihnen auch nie viel zu tun.« Seth grinste seine Frau an. »Und dann erschien meine Versandbraut im Zug auf der Bildfläche und krempelte mein Leben völlig um, indem sie jeden mit ihrem Charme um den Finger wickelte und für uns neue Bekanntschaften machte.«

Trudy schüttelte leicht den Kopf, und ihre Wangen wurden erneut rosig.

Jonah wagte es nicht, davon zu träumen, dass er jemanden finden könnte, der ebenso gut zu ihm passen würde, wie die Flanigans zueinander. »Ich wäre mit einer Versandbraut zufrieden, die mein auf den Kopf gestelltes Leben wieder richtig herum drehen würde.«

»Das wünschen wir uns auch für dich«, sagte Seth.

Trudy stand auf, ging hinüber zu einem der runden Tische, kam mit einem tragbaren Schreibpult zurück und stellte es auf den Tisch. Sie öffnete es und entnahm ihm ein Blatt, ein Tintenfass und eine Schreibfeder. »Besser, Sie schreiben Ihren Brief an Mrs. Seymour sofort. Während Sie daran arbeiten, kann ich Lina schreiben und sie ermutigen, Ihr Angebot zu akzeptieren. Dann können Sie in die Stadt reiten und Reverend Norton um ein Referenzschreiben bitten.«

Jonahs Herz rutschte ihm in die Hose, und er sank in seinem Stuhl zusammen. »Reverend Norton wird mir kein Referenzschreiben geben.«

»Reverend Norton? Warum das denn nicht?«

»Die Sache ist die – ich habe seit Jahren keinen Fuß in die Kirche gesetzt«, sagte Jonah und schämte sich, die Wahrheit zugeben zu müssen. »Nicht seit ich acht war. Als meine Mutter starb, weigerte sich mein Vater, in die Kirche zu gehen. Er haderte sehr mit Gott.«

»Und was ist mit Ihnen, Jonah?«, sagte Trudy sanft. »Sie sind erwachsen. Warum gehen Sie nicht in die Kirche?«

»Schätze, ich bin nicht daran gewöhnt. Vielleicht ist auch ein Teil des Ärgers meines Vaters auf mich übergegangen.« Er hatte nie zuvor darüber nachgedacht – aber das würde er nun tun müssen.

»Nicht einmal, als Sie geheiratet haben?«

»Wir haben nach Tradition der Blackfoot geheiratet.«

Mit hochgezogenen Augenbrauen warf Trudy einen Blick auf Adam.

»Ich weiß, was Sie denken ... dass Adam ein *illegitimes* Halbblut ist.« Jonah versuchte, die Bitterkeit aus seiner Stimme herauszuhalten. Vielleicht war er zu sehr wie sein Vater geworden. »Nicht lange, nachdem ich Koko mit nach Hause gebracht hatte, erschienen Reverend und Mrs. Norton unangekündigt bei uns. Ohne lange zu fragen, hat er uns ordentlich vermählt. Ich habe das entsprechende Papier.«

Trudys Gesichtsausdruck entspannte sich. »Wenn Sie eine meiner Freundinnen heiraten wollen, Jonah, dann müssen Sie ab jetzt am Gottesdienst teilnehmen. Lina ist katholisch. Wären Sie bereit zu konvertieren?«

Pater Fredrick hält nur einmal im Monat einen Gottesdienst ab. Ich denke, dem kann ich zustimmen. Er nickte.

»Gut.« Sie trommelte mit den Fingern einer Hand auf dem Tisch. »Aber damit haben Sie immer noch kein Referenzschreiben.«

Seth trank den Rest seiner Milch und stellte das leere Glas weg. »Reverend Norton muss kein Referenzschreiben schicken, meine Liebe. Ich erinnere mich genau an den Wortlaut der Anzeige. Mrs. Seymour bat um die Referenz eines Geistlichen *oder einer anderen ehrbaren Person.* Ich bin mir sicher, dass sie dich als ehrbar betrachtet.« Seine grauen Augen funkelten vor Lachen. »Brauchtest du nicht eine gute Reputation, um überhaupt eine Versandbraut werden zu können?«

Trudy krauste ihre Nase. »Da hast du recht.« Sie sah Jonah an. »Natürlich, ich werde Mrs. Seymour eine Referenz für Sie schreiben.«

»Mrs. Seymour hat noch eine andere Bedingung, vor der ich dich warnen muss, Jonah«, sagte Seth gedehnt. »Sie verlangt, dass der Mann mindestens einen Monat auf seine ehelichen Rechte verzichtet, damit sich seine Frau an die neue Situation gewöhnen kann. Natürlich kann die Frau diese Zeit jederzeit abkürzen.« Er schenkte seiner Frau ein wissendes Grinsen.

Damit wird es keine Probleme geben. Seit Kokos Tod hatte er diese Art Gefühle nicht mehr gehabt. Davon abgesehen, waren seine Bedürfnisse unwichtig. Nur die Adams zählten.

Obwohl Trudy errötete, ignorierte sie Seth, angeblich darauf bedacht, Jonah ein Blatt Briefpapier zu geben und sich selbst eines zu nehmen. »Das ist so aufregend. Ich kann es gar nicht erwarten, dass Lina hier ankommt. Sie wird sich *so* dermaßen in Adam verlieben.«

Das war genau das, was Jonah wollte, warum also wünschte er sich plötzlich mehr – Liebe für sich selbst? Er unterdrückte das Gefühl, ergriff die Feder, tunkte die Spitze ins Tintenfass und begann zu schreiben.

Sehr geehrte Mrs. Seymour,

auf den Rat von Mrs. Seth Flanigan hin, schreibe ich Ihrer Agentur und bitte Sie um eine Braut für mich. Sie verlangen nach Information bezüglich meines Hauses und meiner Beschäftigung. Ich bin Jäger und bestelle Land in einem bewaldeten Tal außerhalb von Sweetwater Springs, Montana. Mein Heim ist ein kleines Blockhaus, aber es ist massiv gebaut und ein guter Schutz gegen die kalten Winter. Ich bin einige Jahre in der hiesigen Schule unterrichtet worden, doch dann übernahm mein Vater, der Sohn eines Lehrers war, meinen weiteren Unterricht.

Er sah zu Trudy. »Wird Ihr Brief die weiteren Details über mich enthalten? Es ist mir unangenehm, mich selbst zu beschreiben.«

»Seien Sie nur ehrlich, was Ihre Lebensumstände angeht, Jonah. Ich werde Mrs. Seymour und Lina den Rest berichten.«

Ich will ehrlich sein, was meine Situation betrifft, denn ich habe nicht die Absicht, eine Frau in die Irre zu führen. Tatsächlich benötige ich Sie, um (meinem kleinen Sohn Adam zuliebe) jemanden zu finden, der am besten zu seinem Wohlbefinden beitragen kann.

Meine verstorbene Frau war Indianerin, daher ist mein zwei Jahre alter Sohn ein Halbblut. Meine neue Frau muss in der Lage sein, ihn zu akzeptieren, ebenso wie die Tatsache, dass wir die Verbindung zur Familie seiner Mutter aufrechterhalten werden. Das habe ich geschworen, als ich sie geheiratet habe, und bezüglich dieses Umstandes werde ich meine Meinung nicht ändern.

Er schaute zu Trudy. »Wird der Kontakt mit Kokos indianischer Familie Lina erschrecken?«

Trudy schürzte nachdenklich die Lippen. »Ich bin sicher, dass sie zunächst betroffen sein wird, wie es jede Frau wäre. Doch wenn Sie sie vorher beruhigt haben... ihr die Bräuche erklärt haben, die Lina kennen muss, so dass sie entsprechend gastfreundlich sein kann...«

Er schenkte ihr ein schmales Lächeln. »Höflichkeit und gutes Essen werden, wie in den meisten Situationen, viel dazu beitragen, dass unsere Gäste sich wohlfühlen.« Er tunkte die Feder in die Tinte und begann damit, das offen zu legen, worüber er sich lieber ausgeschwiegen hätte.

Besuche der Blackfoot werden wahrscheinlich nicht die schlimmsten ihrer sozialen Herausforderungen sein. Ich muss sie warnen, dass einige der Stadtbewohner auf mich und Adam herabsehen und dass wir nicht immer gut behandelt werden. Vielleicht wird sich diese Situation mit dem Eintreffen einer Braut aus St. Louis ändern, und die Freundschaft der Flanigans wird sicher helfen. Ich möchte nur, dass meine zukünftige Frau auf diese Möglichkeiten vorbereitet ist.

Ich habe viel über die Zukunft meines Sohnes nachgedacht. Zu viele Halbblute führen ein unglückliches Leben, da sie zu keiner Rasse gehören. Soweit es das Versprechen an seine Mutter zulässt – und soweit Adam dies wünscht –, möchte ich, dass es ihm möglich ist, in der Welt des weißen Mannes zu leben. Für den Fall, dass wir die Verwandten meiner zukünftigen Frau besuchen würden, so wünsche ich, dass sie die Art Familie hat, die ihn willkommen heißen würde.

Allerdings sollte meine Frau wissen, dass ich keine eigene Familie habe, und sie wird keine Schwiegereltern haben, die sie unterstützen oder, umgekehrt, mit ihren Wünschen und Forderungen belästigen werden.

Auch wenn ich vielleicht entschieden und wie ein Haustyrann erscheinen mag, möchte ich Ihnen versichern, dass dem nicht so ist. Mein Temperament ist ausgeglichen, ich bin ruhig und nachdenklich und, um bei der Wahrheit zu bleiben, sogar ein wenig melancholisch. Mein entschiedenes Auftreten in diesem Brief dient nur dazu, eine Ehe zu vermeiden, die weder meiner Frau noch mir dienlich wäre. Denn wenn ihr die indianische Herkunft meines Sohnes unangenehm ist, werden wir alle unglücklich werden.

Ergebenst,
Jonah Barrett

Er blies auf die Worte der letzten paar Sätze, um die Tinte zu trocknen, dann reichte er Trudy den Brief. »Sagen Sie mir, was Sie davon halten?«

Ihre Augen flogen über die Seite. »Sie schreiben sehr wortgewandt.«

»Nicht schlecht für nur zwei Jahre Schule«, sagte Jonah ironisch.

»Das meinte ich nicht.« Trudys sanfte Stimme bekam eine gewisse Schärfe. »Ich denke, es ist wichtig, dass man gebildet schreibt, wenn man um eine potentielle Braut wirbt. Ich weiß, dass Lina sehr gerne liest, aber ich habe keine Ahnung, wie sie schreibt.«

Jonah schämte sich für seine üble Laune. Trudy Flanigan versuchte schließlich nur zu helfen.

»Verzeihen Sie mir, Trudy, ich wollte Sie nicht verletzen.«

»Sie haben mich nicht…« Sie warf ihrem Mann einen unsicheren Blick zu. »Es ist nur so, dass ich es nicht mag, wenn Sie so schlecht von sich selbst sprechen, oder gar davon ausgehen, dass ich so wenig von Ihnen halten könnte.« Ihr Ton wurde fröhlicher. »Wenn Sie nicht vorsichtig sind, dann könnte ich annehmen, Sie scheren mich mit den Cobbs über einen Kamm.«

»Nein, nein, nie«, sagte Jonah. »Die Cobbs spielen in einer ganz eigenen Klasse.« Er stellte sicher, dass die Tinte trocken war, faltete das Papier und reichte Trudy den Brief. »Hiermit bestelle ich eine Mutter für Adam.«

Kapitel Drei

St. Louis
Fünf Tage später

Lina stand am Herd in der Küche des viktorianischen Hauses, in dem sich die Agentur „Versandbräute des Westens" befand, und brachte den anderen Frauen bei, wie man die Suppe ihrer *Nonna* kochte. Nachdem sie seit einem Monat zusammengelebt hatten, waren sie und einige der potentiellen Bräute sich näher gekommen, und eine Kochstunde beinhaltete viel Gelächter, besonders bei einem Gericht, für das es kein Rezept gab. Sie schlug vor, dass die Damen die Suppe ihrer *Nonna* aus allem herstellen sollten, was in der Küche zu finden war.

Sie füllte den riesigen Emaille-Topf, den sie aus dem Haus ihrer Eltern im italienischen Viertel von St. Louis mitgebracht hatte, mit Wasser und ließ ein Huhn, das vom Mittagessen übriggeblieben war, hineinfallen, damit es kochen konnte. Sie maß die italienischen Gewürze ab und häufte sie in kleinen Mengen auf einer Servierplatte auf. Gegenüber den kleinen Haufen stellte sie die Flaschen oder Beutel ab, aus denen die Gewürze stammten. »Rosmarin,

Thymian, Basilikum, Petersilie und Oregano«, teilte Lina ihnen mit, während sie auf jedes Häufchen deutete.

Sie legte zwei Knoblauchzehen ans Ende der Platte. »Knoblauch ist ein grundlegender Bestandteil der italienischen Küche und ganz einfach in jedem Küchengarten zu ziehen. Außerdem ist er sehr gesund. Aber der Geschmack ist stark und nicht für jeden Gaumen geeignet. Experimentiert. Findet heraus, was euer zukünftiger Ehemann oder seine Familie mögen und passt euer Rezept entsprechend an.«

»Benutzt du alle auf einmal?«, fragte Heather, ihre schönen grünen Augen voller Interesse.

»Ich werde heute nicht all diese Gewürze für die Suppe benutzen. Abhängig von meiner Lust und Laune und davon, was mir sonst noch zur Verfügung steht, benutze ich eine unterschiedliche Kombination. Aber ich möchte, dass ihr alle Möglichkeiten vor Augen habt sowie die Mengen, die man verwenden kann. Euch nur zu sagen, dass ihr eine Prise Oregano benötigt, wird euch nicht helfen, wenn ihr eure eigene Suppe kochen müsst.«

Während sie arbeitete, ließ Lina die anderen Bräute Gemüse schneiden. Der zänkischen Prudence hatte sie die Zwiebeln zugewiesen, weil sie davon ausging, dass die Frau, wenn sie damit beschäftigt war, sich die Tränen aus den Augen zu wischen, keine Möglichkeit haben würde, irgendjemanden zu ärgern. Lina blickte sich in der Küche um, sah nach, was jede einzelne Frau tat und fühlte sich wie ein General, der seine Truppen inspiziert.

Kathryn stand am Spülbecken und schälte Kartoffeln. Ihre langen graziösen Finger, die so geschickt Klavier spielten, hatten mit den Kartoffeln zu kämpfen. Gerade als Lina in ihre Richtung blickte, fiel eine Kartoffel aus Kathryns Hand und rutschte über die Spüle. Die Frau stieß einen verärgerten Schrei aus und schnappte sich die Kartoffel wieder. Entschlossen schnippelte sie weiter, ohne die langen, gleitenden Bewegungen, die die effektivste Möglichkeit darstellten, die Schale zu entfernen, bereits gelernt zu haben.

Lina verbarg ihr Lächeln, schnappte sich ein Ei und schlug es in eine Schüssel.

Darcy, die groß genug war, sich über Lina zu lehnen, ließ eine Handvoll gehackter Möhren in den Topf fallen. »Ich frage mich, wie lange Mrs. Seymour wohl brauchen wird, um sich durch den Stapel Briefe auf ihrem Schreibtisch zu lesen.« Diesmal verriet Darcys schön modulierte Stimme ihre Anspannung.

Lina hatte sich oft gefragt, ob ihre Freundin wohl jemals laut würde. Sie stellte sich vor, wie Darcys Familie um den Esstisch saß und sich alle im gleichen korrekten Tonfall unterhielten. Dann stellte sie sich als Kontrast ihre eigene Familie vor – viele Leute, die gleichzeitig sprachen, andere unterbrachen, anderen in den Satz fielen und dabei oft zwischen Englisch und Italienisch hin und her wechselten.

Auf der anderen Seite der Küche half Dona, die Köchin, der plumpen, blonden Bertha, Brot zu backen. Dona war von stämmigem Körperbau und überragte den Rest der Frauen. Sie knetete den Teig mit kräftigen Bewegungen, während Bertha ein Muster in die Oberseite des Brotteigs schnitt, den sie in den Ofen tun wollte. Bertha backte das beste Brot von ihnen allen und brauchte Linas Kochstunde nicht. Als Darcy die Briefe erwähnte, blickte sie auf, ein strahlendes Lächeln auf ihrem breiten Gesicht. »Vielleicht wird Mrs. Seymour für jede von uns einen passenden Ehemann haben.«

Prudence schniefte und wischte sich mit dem Ärmel über die Augen. »Das sollte sie. Mrs. Seymour hat Evie Davenport besucht. Ich kann mir nicht vorstellen, warum sie das getan hat. Evie war hier Dienerin.«

»Evie *Holcomb*, Prudence.« Lina konnte nicht

widerstehen, sie daran zu erinnern, dass die süße Evie, Dienerin oder nicht, vor ihnen allen geheiratet hatte.

Prudence ignorierte sie und wandte sich an die anderen. »Mrs. Seymour war zwei Wochen fort. Soweit es mich betrifft, ist das vertane Zeit. Ich bin schon viel zu lange hier. Das ist *überhaupt* nicht, was ich erwartet habe.«

Lina wechselte einen Blick mit Heather, ihrer besten Freundin in der Agentur.

Die Lippen der dunkelhaarigen jungen Frau zitterten vor Belustigung und ihre grünen Augen leuchteten. Vor ein paar Tagen hatte Prudence sich über ein früheres Ehearrangement, das Mrs. Seymour für sie angebahnt hatte, verplappert.

»Nun, du hattest eine Chance, Prudence«, sagte Heather. »Das Angebot kam, bevor eine von uns anderen hier in der Agentur eingetroffen ist. Du hast den Mann abgewiesen.«

»Ha!« Die Lippen missbilligend geschürzt, schniefte und blinzelte Prudence ihre Zwiebeltränen fort und hob ihr Kinn. Irgendwie nahm die Röte ihrer Augen die übliche Arroganz aus dieser Geste. »Ich kann etwas besseres finden als *diesen Mann.*«

Heather beugte sich näher an Linas Ohr. »*Dieser Mann* ist gerade nochmal davon gekommen«, flüsterte sie.

Lina unterdrückte ein Kichern. Sie nahm an, dass Mrs. Seymour Prudences Art erkannt hatte und nun hart arbeiten musste, um für diese unangenehme Frau jemanden zu finden – wahrscheinlich jemanden, der genauso unangenehm war – zwei Menschen, die unglücklich sein würden, egal wen sie heirateten, so dass sie sich auch gleich gegenseitig heiraten konnten.

Während die Bräute über potentielle Ehepartner redeten – ihr bevorzugtes Thema, das durch die heutigen Spekulationen über die Angebote in Mrs. Seymours Briefstapel noch interessanter wurde –, wanderten Linas Gedanken in die Zukunft – eine Zukunft, die vielleicht nur ein paar Tage entfernt war. Sie stellte sich vor, wie sie eine Familie fand, die sie dringend brauchen würde. Sie würde vielleicht die Mutter von ein paar anbetungswürdigen Stiefkindern sein. Sie konnte beinahe schon die lockigen Haare ihre Tochter sehen und den verschmitzten Ausdruck auf dem Gesicht eines ihrer Söhne. Der andere Junge wäre schüchtern, stellte sie sich vor, und sie musste ihn ermuntern, sich ihr anzunähern, doch dafür liebte sie ihn vielleicht sogar am meisten. Ihr Vater war eine schattenhafte Gestalt, der sie mit Wohlwollen betrachtete, das bald in Bewunderung umschlug. Bald schon fügte sie ein dunkelhaariges Baby zu diesem Bild hinzu. *Meine Familie.* Sie bewahrte den Traum in ihrem Herzen und hoffte, dass Mrs. Seymour endlich jemanden für sie gefunden hatte.

Am nächsten Morgen vor dem Frühstück, als Lina den Fuß der Treppe erreichte, wo sie sich ihre Gartenhandschuhe anzog, um ein paar Rosen für den Frühstückstisch zu schneiden, traf sie auf Mrs. Seymour, die auf sie wartete. Ihr Herz begann zu klopfen.

Die Hausmutter trug eines ihrer militärisch geschnittenen Kleider in marineblau, das zu ihren Augen passte. »Ah, Lina, meine Liebe. Ich wollte Sie gerade suchen. Ich habe aufregende Neuigkeiten. Bitte kommen Sie in mein Zimmer.«

Unverhofft stockte Lina der Atem. *Hat sie jemanden für mich gefunden?* Sie zog die Handschuhe wieder aus und folgte Mrs. Seymour auf dem Fuße. Sie gingen durch die Eingangshalle, den Doppelsalon und in ihr Büro. Lina war seit ihrem ersten Interview nicht mehr dort gewesen, aber sie liebte das runde Zimmer, das in dem viktorianischen Türmchen untergebracht war und in den das Sonnenlicht durch große, mit Spitzenvorhängen behangene Fenster fiel.

Mrs. Seymour deutete auf einen Sessel vor ihrem Schreibtisch und nahm selber dahinter Platz. Sie griff nach einem Brief und reichte ihr das gefaltete Papier. »Der ist von Trudy Flanigan. Er kam zusammen mit dem Antrag eines potentiellen Ehemanns, den sie Ihnen empfiehlt.«

Trudy? Lina legte die Handschuhe in ihren Schoß und griff nach dem Brief. *Wie eigenartig.* Sie entfaltete das Stück Papier. Ihre Finger zitterten vor Erwartung. Sie begann zu lesen.

Liebste Lina,

ich hoffe, dieser Brief findet Dich bei bester Gesundheit. Ich schreibe, um Dir zu sagen, dass ich einen passenden Ehemann für Dich gefunden habe! Außerdem wollte ich Dich wissen lassen, dass ich ihn, Jonah Barrett, dazu ermutigt habe, bei Mrs. Seymour um Deine Hand anzuhalten, und habe meine Empfehlung für die Hausmutter diesem Brief beigelegt.

Mein Mann Seth ist seit Kindertagen, als sie beide unter unglücklichen Umständen aufwuchsen, mit Mr. Barrett befreundet. (Ich werde Mr. Barrett selbst von seiner Jugend berichten lassen, denn ich denke, es steht mir nicht zu, Dir davon zu erzählen.) Vor kurzem ist seine indianische Frau im Kindbett gestorben und ihr zweites Baby ebenfalls − eine tieftraurige Situation.

Mr. Barrett hat einen Sohn, Adam, der fast zwei ist − der anbetungswürdigste Junge, den Du jemals gesehen hast. Ich bin selbst ganz verliebt in ihn! Das Kind hat die grünen Augen seines Vaters und die dunklen Haare und goldfarbene Haut seiner Mutter, ist aber nicht so dunkelhäutig wie die Indianer, die ich bisher hier gesehen habe. Tatsächlich könnte er Dein eigener Sohn sein, wenn man davon absieht, dass sein Haar glatt und nicht lockig ist.

Mr. Barrett trat an mich heran, weil er eine Versandbraut finden wollte, da es ihm schwerfällt, sich um ein Kleinkind zu kümmern, während er seine Farm bewirtschaftet. Da dachte ich sofort an Dich, da ich weiß, dass Du einen Mann mit Kindern bevorzugen würdest. Auch hättest Du mit Deiner jahrelangen Erfahrung als Kindermädchen bereits die nötigen Fähigkeiten, die gut für dieses Kind wären.

Ich habe Mr. Barretts Heim noch nie gesehen, doch mein lieber Seth schon. Er sagt, die Farm ist klein aber gepflegt und von Wald umgeben. Das Haus ist ein Blockhaus, das ungefähr so groß ist wie unseres, mit einem Hauptraum, in dem sich auch die Küche befindet, und einem Schlafzimmer. Es gibt auch einen Dachboden.

Laut Seth ist das Haus so gebaut, dass die vordere Veranda zu den Bergen zeigt. Um diese majestätische Aussicht beneide ich Mr. Barrett. Oh, Lina, die Schönheit Montanas erfüllt meine Seele! Ich hoffe, schon bald eine zweite Veranda zu besitzen, von der aus man die Berge sehen kann, so dass ich sie nach Herzenslust betrachten kann. In der Zwischenzeit muss ich mich mit einem Ausblick auf Farmland und ferne Wälder zufrieden geben.

Seth sagt auch, dass an Mr. Barretts Heim etwas gearbeitet werden müsste. Aber so war es auch mit dem Junggesellenhaushalt meines Mannes. Obwohl wir sehr hart arbeiten mussten, um alles auf Vordermann zu bringen, habe ich es sehr genossen, Haus und Hof so schön zu gestalten, wie es mein Können, Seths Kraft und unsere Mittel erlaubten. Ich bin mir sicher, dass es Dir genauso gefallen wird, den Barrett-Haushalt auf Vordermann zu bringen.

Was Mr. Barrett angeht... bevor er bei uns auf der Farm erschien, um uns um Hilfe zu bitten, hatte ich ihn nur einmal kurz getroffen. Aber ich kann Dir versichern, dass er sich aufrichtig um Adam sorgt. Der einzige Wunsch, den er hat, ist, dass er eine gute Mutter für seinen Sohn findet. Seth hat mir gesagt, dass Jonah ein loyaler Freund und gütiger Mensch ist. Mein Mann sagt, dass »Jonah in seiner Jugend ein Lächeln hatte, dass uns vor jedem Ärger bewahrt hat, den wir wegen all der Streiche bekommen hätten, die wir angestellt haben.« Aber ich habe nur seine traurigen grünen Augen gesehen – die von einer Farbe sind, die mich an eine Glasflasche erinnert – und einmal erhaschte ich einen Blick auf ein kleines Lächeln. Soweit ich sehen konnte, hat er all seine Zähne und ist ein gutaussehender Mann. Er trägt seine blonden Haare schulterlang, aber im Moment hat er einen buschigen Bart, so dass man *die Form seines Kinns schlecht beurteilen kann. Vielleicht kann ich ihn ja dazu bringen, sich zu rasieren oder seinen Bart zumindest zu trimmen, bevor Du hierher kommst – danach wird es an Dir liegen, ihn so formen, wie Du ihn haben willst.*

Wie Du siehst, rechne ich bereits fest damit, dass Du kommst, Lina. Sowohl Vater als auch Sohn berühren mich zutiefst, und wenn es eine Frau gibt, die ihnen die Freude am Leben zurückgeben kann, dann bist Du das.

Vielleicht kann ich Dich weiter damit ködern, dass ich Sweetwater Springs als Gemeinde kennengelernt habe, die einen freundlich aufnimmt. Ich habe schnell liebe Freunde gefunden, die äußerst nett und großzügig sind. (Der Ladenbesitzer ist eine Ausnahme. Aber schließlich ist dies hier nicht Utopia, sondern eine normale kleine Stadt.)

Anders als ich, wirst Du, wenn Du hier ankommst, eine Freundin haben, die Dich willkommen heißt und bei Deiner Hochzeit anwesend sein wird. Obwohl die Barrett-Farm ein Stück von uns entfernt liegt, können wir uns in der Stadt und zu sozialen Anlässen sehen. Vielleicht können wir es auch so einrichten, dass wir uns ab und zu besuchen.

Jonah sagt, er sei bereit, Dir zuliebe zum katholischen Glauben überzutreten, liebe Lina. Vielleicht kannst Du ihn, wenn Ihr einmal verheiratet seid, dazu bringen, mit Dir zur Messe zu kommen.

Ich bin zu ungeduldig, auf einen Antwortbrief von Dir zu warten. Bitte schicke ein Telegramm. Ich hoffe, meine liebe Freundin, dass Du bereits damit beginnst, Deine Hochzeit zu planen.

Von Herzen,

Trudy Flanigan

Lina, der gar nicht aufgefallen war, dass sie die Luft angehalten hatte, atmete aus. Trudys Brief beschwor in der Tat ein einladendes Bild herauf. Sie sah zu Mrs. Seymour auf. »Haben Sie das gelesen?«

»Nein. Der Brief war an Sie adressiert. Möchten Sie Mr. Barretts Biref lesen? Danach können wir diskutieren, ob sein Antrag Sie interessiert. Ich muss Sie allerdings warnen: Es könnte sein, dass Sie auf Schwierigkeiten von mehr als einer

Seite stoßen werden. Aber jede Eheanbahnung hat ihre Herausforderungen.«

»Lassen Sie uns tauschen.« Neugierig und sehr angespannt übergab Lina Trudys Brief und nahm dafür den Mr. Barretts entgegen. Sie war geneigt, den Antrag allein auf Trudys Worte hin zu akzeptieren und hoffte, dass das, was ihr potentieller Bräutigam zu sagen hatte, ihre Entscheidung darüber hinaus weiter positiv beeinflussen würde.

Lina las jede Zeile mit äußerster Aufmerksamkeit, wobei sie besonders bei Mr. Barretts Sorge um seinen Sohn verweilte und bei seinem Geständnis, ein wenig melancholisch zu sein. Dies war in der Tat eine kleine Familie, die sie brauchte. Aber die Reaktion der Stadtbevölkerung und der Umstand, dass sie mit Indianern zusammentreffen würde … allein die Vorstellung klang beängstigend und rief ihr die schrecklichen Geschichten ins Gedächtnis, die sie in den Groschenromanen ihres Bruders gelesen hatte. *Mach Dich nicht lächerlich. Wenn von Seiten der Indianer Gefahr bestünde, hätte Trudy mich schon gewarnt.*

Sie las den Brief erneut, wobei sie die ausdrucksstarke Schrift bewunderte. Sie kam zum Ende und lehnte sich in ihrem Stuhl zurück. Lina konnte sehen, was Trudy meinte, als sie erwähnte, dass sie Vater und Sohn zutiefst berührt hatten. Sie fühlte sich genauso zu ihnen hingezogen. Ihr gefiel die Direktheit Mr. Barretts, die schützende Haltung, die er gegenüber seinem Kind einnahm, und die Loyalität gegenüber dem Versprechen, das er seiner Frau gegeben hatte. *Alles gute Eigenschaften bei einem Ehemann.* Sie suchte den Blick der Hausmutter. »Ich bin sehr an Mr. Barrett interessiert.«

Mrs. Seymour seufzte auf. »Dass Trudy für diesen Bräutigam bürgt und in der Lage ist, sein Aussehen und seine Lebensumstände zu beschreiben… dass der Mann ein alter Freund von Trudys Ehemann ist… das nimmt der Gefahr, die man als Versandbraut eingeht, einiges vom üblichen Risiko. Es gibt nicht so viele Unbekannte.«

»Sie haben recht«, sagte Lina. »Ich bin begeistert und natürlich auch nervös. Aber ich habe nicht mehr die gleichen Ängste, die ich zuvor hatte – was, wenn sich herausstellt, dass er kahl oder fett ist oder drei andere Frauen hat oder was auch immer mein Hirn an Möglichkeiten heraufbeschworen hat.«

Mrs. Seymour nickte knapp und lächelte. »Ich mache Ihnen keine Vorwürfe. Ich sorge mich jedes Mal wegen der Ehen, die ich anbahne, denn beim Aussuchen der passenden Männer muss ich mich auf die Ehrlichkeit fremder Leute verlassen. Was, wenn sie lügen?«

»Das muss eine große Last für Sie sein.«

»So ist es. Ich glaube, mein Auswahlprozess bietet die größtmögliche Chance für eine Übereinstimmung zwischen den Ehepartnern, die von einem blind getroffenen Arrangement erwartet werden kann. Und doch ... die Ehe ist eine lebenslange Verpflichtung. Wenn ein zusammenpassendes Paar zustande kommt – wie bei Trudy oder Evelyn ...« Die Hausmutter legte eine Hand auf ihr Herz. »Dann fühle ich eine solche Erleichterung. Eine solche Befriedigung.« Sie ließ die Hand sinken. »Bitte verraten Sie diese Gedanken nicht an die anderen Bräute, Lina. Es hat keinen Sinn, ihnen noch mehr Angst im Hinblick auf einen unbekannten Ehemann zu machen, als sie ohnehin schon haben.«

»Natürlich nicht.«

»Und nun«, sagte Mrs. Seymour forsch, »lassen Sie uns über Mr. Barrett reden. Aus meiner Erfahrung mit einem Leben im Westen – besonders unter Soldaten, die die Indianer oft bekämpften und hassten – kann ich Ihnen sagen, dass seine Bedenken hinsichtlich seines Sohnes unglücklicherweise alle nur zu real sind. Dummerweise hat er das nicht bedacht, bevor er eine Squaw geheiratet hat.« Sie winkte ab. »Nun, was passiert ist, ist passiert.«

Obwohl ihr Gesichtsausdruck freundlich blieb, begann bei den Worten der Hausmutter ein Feuer in Lina zu brennen. In diesem Moment *wusste* sie, dass sie Adams Mutter sein wollte, dass sie ihn lieben und vor dem grausamen Unbill der Welt schützen wollte. Sie wollte Mr. Barretts gedrückte Stimmung heben und die Melancholie vertreiben, von der er geschrieben hatte. Sie schwor sich, dass sie die bestmögliche Frau und Mutter sein würde. Und mit Trudy als Freundin wäre es sicher nicht allzu schwer, angenehme Beziehungen zu den Stadtbewohnern aufzubauen. »Ich akzeptiere Mr. Barretts Antrag«, sagte sie mit fester Stimme.

»Wunderbar!« Mrs. Seymour lächelte sie zufrieden an. »Ich werde Trudy ein Telegramm schicken und sie bitten, diese Neuigkeiten an Mr. Barrett weiterzuleiten.« Die Hausmutter reichte ihr mehrere Briefbögen und zwei Umschläge über den Tisch. »Schreiben Sie Trudy und Mr. Barrett nach dem Frühstück. Wir können die Briefe mit der Nachmittagspost abschicken. Ich weiß, dass Sie gerne noch etwas Zeit mit Ihrer Familie verbringen möchten, bevor Sie abreisen. Sollen wir also sagen, dass Sie am siebzehnten aufbrechen werden?«

»Das hört sich perfekt an.« Vor Aufregung erschaudernd begriff Lina, dass sie bald Ehefrau und Mutter sein würde.

Kapitel Vier

Unter wildem Geschnatter nahmen die sechs zukünftigen Bräute ihre angestammten Plätze am großen Mahagoni-Tisch im Esszimmer ein, um zu frühstücken. Obwohl sie fast platzte, Heather ihre Neuigkeiten mitzuteilen, hatte Lina keine Möglichkeit gefunden, privat mit ihrer Freundin zu sprechen. Sobald sie Mrs. Seymours Büro verlassen hatte, hatte sie die anderen Bräute beim Essen vorgefunden. Aber sie vibrierte förmlich vor Erwartung und musste ihren Gesichtsausdruck stark kontrollieren, um ihre Aufregung zu verbergen.

Der Duft von Blaubeermuffins, Toast und Speck machte Lina bewusst, wie hungrig sie war. Eine schneeweiße Tischdecke bedeckte den Tisch in seiner vollen Länge und zwei Kristallvasen mit gelben Rosen, die von Kathryn gepflückt und arrangiert worden waren, sorgten für Farbtupfer in der Mitte des Tisches. Das neue Hausmädchen, Juniper, hatte ihnen mitgeteilt, dass sie bereits ohne Mrs. Seymour beginnen sollten.

Schon am Anfang ihres Aufenthalts im Haus hatte jede Frau »ihren« Platz am Tisch gefunden. Sogar nachdem Megan und Trudy sie verlassen hatten, waren die Bräute nicht einfach aufgerückt – zum einen, weil es sich eigenartig angefühlt hätte, zum anderen, weil Lina, wenn sie dies zumindest auf einer Seite des Tisches getan hätten, neben Prudence gelandet wäre. Sie hielt sich von der unangenehmen Frau aber lieber fern. Von Prudence konnte sie genauso gut einen Stich mit der Gabel bekommen wie von ihrer scharfen Zunge.

An diesem Morgen saßen Lina und Heather Seite an Seite und gegenüber von Darcy und Kathryn. Megans ehemaliger Stuhl neben Kathryn blieb leer, und Bertha saß allein in der Nähe des Tischendes, wo sie ruhig einen Muffin verspeiste.

Lina hatte gerade gebratenes Ei in den Mund genommen, als Mrs. Seymour in den Raum fegte.

»Guten Morgen, meine Lieben«, sagte die Hausmutter gutgelaunt. »Ich hoffe, Sie haben alle gut geschlafen.« Sie setzte sich, nahm eine Servierplatte mit Speck von Juniper entgegen und nahm sich zwei Streifen. »Ich habe gerade einen reizenden Brief von Megan bekommen. Sie bestellt Ihnen allen Grüße. Sie liebt ihr neues Heim in Wyoming und ist sehr glückliche mit ihrem Ehemann, der, wie sie sagt, genau zu ihrer Familie passt.« Sie legte die Stirn in Falten. »Obwohl ich nicht ganz sicher bin, was sie damit meint.«

Lina lachte. »Megan hat uns gesagt, dass ihr Mann nach seiner Beschreibung von sich selbst, mit seinem roten Haar aussehen könnte, wie ihr Bruder. Ich nehme an, sie hatte Recht damit.«

Auf der anderen Seite des Tisches kicherte Kathryn. Ihre braunen Augen leuchteten auf. »Stimmt, das hat sie.«

Mrs. Seymour wartete, bis die Frauen ihr Geplapper wieder einstellten. »Und ich habe auch Neuigkeiten von Mary Morgan erhalten, die sie kannten, Prudence. Wenn ich mich recht erinnere, hat sie Ihnen meine Agentur empfohlen. Wie auch immer, Mary schreibt, dass sie ein Baby erwartet.«

Lina warf Prudence einen flüchtigen Blick zu und war

erstaunt zu sehen, dass ihr Gesicht einen säuerlichen Ausdruck annahm. *Man sollte doch denken, dass Prudence, wenn Mary eine Freundin war, über diese Nachricht froh sein müsste.*

Mrs. Seymour schmierte Butter auf ihren Toast. »Ich bin noch nicht mit meiner Post durch und habe später hoffentlich noch mehr gute Nachrichten. In der Zwischenzeit haben, glaube ich, zwei der Damen Ankündigungen zu machen.«

Keuchen und ein paar *Ohs* erfüllten den Raum, und Blicke flogen hin und her wie Bienen zwischen Blumen.

»Lina«, drängte Mrs. Seymour. »Sie zuerst.«

Lina blickte Heather entschuldigend an. »Ich habe es erst kurz vor dem Frühstück erfahren«, sagte sie ihrer Freundin. Sie schaute sich am Tisch um und sah die erwartungsvollen Blicke der anderen. »Heute Morgen habe ich den Antrag von Jonah Barrett angenommen. Er lebt in Sweetwater Springs, Montana, und unsere Trudy Bauer, mittlerweile Flanigan, hat uns einander empfohlen. Er hat einen kleinen Sohn namens Adam, und ihr wisst alle, dass ich mir einen Mann mit Kindern gewünscht habe. Ich bin schon jetzt ein wenig in Adam verliebt!«

Heather streckte ihre Hand aus und drückte Linas.

Katheryn klatschte. »Wundervoll! Du wirst in der gleichen Stadt wie Trudy leben. Erzähl uns von Mr. Barrett. Sagt Trudy, dass er gut aussieht?«

»Das tut sie wirklich.« Lina brichtete ihnen die Einzelheiten. Als sie damit fertig war, stieß sie langsam die Luft aus und legte eine Hand auf ihren Bauch, der vor Aufregung zitterte. »Das ist alles noch so frisch, dass ich es gar nicht recht glauben kann. Ich bin ziemlich nervös. Ich schätze, es wird etwas dauern, bis ich meine Entscheidung selbst richtig begriffen habe.«

Mrs. Seymour schenkte Lina ein verständnisvolles Lächeln. »Diese Nervosität ist normal. Sie werden noch feststellen, dass, nachdem Sie einen Mann akzeptiert haben, alles sehr schnell geht… Es kann sein, dass Sie sich erst in Monaten an Ihr neues Leben gewöhnen werden.« Sie sah zu Heather und nickte ihr zu. »Und nun zu unserer nächsten Ankündigung. Gestern Nacht habe ich Heather gebeten, noch nichts über ihre angebahnte Ehe zu verraten, bis sie ihre Entscheidung getroffen hatte, die sie mir heute Morgen mitgeteilt hat.«

»Du auch?« Lina sah Heather schockiert an.

»Tut mir leid«, erwiderte ihre Freundin kaum hörbar, bevor sie sich an die anderen wandte. »Ich habe Hayden Klinkners Antrag angenommen, der in Y Knot im Montana-Territorium lebt, wo auch Evie Davenport … Evie Holcomb lebt.«

Mrs. Seymour strahlte zustimmend. »Ich habe Heathers Mann getroffen, als ich dort war. Er stammt aus einer guten Familie. Ich denke, eine starke Persönlichkeit wie Heather ist genau das, was Mr. Klinkner braucht.«

Kathryn verlangte nach mehr Einzelheiten.

Über die letzten Wochen hinweg hatte es nicht so ausgesehen, als wäre Heather von der Idee zu heiraten besonders angetan. Lina hatte den Eindruck gewonnen, dass sie ihre Pflicht tat, indem sie St. Louis verließ – damit gab es einen Mund weniger, den ihre riesige Familie zu füttern hatte. Doch nun, als Heather erzählte, was sie über Mr. Klinkner wusste, klang ihre Freundin viel lebhafter als Lina sie je gehört hatte.

Obwohl sie genau zuhörte, konnte Lina kaum ihr Frühstück zu sich nehmen. Sie war zu nervös über ihre eigene bevorstehende Ehe *und* die von Heather, um weiter essen zu können.

Zuvor hatte sie nicht genau zugehört, wo Trudy und Evie eigentlich lebten. Vielleicht waren die beiden Städte nicht weit voneinander entfernt und sie und Heather würden sich von Zeit zu Zeit besuchen können. Lina beschloss, Mrs.

Seymour zu fragen, ob sie eine Karte von Montana besaß.

Doch selbst während sie davon fantasierte, dass Heather nach Sweetwater Springs käme und Jonah und Adam kennenlernte, wusste sie, dass sie sich wahrscheinlich auseinanderleben würden. Sie würden sich vielleicht nie wieder sehen, und dieser Gedanke zerriss ihr das Herz.

Lina und Heather hatten erst nach dem Frühstück – vom Aufräumen nach der Mahlzeit waren sie befreit – Zeit, in ihr gemeinsames Zimmer unter dem Dach zu gehen und sich dort zu unterhalten. Sie setzten sich auf Trudys Bett und gaben einander ihre Briefe, so dass jede über den zukünftigen Ehemann der anderen lesen konnte. Danach las Heather Trudys Brief. Sie diskutierten ihre Hochzeiten und planten, was sie zur Zeremonie tragen würden.

Mit offensichtlichem Widerwillen beendete Heather ihr Gespräch. »Wenn ich morgen aufbreche, muss ich packen und nach Hause gehen für einen letzten…« Sie stockte und holte Atem, um sich zu beruhigen. »… Besuch.«

So bald. Lina bekam einen Kloß im Hals. Sie griff nach Heathers Hand und drückte sie. »Ich weiß, dass es schwer werden wird, sie zu verlassen, besonders Melba«, sagte sie, wobei sie Heathers kleine Schwester meinte, die schwer chronisch erkrankt war.

Tränen glitzerten in Heathers Augen, und sie erwiderte den Druck.

Lina ließ die Hand ihrer Freundin los. »Fang du an zu packen«, sagte sie eilig, um ihre Gefühle zu verbergen. »Ich muss ein paar Briefe schreiben.« Sie nahm ihre Bibel von dem kleinen Tischchen neben ihrem Bett und benutzte es für den Augenblick als Schreibtisch, um ihre Antwort an Trudy zu verfassen.

Liebste Trudy,

ich habe den Antrag Mr. Barretts angenommen! Ich muss sagen, dass Dein Brief mir den Gedanken, mich an einen mir unbekannten Mann zu verheiraten, wesentlich leichter gemacht hat. Dank Deiner und seiner eigenen Worte, kommt mir Mr. Barrett nicht wie ein Fremder vor, sondern wie jemand, den ich bewundere und mit dem ich das Glück finden könnte. Es fühlt sich so an, als würde ich den kleinen Adam bereits lieben, und ich kann es nicht abwarten, ihn an mich zu drücken und sein süßes Gesicht mit Küssen zu bedecken.

Vielen Dank, meine liebe Trudy, dass Du an mich gedacht hast. Es wird wunderbar sein, in der gleichen Stadt zu wohnen wie Du – zu wissen, dass ich unter Freunden und nicht unter Fremden bin.

Ich hoffe, ich sehe Dich, wenn ich am 18. Juni ankomme.

In tiefer Zuneigung, Deine Freundin,

Lina Napolitano

Am nächsten Tag eilte Lina, noch außer Atem von einem frühmorgendlichen Besuch zu Hause, in die Agentur. Sie hatte Heather eine Brosche als Hochzeitsgeschenk mitgeben wollen, hatte das Schmuckstück jedoch nicht finden können.

Zu Hause hatten ihre Mama und ihre jüngeren Schwestern ihr suchen geholfen. Ihre beiden Schwestern plapperten über Heathers und ihre Hochzeiten, während ihre Mutter mit finsterem Blick arbeitete. Mama war mit Linas Entscheidung nicht einverstanden. Sie wollte nicht, dass ihre Tochter einen Mann heiratete, der nicht zuvor von ihrem Papá abgesegnet worden war; einen Mann, der nicht katholisch war – Jonahs Bereitschaft zu konvertieren war nicht gut genug – und der weit entfernt lebte.

Heather kam die Treppe hinunter, ihre Reisetasche in der einen Hand, den Mantel über dem anderen Arm. Sie trug einen Rock und eine Bluse aus jadefarbenem Serge, die ihre Augen vor Leben sprühen ließ. Ihre Reisetruhe stand bereits neben der Tür. »Da bist du ja!«, rief sie, während ein Ausdruck der Erleichterung über ihr Gesicht huschte. »Lina, wo warst du? Ich habe dich überall gesucht. Ich dachte, ich müsste abreisen, ohne dir auf Wiedersehen sagen zu können, was mich sehr traurig gemacht hat.«

»Es tut mir so leid, Heather.« Lina eilte zu ihrer Freundin. »Ich wollte gar nicht so lange fort sein. Letzte Nacht, bevor ich eingeschlafen bin, dachte ich, dass es schön wäre, wenn du ein Erinnerungsstück an mich mitnehmen würdest, daher bin ich nach Hause gerannt, um eine meiner Broschen zu holen.« Sie runzelte die Stirn. »Ich konnte sie nicht finden. Habe überall gesucht. Wie sich herausstellte, hat sich meine älteste Schwester die Brosche geliehen, weiß aber nicht, was sie damit getan hat. Ich werde sie dir später schicken.«

»Oh, Lina!« Heathers grüne Augen füllten sich mit Tränen. Sie stellte ihre Reisetasche ab und drückte Lina lange. »Das ist doch nicht nötig. Ich habe nichts für dich.«

»Blödsinn, deine Freudschaft ist genug.« Lina zog sie noch enger an sich.

»Du wirst mir so fehlen!«

Lina küsste Heathers Wange. »Möge der heilige Christopherus dich auf deiner Reise beschützen. Schreib, sobald du kannst.« Sie zog die Nase hoch und wischte mit einem Finger unter ihren Augen entlang.

»Mögest du dein Glück in der Ehe finden, Lina.«

»Du auch, meine liebe Heather.« Sie schenkte ihrer Freundin ein zittriges Lächeln. Als Heather aus der Tür ging, raffte Lina ihre Röcke und eilte die Stufen hinauf, in die Ungestörtheit ihres Zimmers.

Kapitel Fünf

Mit Adam im Sattel vor sich zügelte Jonah in der Wärme des Junisonnenscheins sein Pferd beim Zug-Depot. Krächzende Geräusche ließen ihn zum Wasserturm hinaufblicken, wo sich ein Schwarm Krähen versammelt hatte, die auf dem Geländer hockten, das unten um den Turm herumlief, und die aussahen, als würden sie nur darauf warten, über alle ankommenden oder abreisenden Passagiere des nächsten Zuges zu klatschen.

Das knappe Telegramm, das er von seiner Versandbraut erhalten hatte, hatte ihm außer ihrer Ankunftszeit nicht viel mitgeteilt, doch Trudy hatte ihm versichert, dass Lina ihm noch einen persönlicheren Brief schreiben würde. Bis zu diesem Tag war Jonah jedoch zu beschäftigt gewesen, um in die Stadt zu reiten und nachzusehen, ob ihr Brief bereits angekommen war.

Er schwang sich von seinem Pferd, band es an der Pferdestange fest und griff nach Adam. Mit seinem Sohn auf dem Arm ging er den Bahnsteig hinunter und ging zum braungestrichenen Bahngebäude hinüber. Drinnen angekommen, ging er zum Schalter. Als er niemanden sah, blickte er über den Schalter hinweg und sah den Bahnhofsvorsteher Jack Waite schlafend in seinem abgenutzten Ledersessel sitzen. Er räusperte sich.

Jack öffnete die Augen, fuhr sich mit der Hand durch sein buschiges Salz-und-Pfeffer-Haar, stand auf und unterdrückte ein Gähnen. Er war kleingewachsen und Rheuma hatte begonnen, seine Finger zu verkrümmen. Er starrte Jonah an, ohne dass sich ein Zeichen des Erkennens auf seinem Gesicht zeigte. »Wie kann ich Ihnen helfen, Sohn?«

»Ich bin Jonah Barrett und will nachsehen, ob ich Post bekommen habe.« Die einfachen Worte straften das Flattern in seinem Bauch Lügen.

»Ah.« Der Ausdruck des Mannes wurde wacher. »Sagen Sie mir, wo Sie wohnen.«

Jonah hielt Adam auf einem Arm und deutete mit dem anderen in die Richtung, in der seine Farm lag. »Ein paar Meilen von hier, neben der Dunn-Ranch, aber weiter im Wald.«

»Gut zu wissen, gut zu wissen, Mr. Barrett«, murmelte der Bahnhofsvorsteher, als würde er Jonahs Farm auf seiner inneren Landkarte eintragen. »Habe Ihren Brief gleich hier.« Er ging hinüber zu einer Kiste am Ende des Schalters. »Hier habe ich die Post für diejenigen, die ich nicht kenne.« Er blätterte sich durch ein paar Umschläge. »Bitte sehr.« Er legte den Brief auf den Schalter. »Ist gestern eingetroffen.«

»Danke.«

Jack tippte auf eine zweite Kiste. »Jetzt, da ich Sie kenne, wird Ihre Post hier landen. Erwarten Sie mehr?«

»Vielleicht.« Jonah brach sein Schweigen noch nicht ganz, wobei er sich bewusst war, dass er eine Entscheidung treffen musste. Er hatte nach einer Braut geschickt, die einiges in seinem Leben ändern sollte, und das bedeutete, dass er sich den Stadtleuten geselliger zeigen musste. *Ab jetzt.* »Ich erwarte am achtzehnten eine Versandbraut.«

Jacks Augen leuchteten, und er hieb seine Handfläche auf den Schalter. »Nun, dann kann ich Ihnen Folgendes sagen:

Sie werden ein Postfach brauchen. Trudy Flanigan hat mich kalt erwischt mit ihren Briefen, die nur so zwischen St. Louis, Missouri, und Y Knot, Montana, hin und her fliegen. Hatte nicht geahnt, dass es so viel Post werden würde.« Er tätschelte die Oberseite der Box. »Hat die hier komplett gefüllt. Und ich habe eine Extrakiste für *Flanigan* machen müssen.« Er deutete auf die Regale hinter sich. »Das Problem werde ich nie wieder haben. Ich werde eine Kiste für Sie fertig haben, bevor Ihre Braut einen Fuß nach Sweetwater Springs setzt. Wie ist ihr Name? Das muss ich vorher und nachher wissen, nur für den Fall.«

Jonah musste ob der Begeisterung des Bahnhofsvorstehers, ein Postfach zu bauen, lächeln. Der Mann nahm seine Arbeit sehr ernst. »Miss Lina, ah, Angelina Napolitano.«

»Hübsch. Schätze, Sie und der Kleine könnten einen Engel in Ihrem Leben gebrauchen «

Mit einem langen, langsamen Nicken stimmte Jonah zu. »Ich nehme an, wir sehen uns bald wieder, Mr. Waite.«

»Jack. Für Sie Jack. Und ich nenne Sie –«

»Jonah.« Er tätschelte Adams Kopf. »Mein Sohn Adam.«

»Gut, Jonah. Bis demnächst.«

Mit dem Gefühl, einen Anfang bei der Kontaktaufnahme mit den Stadtbewohnern gemacht zu haben, ging Jonah in den Hauptraum des Bahnhofs, um einen ruhigen Ort zu finden, an dem er seinen Brief lesen konnte. Er sah sich um, und als er feststellte, dass es nichts gab, in das Adam hineinkriechen oder woran er sich verletzen konnte, setzte er den Jungen auf dem Boden ab und ließ ihn durch den Raum tappen. In der Hoffnung, dass Miss Lina ihre Meinung nicht wie befürchtet geändert hatte, nahm er auf einer der Bänke Platz und begann zu lesen.

Mr. Barrett,

nach dem Erhalt Ihres Briefes und dem, den Trudy in Ihrem Namen geschrieben hatte, habe ich der Situation die Aufmerksamkeit geschenkt, der sie meiner Ansicht nach bedarf. Als ich Trudys Beschreibung Ihres Sohnes las, hatte ich kein »Halbblut« vor Augen, wie Sie es beschrieben, sondern ein Kind, das ich in die Arme nehmen und von dort aus in meinem Herzen aufnehmen kann. Ich gebe Ihnen mein Ehrenwort, dass ich Adams Herkunft achten werde. Aber ich freue mich auch darauf, ihm (und Ihnen) meine italienische Herkunft anzubieten − die Wärme, die Sprache und das Essen. Wie mein Papá immer so gerne sagt: »Du hast nicht gelebt, bis du italienisch gegessen hast!«

Ich habe meiner Familie versprochen, dass ich ein paar weitere Tage bei ihr verbringen werde, bevor ich nach Sweetwater Springs aufbreche. Erwarten Sie mich am 18. Juni.

Ihre

Angelina (Lina) Napolitano

Kurz und auf den Punkt gebracht. Jonah gefiel Linas entschlossene Einstellung bezüglich Adam. Er las den Brief erneut und wünschte, sie hätte mehr über sich selbst geschrieben.

Schätze, mehr über Lina Napolitano werde ich selbst herausfinden müssen. Zum ersten Mal empfand er ein wenig Aufregung − ein Umstand, der ein Lächeln auf seine Lippen zauberte.

Lina hatte gerade aufgehört, der Köchin bei der Vorbereitung des Abendessens zu helfen, als Mrs. Seymour mit einem Briefumschlag in der Hand in der Tür erschien. »Der ist für Sie, Lina.«

Lina nahm den Brief entgegen und sah ihn an. *Von Heather!* Sie vermisste ihre Freundin, hatte aber nicht gewagt zu hoffen, so bald von ihr zu hören. »Vielen Dank, Mrs.

Seymour.« Da sie nicht warten wollte, bis sie in den Schlafraum unter dem Dach hinaufgestiegen war, zog sie sich in den Salon zurück, nahm einen spitzen Brieföffner von einer Ablage auf dem Sekretär und schlitzte die Oberkante des Umschlags auf. Als sie den Brief in der Hand hielt, durchquerte Lina den Raum, nahm auf dem Rand des Sofas Platz und begann zu lesen.

Liebste Lina,

sei bitte nicht beunruhigt, wenn ich Dir berichte, dass Hayden Klinkner spurlos verschwunden ist. Ich hoffe, er verspätet sich bloß. Da es mir etwas peinlich war, mit meiner Reisetruhe so allein auf der Straße zu stehen, ging ich in den örtlichen Laden, um meine Gedanken zu ordnen. Als ich die Postschalter sah, dachte ich an Dich – St. Louis, meine Familie und Freunde. Alles, was ich zurückgelassen habe. Ich versuche, mich nicht verlassen zu fühlen. Aber ich werde nicht zu hart urteilen, denn er kann schließlich von einem unerwarteten Ereignis verhindert worden sein. Wahrscheinlich bin ich ein wenig voreilig, schließlich ist er nur eine halbe Stunde zu spät.

Bitte behalte das für Dich. Ich möchte weder Mrs. Seymour noch die Mädchen beunruhigen. Ich entschuldige mich für diese kurze Nachricht. Hoffentlich erscheint Hayden bereits, bevor ich diesen Brief aufgegeben habe. Ich werde mehr schreiben, wenn ich mich eingelebt habe – irgendwo...

Alles Liebe,

Heather

Lina keuchte auf, fühlte, wie eine Welle der Besorgnis ihre Rippen zusammenzudrücken schien und las den Brief ein weiteres Mal, wobei sie dem Datum besondere Aufmerksamkeit schenkte. Als sie fertig war, setzte sie sich zunächst, obwohl sie etwas tun wollte, auf das Sofa und fühlte sich hilflos. *War Hayden Klinkner je erschienen? Ist Heather immer noch allein?*

Heather hatte ihr verboten, den andern Bräuten oder Mrs. Seymour etwas zu erzählen, und Lina wusste nicht, an wen sie sich sonst wenden sollte. Auf einmal schien Montana so weit entfernt.

Alles, was ich tun kann, ist beten.

Lina sprang auf und rannte die Hintertreppe hinauf zu ihrem Zimmer. Sie versuchte das leere Bett neben ihrem eigenen nicht anzusehen, denn wenn sie das tat, vermisste sie Heather nur, und griff nach ihrem schwarzen Schal, der an einem Haken neben dem roten hing, dann setzte sie ihr bestes Häubchen auf und band es unter dem Kinn fest. Sie nahm ihren gehäkelten Pompadour und hörte das Klimpern der Geldmünzen darin. Aus Gewohnheit steckte sie ein sauberes Taschentuch hinein und fügte auch noch Heathers zusammengefalteten Brief hinzu.

Dankbar für das gute Wetter, eilte Lina aus der Tür der Agentur, den Fußweg hinunter und durch das Tor auf die Straße. Sie war so in Gedanken versunken – in ihrem Bedürfnis, zur Kirche zu gelangen und dort eine Kerze für Heather anzuzünden – dass sie, von den Fußgängern, denen sie auswich, abgesehen, kaum auf ihre Umgebung achtete. Seit sie in der Agentur lebte, hatte sie nur einige Male der Messe in St. Anthony beigewohnt, da sie es vorzog, die Straßenbahn in ihre alte Wohngegend zu nehmen und gemeinsam mit ihrer Familie die Messe in der Kirche St. Francis of Assisi zu besuchen. Während sie den Fußgängerweg zu der aus Ziegeln gemauerten Kirche entlang eilte, stieß sie beinahe mit einem Mann zusammen, der aus der anderen Richtung kam.

»Whoa, Miss Lina.« Eine Hand fing sie auf.

Beim Klang ihres Namens blickte sie auf und sah Morgan Stanford vor sich, Heathers Bruder, der sie anstarrte. Sie blinzelte, um ihren Blick zu fokussieren. Der großgewachsene Mann hatte das dunkle Haar und die grünen Augen seiner Schwester und, ebenso wie bei Heather, funkelten sie amüsiert.

Sein Anblick brachte Linas Gedanken durcheinander. Heather hatte nicht gesagt, dass sie ihrem Bruder nicht vertrauen konnte. *Kann ich es wagen?* »Was tun Sie hier, Mr. Stanford?«

»Pater Michaels Klepper hat ein Hufeisen verloren. Ich habe den Wallach zur Schmiede gebracht, ihn neu beschlagen und gerade in den Stall des Pfarrhauses zurückgeführt. Unsere Familie kümmert sich um die Pferde aller Geistlichen hier in der Gegend.« Während Morgan sie ansah, verschwand die Belustigung aus seinen Augen. »Ist alles in Ordnung, Miss Lina?«

»Es geht um Heather«, platzte sie heraus. Sie fummelte an den Schnüren ihres Pompadours und übergab ihm den Brief ihrer Freundin.

Morgan las das Schreiben, und ein Stirnrunzeln verzerrte sein gutaussehendes Gesicht. Als er fertig war, reichte er ihr den Brief zurück. »Ich werde mich darum kümmern, Miss Lina. Ich habe sowieso darüber nachgedacht, in den Westen zu fahren.« Er zog seine Taschenuhr hervor. »Ich denke, wenn ich jetzt packe, erwische ich noch den Nachmittagszug.«

Lina klatschte in die Hände. »Oh, Mr. Stanford. Das ist eine Erleichterung für mich.«

»Hoffentlich ist meine Schwester nicht in Schwierigkeiten«, sagte er grimmig.

Lina legte eine Hand auf seinen Arm. »Daran habe ich auch gedacht, Mr. Stanford. Darum werde ich jetzt eine Kerze für sie anzünden. Aber nur, da ich Zeit gehabt habe, mich zu beruhigen, ist mir eingefallen, dass Evie Holcomb in Y Knot lebt. Wenn Hayden Klinkner nicht auftaucht, kann Heather bei ihr unterkommen.«

»Das ist wahr.« Sein Gesichtsausdruck entspannte sich. »Aber ich muss trotzdem nach ihr sehen. Zu meiner eigenen

Beruhigung. Was ist mit Ihnen, Miss Lina? Hat Mrs. Seymour bereits einen Ehemann für sie gefunden?«

»In zwei Tagen reise ich nach Montana. Allerdings nicht nach Y Knot. Aber wenigstens werden Heather und ich im selben Territorium leben und können uns vielleicht besuchen.«

Er tippte mit einem Finger an seine Hutkrempe. »Dann wünsche ich Ihnen viel Glück.«

»Ihnen auch, Mr. Stanford.« Lina nickte und hielt über den hölzernen Fußweg auf die Kirche zu. Sie musste immer noch eine Kerze anzünden. In Wahrheit sogar zwei Kerzen. Sie selbst konnte auch ganz gut eine gebrauchen.

Kapitel Sechs

Jonah stand im seinem Schlafzimmer vor dem Kleiderschrank, dem ausgefallensten Objekt in seinem Haus. Sein Nachbar Gideon Walker hatte den Schrank vor zwei Jahren im Tausch gegen ein Schwein gezimmert. Um dem Möbelstück für Koko eine Bedeutung zu geben, hatte Gid Symbole – einen Kreis und ein Dreieck, die Sonne und Mond repräsentierten – auf die Außenseite geschnitzt – die gleichen, die auf das Tipi ihrer Familie gemalt waren. Als Gideon das Möbelstück gebracht hatte, hatte die stille Koko, was sie selten tat, ihre Gefühle gezeigt und war, ihre Augen feucht, die Symbole mit den Fingerspitzen nachgefahren.

Eine bittersüße Erinnerung.

Er sah zu Adam, der schlafend auf seinem Bett lag, Arme und Beine ausgestreckt, eine Hand zur Faust geballt. In ein paar Stunden würde der Junge eine neue Mutter haben und Jonah eine neue Frau. Er hatte alle grundlegenden Vorbereitungen per Brief an Pater Fredrick getroffen, und Seth und Trudy würden ihn an der Kirche erwarten.

Mit schwerem Herzen langte Jonah nach seinem besten Hemd im Inneren des Kleiderschrankes, wobei seine Hand die Beinlinge und das lange Hemd aus Hirschfell streiften, die

Koko für ihn gemacht hatte, damit er sie zu ihrer Hochzeit tragen konnte. Die Kleidung war mit Fransen und Perlen verziert, sowie auf der Vorderseite des Hemdes mit Reihen von Federn. Sie war sehr stolz auf ihre Kunstfertigkeit gewesen, und er hatte das Geschenk mit Freude angelegt und sowohl für die Zeremonie als auch später bei besonderen Anlässen bei ihrer Familie getragen.

Jonah kam zum nächsten Kleidungsstück und hielt inne. Kokos Kleider hingen immer noch im Schrank, sowohl die alltäglichen unverzierten aus Wildleder, die sie zu Hause bevorzugt trug, als auch das Kaliko-Kleid, das er ihr in einem Katalog bestellt hatte und das sie zu ihren beiden Besuchen in der Stadt getragen hatte.

Er hätte Kokos Sachen und seine Hochzeitskleidung schon lange wegpacken sollen, doch Jonah hatte den Gedanken nicht ertragen können. Er sah sich auf der Suche nach einer Idee im Raum um, dann dachte er an die lederne Kiste unter dem Bett. Sie hatte sie mitgebracht, als sie kam, um mit ihm zu leben, und sie hatten sie als zusätzlichen Stauraum benutzt. Er ging auf die Knie, zog die Kiste hervor und stellte sie auf das Bett. Als er den Deckel anhob, sah er die Flöte, die Kokos Onkel gehört hatte, bevor er gestorben war. Sie hatte gewollt, dass Adam lernte, das Instrument zu spielen, wenn er alt genug war.

Jonah ließ die Flöte, wo sie war, und nahm die Kleidungsstücke aus dem Schrank, faltete sie zusammen und legte sie in die Kiste. Als er das letzte Stück hineinlegte, ließ ihn ein Platschen vom Dach her aus dem Fenster schauen. Die Regentropfen und bedrohlichen dunklen Wolken, die er sah, ließen ihn aufstöhnen. Bei seinem Pech hätte er mit schlechtem Wetter rechnen sollen.

Was soll ich jetzt tun?

Jonah dachte an Seth und Trudy und fragte sich, ob sie es bei diesem Regenguss in die Stadt schaffen würden. Er hatte mit den Flanigans abgesprochen, dass sie Lina nach der Hochzeit in ihrer Kutsche nach Hause bringen würden. Trudy war sich sicher, dass Lina nicht reiten konnte, und Jonah besaß keine Kutsche. Er und Koko waren überallhin auf ihren Pferden geritten.

Er wusste, dass Seth Gestänge und Segeltuch besaß, um seine Kutsche in einen geschlossenen Wagen umzubauen, in dem die Frauen relativ trocken blieben. Aber sein Freund auf dem Kutschbock würde nur Hut und Regenmantel haben, die ihn vor dem Regen schützten. Während eines Sturmes auf der Hochzeit zu erscheinen, war mehr, als man von einem Freund erwarten konnte, und er fühlte sich schlecht, weil er dem Paar Umstände bereitete.

Aber wie sonst bekomme ich Lina nach Hause? Jonah stöhnte. *Das ist kein guter Anfang für eine Ehe.*

Er warf einen flüchtigen Blick auf seinen Sohn und wünschte, er müsste ihn nicht mit hinaus in dieses feuchte Wetter nehmen. Adam wäre wahrscheinlich besser dran, wenn er die Wildlederkleidung trug, die seine Mutter für ihn gemacht hatte. Dann, wenn Jonah das Kind in Segeltuch einwickeln und den Jungen vor sich auf das Pferd setzen würde... Er hätte es vorgezogen, Adam seiner neuen Mutter nicht vorzustellen, wenn er Indianerkleidung trug, aber die Gesundheit des Kindes war wichtiger. Doch was wäre, wenn der Anblick des so gekleideten Kindes Lina verschreckte?

Mit Bangen begriff Jonah, dass alles an seinem Hochzeitstag ein Desaster seine würde – nicht anders, als sein ganzes bisheriges Leben. Er dachte an Koko, die im Kindbett gestorben war, und fragte sich, ob Gott ihn davor warnen wollte, eine andere Frau zu heiraten. Durch die Hochzeit mit ihm begab sich Lina an die Seite eines Mannes mit dem biblischen Unglück seines Namensvetters. Konnte er das einer unschuldigen Frau antun?

Er warf einen Blick auf seinen schlafenden Sohn, und der Hals schnürte sich ihm zu.

Ich habe keine andere Wahl.

Lina starrte, ihren Rosenkranz in einer Hand, aus dem Zugfenster – nicht, dass sie viel durch das vom Regen nasse Glas hätte sehen können. Die andere hielt eine flache hölzerne Kiste auf ihrem Schoß fest, die mit Mutterboden und wachsenden Kräutern gefüllt war.

Das draußen herrschende Grau vernebelte ihren Blick auf die vorbeiziehende Landschaft und schlug auf ihre Laune. In all ihren Tagträumen über das Treffen mit ihrem Ehemann und Stiefsohn und der anschließenden Hochzeitszeremonie, hatte sie sich nie vorgestellt, dass es regnete – nicht nur ein Nieseln, sondern strömender Regen. Und trotz der strengen Ermahnung, die sie sich selbst erteilte, konnte Lina nicht anders, als das Wetter als ein schlechtes Omen für ihre Ehe zu betrachten. In einem Versuch, ihre Ängste zu beruhigen, bewegte sie die Rosenkranzperlen zwischen ihren Fingern und sprach bei jeder ein Ave Maria.

Der Schaffner, der einen schwarzen Regenmantel über der Uniform trug, kam den Zwischengang hinunter. »Nächster Halt Sweetwater Springs.« Er blieb neben Linas Sitzreihe stehen. »Warum geben Sie mir nicht die Kiste, Miss? Dann können Sie besser ...« Er wies auf den Emaille-Topf auf dem Sitz neben ihr, der mit geflochtenen Knoblauchkränzen, einem Block Parmesankäse, Stoffbeuteln, kleinen Flaschen mit getrockneten italienischen Kräutern und anderen Dingen gefüllt war.

Dankbar, die Last, die seit St. Louis auf ihrem Schoß geruht hatte, jemand anderem übergeben zu können, reichte Lina ihm die Kiste. Der einzige Grund dafür, dass sie den kleinen Garten mitgenommen hatte, war, dass ihre Nonna mit ihren knotigen Fingern die Kräuter aus ihrem Garten eigenhändig in die Kiste gepflanzt und darauf bestanden hatte, dass Lina sie auf die Reise mitnahm. Nonna mochte vielleicht zweiundsiebzig Jahre alt sein, aber als Familienmatriarchin gehorchten all ihre Kinder, Enkel und Urenkel jeder ihrer Anweisungen.

Lina entknotete eilig die grob gerippten Seidenbänder an ihrem kleinen Strohhut, setzte ihn ab und strich sich das Haar glatt. Einige ihrer Locken hatten sich aus den Haarnadeln befreit, die ihre Haare in einem tiefen Knoten zusammenhielten, und sie schob sie an ihren Platz zurück, nur damit sie gleich wieder hervorsprangen. Mit einem Seufzen gab sie auf.

Lina durchwühlte ihre Tasche, zog ein kleines Papierpäckchen hervor, entfaltete die Ecken und enthüllte ein rotes Satinband. Sie wedelte mit ihrem Hut, um alle Ascherückstände aus dem Rauch, der aus dem Schornstein des Zuges geschleudert und durch jedes offene Fenster hineingeweht worden war, zu entfernen. Als die Krempe sauberer war, tauschte sie das graue Band gegen das rote. Egal was sie trug, Lina liebte es, einen Hauch von Rot an sich zu haben − Bänder oder eine künstliche Pfingstrose −, da sie wusste, dass die Farbe ihren Teint aufhellte und ihrem dunklen Typ schmeichelte. Sie hatte das graue Band auf der Reise getragen, da sie das rote nicht hatte ruinieren wollen.

Nicht zum ersten Mal fragte sich Lina, was Jonah Barrett denken würde, wenn sie mit einer Kiste Pflanzen und einen schweren Topf erschien. Aber ihre Mama hatte darauf bestanden, dass sie den Topf mitnahm und, wie ihrer Nonna durfte man Maria Napolitano nicht widersprechen. Wenn Lina den Topf schon mit sich herumschleppte, dann konnte sie auch sein Inneres mit den Dingen füllen, die sonst zwischen ihren Kleidern und ihrer feinen Wäsche im Koffer einen unangenehmen Geruch hinterlassen hätten.

Der Zug wurde immer langsamer und hielt an. Vermischt mit dem Dampf des Zuges sorgte der heftige Regen dafür, dass sie von ihrer neuen Heimatgemeinde nichts sehen konnte – einer Gemeinde, die sie wegen ihres Halbblutsohnes abweisen könnte. Mit einem Gefühl von Widerwillen und Erwartung stand sie auf, strich über ihren Mantel und ergriff ihren Koffer.

Ein paar Fuß entfernt wartete der Schaffner geduldig.

Als Lina bereit war, nickte sie ihm zu. Dann packte sie ihren Koffer fester und nahm den Topf in die andere Hand.

Mit der Kräuterkiste in den Händen, glitt der Schaffner zwischen zwei leere Sitze und bedeutete ihr voranzugehen.

Als sie den Ausgang erreichte, holte Lina tief Luft und trat auf die hölzerne Plattform und hinaus in das verregnete Sweetwater Springs.

Kapitel Sieben

Vor dem Bahnhof zügelte Jonah sein Pferd hinter dem abgedeckten Wagen der Flanigans. Er stieg ab und benutzte ein Stück Segeltuch, das er über Adams Kopf gelegt hatte, um den Regen vom Gesicht des Jungen fernzuhalten. Die Bewegung weckte seinen Sohn, der auf dem Ritt in die Stadt wieder eingeschlafen war.

Das Kind begann zu weinen.

Während er versuchte, den Regenschutz weiter über den Jungen zu halten, spürte Jonah, wie seine Stiefel einige Zoll tief im Matsch versanken. Er unterdrückte einen Fluch und wiegte Adam in der Hoffnung, ihn am Weinen zu hindern. Doch seine Bemühungen brachten den Jungen nur dazu, seine Stimme zu erheben.

Seth öffnete einen schwarzen Regenschirm und hielt ihn über den hinteren Teil des Wagens.

Trudy band das Seil los, das das Segeltuch zusammenhielt, vergrößerte die Öffnung und stieg, unterstützt von ihrem Mann, aus. Sie trug einen wollenen Kapuzenmantel und trug ein paar rote Blumen.

Zuerst dachte Jonah, es wären Rosen, doch als sie sich bewegte erkannte er, dass es sich um Pfingstrosen handelte.

»Oh, Adam«, sagte Trudy sanft zu dem Jungen. »Weine nicht, mein Süßer.«

Zu Jonahs Erstaunen verwandelten sich die Schluchzer des Jungen in ein Schniefen.

Trudy drückte Jonah die Pfingstrosen in die freie Hand. »Für Sie, damit Sie sie Lina geben können. Es sind ihre Lieblingsblumen.« Sie warf ihrem Mann ein spöttisches Lächeln zu. »*Jemand* hat mich nicht mit Blumen empfangen, als ich hier ankam, und ich war ein wenig enttäuscht.«

»Dieses Versehen habe ich wieder gut gemacht«, betonte Seth. »Wenn ich nicht zu Mrs. Cameron gegangen wäre, um sie um Rosen für die Zeremonie zu bitten, dann wären die Camerons und Carters nicht auf unserer Hochzeit gewesen. So hast du Blumen *und* neue Freunde bekommen. Ich sehe das als Bonus an.«

Trudy lächelte. »Ich hätte es gar nicht anders haben wollen.«

Trotz des Regens und der Kühle der Luft, von denen sie umgeben war, verursachte der Ausdruck von Liebe auf Trudys Gesicht, als sie ihren Ehemann ansah, Jonah einen Stich ins Herz. Er und Koko hatten ein Verhältnis aus Fürsorge und Respekt zwischen sich aufgebaut, eines, von dem er angenommen hatte, dass es vollkommen war. Die Art Liebe, wie Seth und Trudy sie zeigten, hatte er nie in Betracht gezogen... hatte nie darauf gehofft. Und das erlaubte er sich auch diesmal nicht. »Lasst uns hinaufgehen«, sagte er mit barscher Stimme.

An der Treppe zum Bahnsteig versuchte Jonah, den Matsch an der Kante der ersten Stufe von seinen Stiefeln zu streifen, doch durch die Bewegung rutschte das Segeltuch von Adams Kopf. Als er den Schutz schnell wieder über seinen Sohn zog, ließ er eine der Blumen fallen. Er konnte sich nicht danach bücken, ohne dass Adam nass geworden wäre. Vielleicht würde Trudy es nicht bemerken.

Seth und Trudy erklommen den Bahnsteig nach ihm und traten an seine Seite. Trudy hatte den Regenschirm übernommen, und Seth hatte einen Arm um ihre Hüfte gelegt.

Jonah jonglierte mit Adam und den Blumen. Er hoffte, dass Lina keine romantische Geste erwartete, wie dass er zum Beispiel ihre Hand nahm oder, schlimmer noch, ihr einen Kuss gab. Selbst wenn er das gewollt hätte, seine Hände waren voll.

Mit vollem Dampf aus dem Schornstein und kreischenden Bremsen fuhr der Zug in den Bahnhof ein. Der Anblick und der Krach, den dieses Monster boten, erschreckten Adam, und er begann zu heulen. Jonah drehte sich ein wenig, um den Zug vor dem Blick des Jungen zu verbergen. Ein Windstoß blähte den unteren Teil von Jonahs Mantel wie eine Glocke auf und hob den hinteren Teil seine Hutes ein paar Zoll an – genug, um seinen ungeschützten Hals zu entblößen. Die Vorwärtsneigung seines Hutes nahm ihm die Sicht, so dass er nicht mitbekam, wie Lina aus dem Zug stieg.

»Lina!« Trudy rief nach ihrer Freundin. Sie löste sich aus Seths schützendem Arm und stürzte vorwärts.

Hastig benutzte Jonah seinen Unterarm, um seinen Hut zurückzuschieben, wobei er ein paar weitere Pfingstrosen fallen ließ und den Stängel einer weiteren abbrach, so dass sie einsam zur Seite hing.

Adams Weinen klang herzzerreißend.

Er wiegte den Jungen in dem Versuch, ihn zu trösten.

Die Bewegung resultierte jedoch nur darin, seinen sonst friedlichen Sohn zu verärgern. Adam schlug nach seinem Vater und trennte dabei eine der vier verbliebenen Blüten von ihrem Stängel.

Beschämt betrachtete Jonah den erbärmlich aussehenden Strauß und fragte sich, ob er ihn Lina immer noch geben oder lieber unter den Bahnsteig werfen sollte. Wäre Trudy nicht dagewesen, hätte er letzteres getan, doch er wollte die Frau seinen Freundes nicht verletzen.

Trudy trat an den Zug, wo sie den Schutz, den der Regenschirm bot, mit Lina teilte.

Ein wenig verärgert, dass er nicht der erste gewesen war, der die Frau begrüßt hatte – nicht, dass er gewollt hätte, dass sie nass wurde –, trat Jonah vor. Regen und Regenschirm machten es schwierig, seine Braut richtig zu sehen, doch er bemerkte, dass sie einen Emaille-Topf trug, der mit Päckchen gefüllt zu sein schien.

»Lassen Sie mich Ihnen das abnehmen.« Seth griff nach Linas Koffer.

Der Regenschirm neigte sich etwas nach hinten und Jonah erhaschte einen Blick auf ein Paar große, dunkle Augen, bevor der Rand zurückkippte und er sie aus dem Blick verlor. Ein wenig erstaunt ob der Wahl Linas, mit einem Topf als Gepäckstück zu reisen, schob er den mitgenommenen Strauß ihrer behandschuhten Hand entgegen. »Willkommen«, sagte er mit monotoner Stimme.

Er erhielt keine Antwort, obwohl sie die Blumen entgegennahm.

Da er befürchtete, dass Lina ihn nicht gehört hatte, wiederholte Jonah das einzelne Wort und erhob dabei seine Stimme über das Tip-tap des Regens. *Klinge ich lächerlich, weil ich sie zweimal begrüße?*

Aufgrund seiner Beschäftigung mit den Blumen, löste Jonah seinen Griff am Segeltuch um Adams Kopf. Die Abdeckung rutschte herunter, fiel zu Boden und landete in einer Pfütze, in der sie in sich zusammensank, als sie das Wasser aufsaugte.

Der Regenguss klebte Adam das Haar an den Kopf, was ihn nur dazu brachte, noch lauter zu schreien.

Jonah nahm den Hut ab und hielt ihn über den Kopf

seines Sohnes. Der Regen verklebte ihm das Haar im Nacken.

Der Schaffner stieg aus dem Zug, eine große flache Kiste in den Armen.

Waren das Pflanzen in der Kiste?

Der Schaffner sah sich um, richtete sein Augenmerk auf Seth als den einzigen mit einer freien Hand und hielt ihm die Kiste hin. »Alles Gute, Miss«, rief er, bevor er in den Zug zurück stieg, um dem Regen zu entkommen.

Erleichtert, die Wärme und das Willkommen ihrer Freundschaft zu spüren, entzog sich Lina Trudys enthusiastischer Umarmung, denn sie wünschte sich verzweifelt, Jonah und Adam zu sehen. Doch was der Regenschirm nicht vor ihrem Blick verbarg, versteckte der Regen. Alles, was sie sehen konnte, war ein Mann mit Cowboyhut, der ein sich windendes, in Segeltuch gehülltes Bündel hielt, das unglückliche Schreie ausstieß.

Ihre Finger sehnten sich danach, nach dem Kind zu greifen und zu sehen, ob sie es beruhigen konnte.

Eine Hand, die in einem Lederhandschuh steckte, hielt ihr einen armseligen Blumenstrauß entgegen, in dem ein paar mitgenommene Pfingstrosenblüten die Köpfe hängen ließen. Noch während sie sie ansah, fiel eine Blüte ab und zu Boden, so dass nur noch zwei übrig blieben. Ein süße Geste, sicher, aber sie fragte sich, was wohl mit dem Rest passiert war.

»Das ist mein Ehemann, Seth«, sagte Trudy mit einer Stimme, die laut genug war, das Schreien des Babys und den trommelnden Regen zu übertönen. »Seth, dies ist meine liebe Freundin Angelina Napolitano.« Sie klopfte auf den Arm des Mannes neben sich. »Und das sind Jonah Barrett und der kleine Adam.«

»Wie geht es Ihnen, Miss Napolitano?«, sagte Seth.

Lina blickte um den Rand des Regenschirmes herum und erspähte flüchtig einen blonden Bart. Der Regen, der ihr ins Gesicht schlug, brachte sie jedoch dazu, sich zurück unter den Regenschirm zu ducken.

Seth beugte sich tiefer hinab, um Augenkontakt mit ihr herzustellen. »Haben Sie noch mehr Gepäck?«

»Eine Reisetruhe.«

Er blickte auf die Kiste in seinen Armen, dann zu Jonah, der das Baby hielt. »Ich komme wieder, um die Truhe zu holen. Jetzt gehen wir erst mal alle zu den Nortons.«

Trudy zog an Linas Arm und die beiden trotteten, zusammengedrängt unter dem Regenschirm, zum Ende des Bahnsteigs und die Stufen hinunter. Der Topf schlug gegen ihr Bein.

Linas Füße versanken ein paar Zoll tief im Matsch. Mit dem Blumenstrauß in der einen Hand, raffte sie ihren Rock mit der anderen, bevor der Saum dreckig werden konnte. *Zum Glück habe ich robuste Stiefel angezogen und keine schönen.*

Sie stapften die Straße hinab, die beiden Frauen vorne, die Männer hinter ihnen. Das Jammern des Babys begleitete sie den ganzen Weg.

Armes Bambino! Lina sehnte sich danach, Adam in die Arme zu nehmen und zu trösten. Vielleicht würde Mr. Barrett ihr erlauben, seinen Sohn zu halten, wenn sie endlich im Trockenen angelangt waren.

Je weiter sie gingen, umso nasser wurden sie. Trudy versuchte, sie um die Pfützen herum zu manövrieren und dabei den Regenschirm über ihre Köpfe zu halten, doch es gelang ihr nicht immer. Von Zeit zu Zeit wies sie darauf hin, an welchem Gebäude sie gerade vorbeikamen... »Der Laden. Hardy's Saloon, bleib dem fern.«

Durch den strömenden Regen konnte Lina nur vage Umrisse dunkler Gebäude erkennen. Der Sturm ließ alles, sogar das weißgestrichene Schulhaus, an dem sie vorbeikamen, grau und trostlos wirken.

Bei Linas Bemühen, den Topf daran zu hindern, gegen ihr Bein zu schlagen, wurde ihr Arm müde und begann zu schmerzen, und ihre Finger verkrampften sich. Der Versuch, ihren Rocksaum vom Matsch fernzuhalten, machte es schwierig, sich unter dem Regenschirm in Trudys Richtung zu lehnen. Sie konnte spüren, wie ihr Hut durchnässt wurde und wusste, dass die Krempe wahrscheinlich herunterhing. Sie hoffte, dass er nicht ruiniert war.

Ihre Befürchtungen wuchsen mit jedem Schritt. *Was habe ich getan?* Lina wünschte sich inbrünstig nach Hause nach St. Louis zurück, in einen Sessel vor dem Feuer gekuschelt, mit dem Geruch der roten Sauce ihrer Mutter, der vom Herd herüber wehte, und der Wärme ihrer Familie, die sie umgab.

An einem weiß geschindelten Haus bog Trudy unvermittelt nach links ab. Der Regenschirm kippte zur Seite und eine Windböe blies ihnen Regen ins Gesicht. »Es tut mir so leid, dass du praktisch zum Pfarrhaus *schwimmen* musst.«

Lina zwinkerte, um ihre Augen wieder klar zu bekommen, und erkannte, dass sie um eine Kirche herumgingen.

»Wir sind fast da. Zum Glück«, sagte Trudy in ihr Ohr.

Zum Glück. In der Tat.

Nach ein paar weiteren Schritten erreichten sie ein kleines Haus. Auf der anderen Seite erblickte sie einen Friedhof. Sie eilten die Stufen zur Veranda hinauf. Trudy senkte den Regenschirm und stellte ihn zum Trocknen in eine Ecke. Die Männer drängten ihnen unter den Schutz des Daches nach.

Als Seth die Garten-Kiste in die andere Ecke der Veranda stellte, flog die Tür auf und eine ältere Frau in einem einfachen grauen Kleid und einer weißen Schürze erschien und bedeutete ihnen einzutreten. »Kommen sie herein und raus aus diesem fiesen Wetter.« Sie trat zur Seite und wartete, bis alle durch die Tür getreten waren.

»Das ist Mrs. Norton«, sagte Trudy zu Lina, als sie an der Frau vorbeigingen. »Miss Angelina Napolitano. Wir nennen sie Lina.«

»Miss Napolitano«, sagte Mrs. Norton und war kurz davor zu knicksen.

Adam setzte sein mitleiderregendes Heulen fort.

»Oh, der arme liebe Junge. Lassen Sie ihn uns dahin bringen, wo es warm und trocken ist. Meine liebe Mrs. Flanigan, bitte gehen Sie in die Küche voraus.«

Mit dem Gefühl, dass ihr Arm gleich abfallen würde, folgte Lina Trudy den Flur hinunter. Sie wagte es nicht nachzusehen, wie viel Matsch sie dabei auf Mrs. Nortons Boden zurückließ.

Trudy wandte sich nach links in eine warme Küche, die vom Aroma gerösteten Huhns und gebackenen Brotes erfüllt war.

Lina atmete die anheimelnden Düfte ein und fühlte, wie ein Teil ihrer Anspannung sie verließ. *Fast so einladend wie der Geruch von roter Sauce und Pasta.*

Mit einem Seufzer der Erleichterung setzte sie den Topf auf dem Tisch ab und wollte den Blumenstrauß hineinstellen, merkte dann jedoch, dass er nur noch eine komplette Blume hatte, während die anderen zwischen den Blättern zerdrückt worden waren. Sanft berührte Lina die Blätter der intakten Blüte. Sie würde sie bei der Hochzeitszeremonie tragen und später zwischen den Seiten ihrer Bibel pressen. *Vorausgesetzt, sie überlebt den Tag.* Sie legte die Pfingstrose hin, zog ihre Handschuhe aus und stopfte sie in ihre Tasche, bevor sie den Mantel von ihren Schultern gleiten ließ.

Sie erhaschte einen Blick auf den bärtigen Mann, der seinen weinenden Sohn hielt.

Mrs. Norton lenkte sie ab, indem sie ihr eine Hand entgegenstreckte. »Lassen Sie mich das nehmen, Miss Napolitano.« Die Frau des Geistlichen war eine zart gebaute Frau mit freundlichen blauen Augen. Wenn sie lächelte, bildeten sich Fältchen um ihre Augen und ihren Mund. Ihr braunes Haar, von einer großzügigen Menge Grau durchzogen, war zu einem festen Dutt gebunden. Sie hängte den Mantel an einen Haken, der in einer Reihe anderer neben der Tür angebracht war. »Sie alle können Ihre Sachen ebenfalls hier aufhängen.«

Trudy hing ihren Mantel auf.

Seth stellte Linas Koffer neben der Tür ab.

Mrs. Norton zeigte auf einen Stapel Handtücher auf dem Tisch. »Trocknen Sie sich ab. Dann setzen Sie sich neben den Ofen und wärmen Sie sich auf. Reverend Norton ist in seinem Arbeitszimmer und beendet gerade seine neue Predigt. Er wird bald kommen.«

Jonah ließ das Segeltuch, das er benutzt hatte, um Adam zu schützen, auf den Boden unter den Mänteln fallen und hängte seinen Hut auf einen Haken. Sein blondes Haar war dunkel vom Regenwasser. Mit nur einem Arm wickelte er seinen Sohn aus der Decke, was Adams Wehklagen nur verstärkte.

Zum ersten Mal bekam Lina den Jungen richtig zu Gesicht, und sie konzentrierte all ihre Aufmerksamkeit auf ihn.

Adams dunkles Haar war nass, sein Gesicht verkniffen und rot. Er trug eigenartige Kleidung, die aus weichem Leder zu sein schien. Seine grünen Augen schwammen in Tränen, die langen Wimpern waren zusammengeklebt. Rotz rann ihm aus der Nase. Er war das perfekte Abbild des Kummers eines fast Zweijährigen.

Verlangen durchlief sie, so stark, dass es ihr Herz zusammenzog. Sie sehnte sich danach, ihn in die Arme zu nehmen und zu beruhigen.

Mrs. Nortons Hände flatterten. »Ist Adam hungrig, Mr. Barrett? Ich habe ein paar gestampfte Kartoffeln.«

»Er hat gegessen, bevor wir zu Hause aufgebrochen sind.«

»Was ist mit seiner Windel?«, fragte Lina.

»Er ist schon ziemlich gut darin, sein Töpfchen zu benutzen.« Mr. Barrett stellte den Jungen auf einen Stuhl, zog die Leggings von seinem Po und spähte hinein. Als er offensichtlich keine volle Windel sah, steckte er den Finger in Adams Hose. »Er ist trocken.«

Die Prozedur sorgte dafür, dass Adams Schreie noch lauter wurden.

Lina konnte es keine weitere Minute mehr aushalten. Sie streckte die Hände aus. »Lassen Sie es mich versuchen. Bitte, Mr. Barrett?« Sie sah die Unentschlossenheit in seinen Augen, hielt die Arme aber weiter ausgestreckt.

Mit einem leichten Nicken reichte er ihr seinen Sohn.

Adam versteifte sich. Er neigte sich von ihr fort und streckte seinem Vater eine Hand entgegen, die Finger flehentlich gespreizt.

Mr. Barrett machte Anstalten, ihn zurückzunehmen.

Lina schüttelte ihren Kopf, dann wandte sie sich um und ging auf die andere Seite der Küche. Mrs. Norton gab ihr einen Stofffetzen, und sie putze dem Jungen die Nase. Dann drehte sie sich zum Fenster, völlig konzentriert auf das Kind in ihren Armen. Während sie ihn wiegte, sagte sie sanft: »Sch, sch, *Carissimo*, sch.« Sie gab eine Reihe sanfter italienischer Worte von sich, die sie ihr Leben lange gehört hatte, wenn aufgebrachte Babys beruhigt werden sollten.

Adams Körper entspannte sich an ihrem, aber sein Jammern hörte nicht auf.

Lina setzte die zärtlichen Worte fort. Gleichzeitig rieb sie ihre Handfläche kreisend über seinen Rücken.

Adam gab einen zittrigen Seufzer von sich. Seine Schreie

verwandelten sich in ein Schniefen, das seinen ganzen Körper schüttelte.

»Alles gut, alles gut.« Lina kehrte zum Englischen zurück. »Es geht dir wieder gut.« Sie tätschelte seinen Rücken.

Mit einem schaudernden Seufzer entspannte sich Adam und legte seinen Kopf auf ihre Schulter.

»Ah.« Lina streichelte seinen Hinterkopf. »So ist es besser.« Sie drückte ihm einen Kuss auf die Stirn und sog seinen Duft nach kleinem Jungen ein. Sein Gewicht lehnte sich gegen sie, so vertraut und so unendlich richtig.

Seit sie ein junges Mädchen gewesen war, hatte Lina Babys gehalten und gewiegt. In ihrer Familie hatte es immer genug kleine Kinder gegeben, und sie liebte sie alle. Doch nichts hatte sie auf den ersten glühenden Stich mütterlicher Liebe vorbereitet, der ihr Herz durchbohrte – so tief, dass ihr der Schmerz und die Freude fast körperlich weh taten. Heiße Tränen sprangen ihr in die Augen. *Dieses Kind gehört zu mir!*

Ihren Sohn an der Brust, drehte sich Lina um und schaute die vier Erwachsenen an, die sie beobachteten. »Ich bin seine *Mutter*«, sagte sie verwundert. Doch eine Feststellung war nicht genug, um die Flut der Gefühle zu beschreiben… die Gefühle ihrer raschen und unwiderruflichen Bindung an das Kind. »*Ich bin Adams Mutter!*«

Kapitel Acht

Jonah starrte die Frau an, die gerade ihren Claim in Hinblick auf seinen Sohn abgesteckt hatte. Eine italienische Madonna mit vor Tränen funkelnden Augen stand vor ihm, und besitzergreifende Energie erfüllte die Luft mit einem Knistern.

In diesem Augenblick, in dem er sich leichter fühlte als seit Monaten, begriff Jonah, dass er die Last der Unsicherheit und der Angst, die er seit Kokos Tod mit sich herumgetragen hatte, ablegen konnte. Er stieß die Luft mit einer Erleichterung aus, die ihn bis ins Innerste seines Wesens erschütterte. *Ich habe die richtige Entscheidung getroffen.* Egal, was sonst aus dieser Ehe wurde, sein Sohn hatte eine Mutter. Und nicht nur eine Frau, die die Mutterrolle ausfüllte, sondern … er lächelte fast bei dem Bild, eine Bärenmutter, die ihr Junges mit Klauen und Zähnen verteidigen würde. Mit ihren Worten »Ich bin Adams Mutter«, hatte sie sie gerade alle herausgefordert zu widersprechen.

Ein Lächeln ließ seine Mundwinkel zucken. »Ich schätze, das sind Sie«, stimmte er zu.

Lina schenkte ihm ein zaghaftes Lächeln, das wuchs und ihre Grübchen zeigte.

Für einen Moment studierte er diese Fremde, die er

heiraten würde, genau. Ihr lockiges Haar steckte in einem dicken, geflochtenen Dutt und federnde nasse Strähnen tanzten um ihr Gesicht. Dort, wo Koko rank und schlank gewesen war, war sie füllig, ihr Gesicht runder als die eckigen Züge seiner Frau. Koko war fast so groß gewesen wie er, während Linas Kopf ihm gerade bis zu den Schultern reichte.

Er hätte auch ein hässliches altes Weib geheiratet, wenn sie seinem Sohn eine gute Mutter gewesen wäre – nicht, dass Trudy ihn mit einer alten Schreckschraube verkuppelt hätte. Doch eine Frau zu haben, deren schöne Züge und weibliche Tüchtigkeit ihn ansprachen, war ein unerwarteter Segen. Zum ersten Mal freute sich Jonah auf seine Ehe – auf die Annehmlichkeiten von Häuslichkeit. Er lächelte Lina zögernd an und spürte, dass er dabei Gesichtsmuskeln lockerte, die steif geworden waren, da er sie lange nicht benutzt hatte.

Genauso schnell, wie er sich der optimistischen Natur seiner Gedanken bewusst wurde, zügelte Jonah sie auch schon. Er konnte es sich nicht erlauben daran zu glauben, dass seine Pechsträhne zu Ende war. Das hatte er bei Koko getan – sich in der Sicherheit einer Familie entspannt. Ihr Tod hatte ihm nur bewiesen, dass er ständig vor dem Leben auf der Hut sein musste.

Trudy sagte etwas zu Lina. Was, verstand er nicht.

Lina legte den Kopf in den Nacken und lachte.

Der Klang ihres Lachens war erdig und geradezu ansteckend. Er konnte nicht anders als erneut zu lächeln.

Sich zurückzuhalten könnte schwerer sein, als ich gedacht habe.

Nach dem Ausbruch gemeinsamen Lachens füllten sich Trudys Augen mit Tränen.

»Was ist?«, wollte Lina wissen.

Trudy schniefte. »Zu sehen, wie Adam dich annimmt ...« Sie legte eine Hand über ihr Herz. »Ich bin so froh ... so erleichtert ...«

Seth legte seiner Frau einen Arm um die Schultern und drückte sie an sich. Seine unwiderstehlichen grauen Augen wurden weicher, als er seine Frau ansah.

Trudy blickte zu ihm auf, Liebe und Dankbarkeit auf ihrem Gesicht.

Lina hielt den Atem an. Nun war es an ihr, zu Tränen gerührt zu sein. Sie war so dankbar für die Liebe, die ihre Freundin durch ihre Versandehe gefunden hatte.

Sie schaute Mr. Barrett... *Jonah*... an und sah ihn zum ersten Mal richtig – nicht als einen hilflosen Vater, sondern als ihren *Gefährten*. Ihr zukünftiger Ehemann war größer als die meisten Männer in ihrer Familie, aber nicht so groß, dass er sie völlig überragte. Er war schlank, vielleicht zu dünn. Aber ihre Pasta würde ihn schon bald etwas auspolstern. Seine lebhaften grünen Augen hatten den Ausdruck der Melancholie verloren, der vorher in ihnen gewesen war, und sie fragte sich, welche Form wohl sein Mund und sein Kinn unter dem Bart haben mochten. Er musste seine Barthaare gestutzt haben, denn der Bart war nicht buschig, wie Trudy geschrieben hatte. Sein dichtes goldenes Haar trug er schulterlang.

Trudy rieb schnell eine Träne fort. »Ich sentimentales Dummerchen. Und wir stehen hier immer noch alle nass herum.« Sie packte sich ein Handtuch vom Tisch und tupfte sich damit das Gesicht ab. Dann legte sie es sich über die Schulter, nahm zwei weitere und verteilte sie an die Männer. Das letzte reichte sie Lina.

Während jeder damit beschäftigt war, sich Kopf und Gesicht zu trocknen, tupfte Lina Adams Gesicht ab.

Er legte seine Züge in Falten und schüttelte den Kopf.

Als Lina jedoch weitermachte, begann er zu ihrer

Erleichterung nicht zu weinen. »Braver Junge.« Sie küsste seine trockene Wange, bevor sie das Handtuch sanft über seinen Kopf bewegte und ihm schnell das Haar trocken rubbelte.

Mrs. Norton nahm ein paar Suppenschalen aus einem Regal und stellte sie auf den Tisch. »Während wir auf Reverend Norton und Pater Fredrick warten, können Sie alle etwas essen. Miss Napolitano, Sie müssen halb verhungert sein.«

Am Morgen hatte Lina den Rest des Brotes gegessen, den sie von zu Hause mitgebracht hatte. Doch mit ihrem vor Nervosität verkrampften Magen wusste sie nicht, ob sie einen Bissen herunterbekommen würde, ganz gleich, wie appetitlich das Essen duftete. Und nun, da Adam sich beruhigt hatte, wollte sie ihn nicht stören. Obwohl ihre Arme müde waren, machte es ihr nichts aus am Tisch zu sitzen, während sie das Kind hielt.

Mrs. Norton warf ihr einen verständnisvollen Blick zu. »Setzen Sie sich nur hier hin.« Sie zog einen Stuhl unter dem Tisch hervor und deutete darauf. »Für Sie vielleicht nur ein wenig Hühnersuppe. Die Brötchen, die ich gemacht habe, sind weich. Perfekt, um sie hinein zu tunken. Sie werden sie nicht einmal kauen müssen. Eines unserer Gemeindemitglieder hat gestern einen Sack weißes Mehl vorbeigebracht. Es war so ein Vergnügen, damit zu backen.« Während sie sprach, deckte sie energisch den Tisch.

»Brauchen Sie Hilfe, Mrs. Norton?«, bot Trudy an.

»Nein, nein.« Die Frau des Geistlichen wedelte ihre Hand in Richtung Herd. »Das Wasser hinten auf dem Herd ist warm, aber nicht zu heiß. Die Waschschüssel ist dort drüben.« Sie deutete auf eine Ecke. »Es gibt Seife und Sie haben Handtücher. Sie können Ihre Hände waschen. Meine Damen, es gibt noch eine andere Waschmöglichkeit im Schlafzimmer. Mrs. Flanigan, Sie kennen den Weg.«

Trudy übernahm es, das Wasser für die Männer in die einfache weiße Schüssel zu gießen. Mit einer hochgezogenen Augenbraue sah Lina zu Mr. Barrett, um die Erlaubnis zu erhalten, Adam mitnehmen zu dürfen.

Er nickte.

Lina folgte Trudy ins Schlafzimmer.

Trudy goss Wasser in eine mit Rosen verzierte Schüssel. Sie testete die Temperatur mit einer Fingerspitze. »Lass mich den Kessel in die Küche zurückbringen. Ich bin gleich wieder da.«

Den Moment der Einsamkeit ausnutzend, gab Lina Adam einen Kuss auf sein seidenes Haar. »Ich bin deine neue *Mama*«, murmelte sie, wobei sie die italienische Aussprache benutzte. »Kannst du *Mama* sagen?«

Adam antwortete nicht, sondern blickte sich nur im Raum um.

Lina wunderte sich, wie lange es dauern würde, bis er das Wort ihr gegenüber aussräche. *Hoffentlich wird dieser Tag bald kommen!* Bei diesem Gedanken musste sie über sich selbst lachen. Trotz all ihrer fantasievollen Tagträume von der augenblicklichen Liebe, die ihr Stiefsohn ihr entgegenbringen würde, wusste sie, dass es oft lange dauerte und viel Geduld erforderte, bis man ein Kind für sich gewonnen hatte. Sie hatte heute mit Adam schon einen größeren Fortschritt gemacht, als sie zu hoffen gewagt hatte.

Als Trudy zurückkehrte, nahm sie Lina impulsiv in den Arm, darauf bedacht, das Kind nicht zu stören. »Ich bin *so* glücklich, dass du hier bist! Ich habe die Tage gezählt, meine Hände gerungen und gehofft, dass alles gut werden wird.« Ihre Stimme wurde fröhlicher. »Ist dir klar, wie schwer es ist zu arbeiten, wenn deine Hände anderweitig beschäftigt sind?«

Lina lachte.

Bei diesem Geräusch starrte Adam sie mit großen Augen an.

Mit einem weiteren Lächeln küsste Lina seine Stirn. »Es wird Zeit, dass du mehr Lachen hörst, mein Sohn.«

Trudy tunkte einen Waschlappen ins Wasser und wrang ihn aus. »Dich mit Adam zu sehen, erfüllt mich mit Zuversicht, dass alles mit deiner Ehe gut gehen wird.«

»Ein Ehemann ist etwas anderes als ein Baby.« Die Sorge versetzte ihr einen Stich.

Trudys Augen funkelten. »Zum Glück!« Sie reichte den Waschlappen an Lina. »Adam wird das bei mir wahrscheinlich nicht hinnehmen, aber mit deiner Magie ....«

Lina betupfte Adams Wange sanft mit dem Lappen.

Er verzog das Gesicht und versuchte, sich wegzudrehen.

Trudy stand an der Waschschüssel und wusch ihre Hände, dann trocknete sie sie an dem Handtuch ab, das von einer Stange hing.

Geschickt wusch Lina Adams Gesicht, froh, dass er nicht zu weinen begann. »Lass uns etwas versuchen.« Sie reichte ihn Trudy.

Trudy wiegte ihn mit sanften Bewegungen. »Ich habe seit Ewigkeiten kein kleines Kind gehalten.«

Lina tauchte ihre Hände ins Wasser, nahm die Seife und seifte sie ein. *Oh, endlich die Asche und den Rauch loswerden!*

Adam gab ein kummervolles Geräusch von sich.

Lina schaute über ihre Schulter. »Ich beeile mich, *Carissimo*.«

Trudy wiegte ihn. »Es ist alles gut, Adam. Deine Mama ist fast fertig.«

Sich windend, begann er zu weinen.

Da sie den Jungen beruhigen wollte und befürchtete, dass sein Vater in der Küche seinen Kummer mitbekäme und glauben könnte, sie mache etwas falsch, spritzte sich Lina etwas Wasser ins Gesicht. Sie nahm das Handtuch und trocknete schnell ihr Gesicht und ihre Hände.

»Lass mich das zusammenlegen«, bot Trudy an. »Nimm du ihn.«

Lina ließ das Tuch auf den Waschtisch fallen und streckte dem kleinen Jungen die Hände entgegen.

Adam beugte sich in ihre Richtung, die Ärmchen ausgestreckt.

Diese Geste löste eine Welle der Liebe aus, die durch sie hindurch rollte. Sie nahm ihn in ihre Arme und küsste ihn. »Lass uns zu deinem *Papà* gehen.«

Kapitel Neun

Alle nahmen um den Tisch Platz und senkten die Köpfe, während Mrs. Norton das Tischgebet sprach und Gott darum bat, das Essen und Miss Napolitanos Ehe mit Mr. Barrett zu segnen.

Das einfache Gebet ließ in Lina ein Gefühl des Friedens aufwallen. Sie machte das Kreuzzeichen. Als sie den Kopf hob, sah sie, wie Jonah sie beobachtete. Sie errötete und schaute weg.

Mrs. Norton nahm einen Löffel Suppe, und alle anderen folgten ihrem Beispiel.

Lina hatte eine Menge Übung darin, ein kleines Kind zu halten und gleichzeitig zu essen. Sie platzierte Adam an ihrer linken Seite, brach ein Stück Brötchen ab und gab es ihm, damit er darauf herumkauen konnte, während sie ein paar Löffel Suppe aß. Die Brühe war warm und reichhaltig, die dicken Nudeln anders als die Pasta, an die sie gewöhnt war.

Zwischen Suppe und gebutterten Brötchen wechselten sich Mrs. Norton und die Flanigans darin ab, Lina über die Einwohner von Sweetwater Springs aufzuklären.

Mr. Barrett blieb still, wenn er auch manchmal zu einer Bemerkung nickte, die die anderen machten. Hauptsächlich aber beobachtete er Lina und Adam mit ernstem Blick.

Sein prüfender Blick war ihr unangenehm. Es war ihr nicht möglich zu sagen, ob er ihr Vorgehen bei Adam begrüßte oder nicht. Lina nahm an, dass er irgendwie damit einverstanden war, sonst hätte er den Jungen zurück zu sich geholt. Aber womöglich wollte er sie vor den anderen nicht beschämen, indem er dies tat.

Langsame Schritte erklangen im Flur, und Reverend Norton betrat die Küche. Er hatte mit Grau durchsetztes Haar und durchdringende blaue Augen. Der gestutzte Bart half nicht dabei, seine strengen Züge zu mildern. Er trug einen schwarzen Gehrock über grauen Hosen. Sein Gesichtsausdruck änderte sich nicht, als er sie erblickte.

Lina erschauerte und fragte sich, ob der Priester Katholiken ablehnte. In einigen Teilen von St. Louis waren die Spannungen zwischen Katholiken und Protestanten groß gewesen und hatten oft in Faustkämpfen geendet. Jeder protestantische Geistliche würde Jonah dafür verdammen, dass er vorhatte zu konvertieren, und sie spannte sich an, um sich auf Reverend Nortons Reaktion vorzubereiten.

Mrs. Norton wies mit ihrem Löffel auf Lina. »Das ist Miss Angelina Napolitano, unsere Braut.«

Er nickte zur Begrüßung, einen besorgten Blick im Gesicht. »Miss Napolitano, ich fürchte, dieser Sturm ist nicht das einladende Wetter, das sie sich an ihrem Hochzeitstag gewünscht hätten.«

Lina blickte ihre Begleiter an und lächelte in die Runde. »Oh, ich weiß nicht. Das Wetter ist erbärmlich, aber die Begrüßung durch die Flanigans und Mrs. Norton hätte nicht besser sein können.« Sie schenkte Jonah ein kleines Lächeln. »Mr. Barrett hat mich mit einem wunderschönen Blumenstrauß begrüßt.« Sie schüttelte den Jungen. »Und Adam hier hat mir erlaubt, ihn zu halten. Also bin ich dankbar für das, was ich habe.«

Seine Augen wurden weicher. »Diese Einstellung steht

Ihnen gut zu Gesicht.« Er sah Jonah an. »Das Wetter hat Pater Fredricks Ankunft offensichtlich verzögert. Bei seinen Besuchen in Sweetwater Springs versucht er immer, früh hier zu sein, um Mrs. Nortons Kochkunst genießen zu können.«

Mrs. Norton wedelte ihren Löffel in einer *Nein-nein*-Geste hin und her. »Aber Reverend Norton. Du weißt genauso gut wie ich, dass Pater Fredrick nur sicherstellen will, dass er für jeden, der dies wünscht und braucht, vor der Messe zu sprechen ist.«

»Das weiß ich doch, meine Liebe. Ich habe versucht, die Situation, die Miss Napolitano etwas Kummer bereiten könnte, ein wenig aufzuheitern.« Er sah Lina an und runzelte die Stirn. »Ich habe jemanden losgeschickt, um zu sehen, wie hoch das Wasser im Fluss steht. Er wird feststellen, ob Pater Fredricks Muli in der Lage sein wird, die Furt zu überqueren. Wir sollten bald hören, wie die Lage ist.«

Was meint er damit, dass Pater Fredrick sich verspäten könnte? Will er die Hochzeitszeremonie absagen?

Reverend Norton zeigte auf den Tisch. »Bitte machen Sie weiter. Ich werde mich frisch machen und mich Ihnen dann anschließen.« Er drehte sich um und verließ den Raum.

Mrs. Norton erhob sich und ging zum Herd, um für ihren Mann eine Schüssel mit Suppe zu füllen.

»Warum war Pater Fredrick auf der anderen Seite des Flusses?«, fragte Lina. »Ich hoffe, er musste dort nicht irgendeiner armen Seele die letzte Ölung erteilen.«

Schweigen folgte ihrer Frage. Trudy und Lina wechselten verwirrte Blicke.

Endlich sagte Mrs. Norton: »Pater Fredrick ist der Geistliche für vier verschiedene Städte. Bei gutem Wetter verbringt er ein paar Tage in jeder, bevor er weiterzieht. Er muss ein paar Tage reisen, um einige der abgelegeneren Gegenden zu erreichen. Städte, die so winzig sind, dass sie nicht einmal einen Priester haben. Von Zeit zu Zeit fährt

Reverend Norton zu ihnen hinaus. Aber er hat bereits alle Hände voll zu tun, sich um Sweetwater Springs und seine Randbezirke zu kümmern.«

Lina zog bestürzt die Luft ein. In St. Louis konnte man auf fast jeder Quadratmeile eine katholische Kirche finden. »Sie meinen, Pater Fredrick lebt nicht hier?«

»Nein, Miss Napolitano. Tut mir leid.«

Lina konnte diese erschütternde Nachricht nicht wahrhaben. »Es gibt keine katholische Kirche? Keine tägliche Messe? Ich kann keine Kerzen anzünden, wenn ich ein besonderes Gebet sprechen muss?«

Mrs. Norton sah sie mitfühlend an. »Ich fürchte nein, meine Liebe. Pater Frederick versucht, einmal im Monat eine Messe zu halten, aber abhängig vom Wetter und anderen Widrigkeiten ...« Sie spreizte ihre Hände in einer hilflosen Geste.

Etwas drückte auf Linas Brust. Voller Panik warf sie Trudy einen hilfesuchenden Blick zu.

Ihre Freundin starrte sie aus aufgerissenen Augen an, die Hand zum Mund erhoben. »Es tut mir so leid, Lina. Ich wusste nicht ... Ich meine, ich wusste, dass es nur eine Kirche gibt ... aber ...« Sie warf Seth einen kurzen Blick zu. »Als wir letzten Monat noch nach dem Gottesdienst in der Stadt waren, habe ich Leute gesehen, die sich für die Messe versammelt haben. Ich hatte keine Ahnung, dass das nicht jede Woche so ist.«

Ihr Mann schüttelte den Kopf. »Und ich habe nicht daran gedacht, es dir zu sagen.« Seth zuckte hilflos die Schultern. »Wir haben hier unser ganzes Leben lang gelebt – für uns ist das normal.« Er wechselte besorgte Blicke mit Jonah.

In den Augen ihres Bräutigams zeigte sich Reue. »Wir kennen keine andere Art, die Dinge zu erledigen ... wie es ist, in einer Stadt mit mehr als einer Kirche zu leben, verschiedene Arten ...«

Linas Gedanken wirbelten durcheinander. Ihr Herz raste und sie wollte aus dem Raum stürzen, weglaufen, um nachzudenken. Sie schaute aus dem Fenster, der Ausblick verschwommen vom Wasser, das daran herunter rann. Aber sie wusste nicht, wohin sie hätte gehen können, selbst wenn es draußen nicht in Strömen geregnet hätte. Und … viel wichtiger, das Gewicht des Babys verankerte sie förmlich mit dem Stuhl. *Ich bin jetzt eine Mutter. Ich kann nicht fortlaufen, wenn ich mich aufrege oder durcheinander bin. Irgendwie muss ich damit klarkommen – für Adam.*

Trudy beugte sich über den Tisch, um ihre Hand zu berühren. »Ich fühle mich fürchterlich, Lina … als hätte ich dich getäuscht.«

Lina versuchte zu schlucken, nachsichtig zu sein. »Es ist nicht dein Fehler. Du wusstest es nicht.«

Ihre Freundin verzog das Gesicht. »Wäre es für dich so schlimm, mit uns an den anderen drei Sonntagen die Kirche zu besuchen? Wir könnten zusammensitzen«, sagte Trudy in hoffnungsvollem Tonfall.

»Wenn wir in St. Louis wären, wüsste ich, dass mein Priester, Pater Daren, nein sagen würde.« Sie versuchte, trotz ihrer verengten Brust, einen tiefen Atemzug zu machen. »Vielleicht kann ich die Situation mit Pater Fredrick besprechen und von ihm Dispens bekommen.«

Gerade als Reverend Norton in die Küche zurückkam, erklang von der Haustür her ein scharfes Klopfen. Er stoppte und legte die Stirn in Falten. »Das ist nicht Pater Fredricks Klopfen.«

Mrs. Norton wollte sich erheben, aber ihr Mann bedeutete ihr, sitzen zu bleiben. Er verließ den Raum, um die Tür zu öffnen.

Lina wartete angespannt auf die Rückkehr des Geistlichen. Sie hörte entferntes Gemurmel, dann das Geräusch näherkommender Schritte.

Reverend Norton betrat die Küche und sah Lina an, die Entschuldigung ganz klar auf seinem Gesicht. »Es tut mir leid, Miss Napolitano. Es ist so … Pater Fredrick kann nicht über die Furt. Das Wasser steht zu hoch; die Strömung ist zu stark.«

»Oh, nein«, seufzte Trudy.

Reverend Norton setzte sich an den Kopf des Tisches. »Vielleicht wird das Wasser nicht einmal so weit zurückgehen, dass Pater Fredrick zur Sonntagsmesse kommen kann. Der Gottesdienst wird sich verschieben. Pater Fredrick wird die Messe halten, egal welcher Wochentag ist, aber ich kann Ihnen nicht sagen, wann das sein wird.«

Keine Messe! Kein Priester! Lina saß still wie eine Statue und fühlte sich, als hätte sich ihr Körper in Stein verwandelt.

»Reverend Norton, was passiert, wenn es keine Messe gibt?«, fragte Trudy besorgt.

»Bei gutem Wetter versammeln sich die, die in der Stadt sind, für einen Gebetsgottesdienst und anschließend picknicken sie unter dem großen Baum. Ich bin mir sicher, dass andere Familien, die weiter außerhalb leben, den Sabbat mit einem ähnlichen Ritual begehen.«

Die Worte des Mannes summten in Linas Ohren, und sie konnte ihre Bedeutung nicht begreifen.

Reverend Nortons Blick war voller Mitgefühl. »Ich kann Sie und Mr. Barrett verheiraten.«

Lina schüttelte instinktiv den Kopf.

Er hob eine Hand, um ihr Einhalt zu gebieten. »Hören Sie mich erst an, Miss Napolitano. Sie werden ganz legal verheiratet sein, was dem Anstand genügen wird.« Er schenkte ihr ein sanftes Lächeln. »Und ich glaube auch, dass sie in den Augen Gottes verheiratet sein werden.«

Einem protestantischen Gottesdienst beizuwohnen, war eine Sache, in einer protestantischen Zeremonie verheiratet zu werden, jedoch eine ganz andere. Linas Herz gefror. *Meine Eltern werden außer sich sein! Meine Nonna wird weinen.*

»Dennoch weiß ich, dass Ihnen das unangenehm sein wird.« Reverend Norton schenkte ihr ein schiefes Lächeln. »*Unangenehm* ist vielleicht nicht das richtige Wort. Ich bin mir sicher, die Situation ist für Sie beunruhigend. Sie werden sich nicht *richtig* verheiratet fühlen, wenn ich den Gottesdienst abhalte. Pater Fredrick kann die katholische Zeremonie durchführen, sobald er angekommen ist.«

Alle Hoffnungen und Träume, die Lina im Hinblick auf ihre Hochzeit gehabt hatte, waren zerstört worden. *So sollte meine Hochzeit nicht sein.* Sie schüttelte erneut den Kopf. »Nein. Ich kann nicht in einer protestantischen Zeremonie heiraten! Das wäre falsch!« Entschlossen stand sie auf und trug Adam zu Jonah hinüber. Obwohl es ihr das Herz brach, sich von ihm zu trennen, reichte sie den Jungen seinem Vater.

Jonah stand auf, sein Gesichtsausdruck besorgt, und nahm Adam in die Arme. »All Ihr Kummer tut mir sehr leid, Miss Napolitano.«

Wegen des Kloßes, der ihr im Hals steckte, konnte Lina ihre Dankbarkeit für seine Besorgnis nicht in Worten ausdrücken. Sie konnte nur nicken. Sie schluckte schwer, sah flehentlich zu Trudy und quälte die Worte heraus: »Kann ich bei euch bleiben?«

»Natürlich.« Trudy erhob sich, faltete ihre Serviette zusammen und legte sie neben den Suppenteller.

Lina langte nach ihrem Hut und setzte ihn auf, band die Bänder unter dem Kinn zusammen. »Danke für Ihre Gastfreundschaft, Mrs. Norton.« Lina wusste, dass sie sich hölzern anhörte und hoffte, dass sie nicht undankbar klang. Doch so sehr sie sich auch bemühte, sie konnte ihrer Stimme kein Leben verleihen. Sie wandte sich um, um ihren Mantel vom Haken zu nehmen.

»Mmmma.« Adam gab einen gepeinigten Laut von sich, der beinahe wie *Mama* klang, so als ob er sie bitten würde, nicht zu gehen.

Lina verharrte, ihre Finger auf dem durchnässten Stoff.

Adam begann zu weinen, was sich in ein herzerweichendes Heulen steigerte.

Jonah drückte seinen Sohn gegen seine Brust. »Schhhh. Schhhh, mein Sohn. Es wird alles gut werden. Pa ist hier.«

Lina biss sich auf die Lippen, zerrissen zwischen dem Wunsch zu Adam zu gehen und dem Bedürfnis davonzulaufen. *Wie kann ich ihn für ein paar Tage allein lassen – oder für wie lange Pater Fredrick auch immer brauchen mag, um zu erscheinen?*

Der Junge streckte ihr seine Ärmchen entgegen, seine grünen Augen schwammen in Tränen.

Lina schwankte. Sie konnte dem Flehen des Jungen nicht widerstehen. *Adam ist mein Sohn und er braucht mich.* Sie nahm die tränengefüllten Augen des Kindes wahr und Jonahs sorgenzerfurchte Stirn. *Ich bin mir sicher, der Herr weiß besser als ich, wie sehr mich die beiden brauchen. Er kennt die Absichten meines Herzens.* Sie hängte den Mantel zurück an den Haken.

Gott vergib mir für das, was ich nun tun werde.

Lina ging hinüber zu Jonah und streckte ihre Hände nach dem Kind aus.

Jonah überließ ihr seinen Sohn.

Sich wieder aufrichtend, presste sie den Jungen an ihre Brust. »Ich werde es tun.« Lina sah Reverend Norton an. »Ich werde Mr. Barrett jetzt heiraten.«

Im Schlafzimmer der Nortons öffnete Lina ihren Koffer, in dem sie ihr Hochzeitskleid vorsichtig eingerollt hatte – ein weißes Kleid, für das sie sehr viel Geld bezahlt und dass sie von einem Schneider extra für den heutigen Tag hatte anfertigen lassen.

Sie hob das Kleidungsstück an und versuchte, die Falten herauszuschütteln.

»Wie schön!«, rief Trudy aus.

Mrs. Norton streckte eine Hand aus. »Lassen Sie mich das machen, Miss Napolitano. Ich werde Ihr Kleid in null Komma nichts gebügelt haben.«

Dankbar für die Hilfsbereitschaft der Frau, überließ Lina ihr das Kleid.

Trudy berührte die Spitze am Ärmel. »Liebe Mrs. Norton, es ist noch nicht lange her, dass Sie mein Hochzeitskleid gebügelt und mir liebevolle Ratschläge erteilt haben. Und nun stehen Sie wieder hier, mit einer anderen Versandbraut.«

Mrs. Norton errötete. »Meine liebe Mrs. Flanigan. Sweetwater Springs hat in Ihnen eine wundervolle Dame hinzugewonnen an dem Tag, an dem Sie Mr. Flanigan geheiratet haben. Ich glaube, dass Sie eine Stütze der Gemeinde werden.« Sie lächelte Lina an. »Ich habe für Jonah Barrett gebetet, seit er ein Junge war, und damit werde ich jetzt nicht aufhören. Aber schon bald wird er, glaube ich, meiner Gebete nicht mehr bedürfen. Und sein liebes, kostbares Kind wird eine wunderbare Mutter haben.«

Lina griff sich an den Hals, bewegt von den Worten der Frau. *Was sie doch für eine liebende Seele ist.* »Dankeschön, Mrs. Norton, dass Sie so viele Jahre über Mr. Barretts Seele gewacht haben.«

Trudy schniefte und wedelte kurz mit den Händen, als wollte sie das Gefühl der Sentimentalität von sich und den anderen fernhalten. »Die Männer werden in der Kirche warten. Und wer weiß, wie lange Adam von seiner neuen Mama getrennt sein will.« Trudy bedeutete Lina, sich umzudrehen. »Dreh dich, damit ich deine Knöpfe aufmachen kann.« Sie begann damit, die Reihe Knöpfe auf der Rückseite von Linas Kleid zu öffnen.

Mit der freien Hand hob Mrs. Norton den Koffer und legte ihn aufs Bett. »Brauchen Sie etwas hieraus?«

»Meine Haarbürste.« Lina zog die Haarnadeln aus ihrem Dutt, und der dicke Zopf fiel über ihre Schulter. Neugierig, mehr über Mrs. Norton zu erfahren, fragte sie: »Haben Sie und Reverend Norton Kinder?«

Ein Schatten legte sich über ihre blauen Augen, als Mrs. Norton nickte. »Wir haben vier im Himmel und eines auf der Erde. Unser einziger überlebender Sohn ist Missionar in Afrika, und er und seine Frau haben einen kleinen Sohn.«

Die Traurigkeit auf dem Gesicht der Frau ließ Lina voller Mitgefühl nach ihrer Hand greifen und sie drücken. »Es muss hart sein, ihr *Bambino* nicht sehen zu können.« Das italienische Wort rutschte ihr heraus.

»Wir sind natürlich sehr stolz auf Joshua. Solch eine wichtige Aufgabe. Aber ich sorge mich, vor allem um das Baby.« Sie warf einen kurzen Blick in Richtung des Friedhofs. »Kinder können so zerbrechlich sein. Wenn Babys schon hier sterben, was kann dann erst in der Hitze und unter den primitiven Bedingungen Afrikas geschehen?«

Die Ärmste. Vier Kinder zu verlieren, muss verheerend gewesen sein. Kein Wunder, dass sie sich so um ihr einziges Enkelkind sorgt.

»Kommt seine Frau aus einer großen Familie?«, fragte Lina. »Ich weiß, meine Familie –«, sie bekreuzigte sich, »– ist gesund. Vielleicht liegt es an der roten Sauce. Meine Großmutter würde wahrscheinlich sagen, es ist die Minestrone – eine spezielle Suppe, die uns gesund erhält. Es stirbt nur sehr selten ein Kind.« Sie dachte an den Selbstmord ihres Bruders Luigi … doch er war kein Kind mehr gewesen. »Vielleicht ist Ihre Schwiegertochter von widerstandsfähiger Herkunft.«

Mrs. Norton lebte sichtlich auf. »Meine Schwiegertochter hat vier Brüder und drei Schwestern. Vielleicht haben Sie recht, liebe Miss Napolitano.«

Erleichtert, dass sie etwas Trost hatte spenden können, löste Lina ihren Zopf. Sie griff nach ihrer Bürste und versucht, ein wenig Ordnung in die feuchten Locken zu bringen, die sich noch enger um ihren Kopf kräuselten als sonst.

»Ich sollte mir nicht solche Sorgen machen«, sagte Mrs. Norton. »Ich muss auf den Herrn vertrauen. Und das tue ich, ganz sicher. Es ist nur so, dass dem manchmal die menschliche Unvollkommenheit im Weg steht.« Mrs. Norton tätschelte Linas Hand. »Keine Sorge, Miss Napolitano. Wir haben unsere Babys verloren, bevor Dr. Cameron hier praktiziert hat. Er ist ein exzellenter Arzt.«

»Gut zu wissen.« Lina träumte von dem Tag, an dem sie ihr eigenes Baby halten würde. Mit einer Welle der Freude dachte sie, dass nächstes Jahr um diese Zeit vielleicht Adam an ihrem Rocksaum hängen würde, während sie seinen Bruder oder seine Schwester auf dem Arm trug.

Natürlich erst, nachdem Pater Fredrick uns verheiratet hat.

Kapitel Zehn

Der Sturm schien nachzulassen. Der Regenvorhang hatte sich in ein Nieseln verwandelt. Jonah, der Adam trug, folgte Reverend Norton zur Kirche. An den Stufen blieb er stehen, trat das Meiste des Matsches von seinen Stiefeln und ging durch die Tür. Er trat über die Schwelle zum Allerheiligsten und blieb stehen, gefangen von einer unerwarteten Erinnerung.

Der acht Jahre alte Jonah betrat die Kirche an der Seite seiner Mutter. Direkt nachdem sie die Tür durchschritten hatten, blieb sie mit ihm stehen. Während sie darauf warteten, dass sein Vater die Kutsche abstellte und sich um die Pferde kümmerte, glättete Ma ihm mit der Handfläche die Haare. Dann trat sie zurück, legte eine Hand auf ihren gerundeten Bauch und schenkte ihm ein stolzes Lächeln.

Pa kam zu ihnen, wobei er seiner Frau galant den Arm hinstreckte. »Das wird wahrscheinlich unser letztere ruhiger Gottesdienst. Also sollten wir ihn genießen.« Ein Grinsen zog sich über sein ganzes Gesicht, und er sah überhaupt nicht unglücklich darüber aus, dass er seinen Frieden bald verlöre.

Ma lachte, ihre grünen Augen tanzten. Sie warf Jonah einen spielerischen Blick zu. »Wenn er oder sie nur ein bisschen wie der große Bruder hier ist, dann werde ich eine ganze Weile nichts mehr von der Predigt mitbekommen. Obwohl dieses Kind hoffentlich nicht zwei Jahre brauchen wird, um zu lernen, dass man während der Messe ruhig zu sein hat.«

»Ich, Ma?« Jonah konnte sich nicht so weit zurückerinnern.

»Ja, du, kleiner Krachmacher. Sobald Reverend Norton anfing zu predigen, hast du begonnen zu weinen, und ich musste dich nach draußen bringen.«

Die drei lachten.

»Ich werde ihn für dich nach draußen bringen, Ma. Dann musst du die Predigt nicht versäumen.«

Sie umfing seine Wange mit ihrer Hand. »Du wirst so ein guter großer Bruder sein, Jonah. Dieses Baby wird so geliebt und behütet sein. Wir haben weiß Gott lange warten müssen, bis du einen Bruder oder eine Schwester bekommst.«

»Einen Bruder!«

Das Lachen seiner Eltern trug sie in die Kirche hinein.

Adam wand sich in seinen Armen.

Mit einem Kopfschütteln kehrte Jonah in die Gegenwart zurück. Aber die Erinnerung blieb. Sie drei waren an diesem Tag so glücklich gewesen – das letzte Mal. Ma stand kurz vor der Entbindung, und Jonah konnte es kaum erwarten. Er hatte sich so lange einen Bruder gewünscht. Hatte sogar um einen gebetet.

Nachdem sie nach Hause zurückgekehrt waren, hatten bei seiner Mutter die Wehen begonnen und das Baby, ein Bruder, hatte sie das Leben gekostet. Sie endeten beide in einem kalten Grab, und sein Vater wurde zum Säufer, um sich über den Verlust hinweg zu trösten.

Aber für mich gab es keinen Trost.

Jonah versuchte, seine Gedanken vom alten Schmerz und den Schuldgefühlen loszureißen und eilte hinein. Er zog das Segeltuch von Adams Kopf und hockte sich hin, um den Jungen auf die Füße zu stellen. Er blieb bei ihm hocken, um sicherzustellen, dass das Kind nicht beginnen würde zu weinen, aber die nagenden Gedanken an seine Vergangenheit ließen ihn nicht los.

Mit Kokos Tod zwanzig Jahre später hatte sich die Geschichte seines Vaters und auch seines Großvaters wiederholt. Aufgrund des geteilten Schicksals, die eigene Frau und Tochter im Kindbett verloren zu habe, hatte er begonnen, Mitgefühl für seinen Vater zu empfinden. Jonah schluckte seine alte Traurigkeit hinunter.

Der Junge klammerte sich an sein Bein, während er sich vorsichtig umsah.

Jonah klopfte seine Tasche ab, um zu überprüfen, dass er den Ehering seiner Mutter noch bei sich hatte, den Koko getragen hatte und der nun den Finger einer neuen Braut schmücken sollte, diesmal hoffentlich, bis sie alt und grau waren. Er griff nach Adams Hand. Seinen Schritt an den des Kleinkindes anpassend, spazierten sie den Mittelgang hinauf.

Reverend Norton war voraus gegangen und hatte den Ofen in der Ecke befeuert. Der Geistliche nahm in der nächstgelegenen Kirchenbank Platz und winkte. »Komm her, Jonah. Trockne dich ein bisschen.«

Ein wenig widerwillig setzte sich Jonah neben den Geistlichen.

Adam blieb stehen und hielt sich am Knie seines Vaters fest.

»Es ist gut, dich in dieser Kirche zu sehen, mein Sohn. Es ist lange her. Ich habe lange darum gebetet, dich wieder zwischen diesen Wänden zu sehen.«

Da er sich bei den freundlichen Worten des Geistlichen nicht wohl fühlte und nicht wusste, was er sagen sollte, starrte Jonah auf Adam hinunter und dachte über einen kleinen Jungen nach, der nicht verstehen konnte, warum sie aufgehört hatten, die Kirche zu besuchen oder warum er nicht mehr zur Schule hatte gehen dürfen, sondern stattdessen zu Hause bleiben und mit seinem Vater lernen musste. Wie er seine Freunde vergessen musste, damit er sie nicht vermisste. Die Angewohnheiten der Einsamkeit, die er, aus der Not geboren, entwickelt hatte. Wie der Saloon zu dem einzigen Ort wurde, an dem er Kontakt zu anderen Menschen hatte. *Dank sei Gott für Seths Freundschaft.* Als Kind einer Bardame war Seth der einzige Junge gewesen, mit dem Jonah Umgang gepflegt hatte.

Reverend Norton wartete.

Endlich hob Jonah den Kopf. »Danke, dass Sie mich nicht aufgegeben haben. Für all die Jahre, die Sie bei unserem Haus vorbei gekommen sind, selbst wenn Pa Sie praktisch mit dem Gewehr vertrieben hat.«

Der ältere Mann schüttelte den Kopf, seine Mundwinkel sanken herab. »Ich habe versucht, deinen Vater zu überzeugen, seine Meinung zu ändern und dich zurück in die Schule zu schicken. Aber Samuel war zu verbittert.« Er seufzte. »Ich bin erstaunt, dass du seine Bitterkeit nicht in dich aufgesogen hast.«

Habe ich das nicht? »Ich denke, ich habe meinen Teil davon.«

»Du stehst kurz davor zu heiraten, Jonah −« Reverend Norton ließ seine Stimme fester klingen. »− und wenn ich es dieses Mal auch vorgezogen hätte, dass du eine Frau wählst, die dich in die Arme der Kirche zurückführt, so dass du sonntags mit uns die Messe feiern könntest, weiß ich auch, wie sehr du eine Stütze brauchst − und die *richtige* Frau für deine Lebensumstände.« Reverend Norton neigte seinen Kopf in Adams Richtung. »Und er braucht eine liebevolle Mutter. Miss Napolitano beeindruckt mich. Ich glaube, sie wird sehr gut für euch beide sein.«

Jonahs Kiefer versteifte sich, und er nickte.

»Die Frage ist ... werde ich gut für sie sein?«

Jonah riss seinen Kopf nach oben. »Natürlich werde ich das!« Doch selbst, als er die tiefempfundenen Worte aussprach, glitt Zweifel durch ihn wie eine Schlange. Er hatte nicht darüber nachgedacht, was Lina brauchte. Er wusste nicht einmal, wieso eine gutaussehende Frau, die sich jeden anderen Mann hätte aussuchen könne, beschlossen hatte, eine Versandbraut zu werden. Alles, was er eigentlich über sie wusste war, dass sie Italienerin war, eine gute Köchin, Trudys Freundin und, wie die kurze Zeit mit Adam bewiesen hatte, gutes Muttermaterial. Das war alles, was zählte. *Oder zumindest habe ich das gedacht, bis ich Angelina Napolitano getroffen habe.*

»Ich glaube, Miss Napolitano mit ihrem italienischen Blut wird sensibler sein als deine erste Frau.« Ein Lächeln umspielte den Mund des Geistlichen. »Eine … emotionale, vielleicht sogar *stürmische* Beziehung könnte eine Herausforderung für dich sein.«

Jonah zog die Brauen zusammen. Er verstand nicht, was der Priester meinte.

»Du wirst in dieser Ehe viel mehr *von dir selbst* geben müssen, Jonah. Deine Frau wird mehr Gefühl von dir erwarten … mehr Worte. Versuche, dich an deinen Vater zu erinnern, bevor deine Mutter starb. Er war ein guter Vater und liebte seine Frau ganz offensichtlich sehr. *Das* ist der Mann, dem du nacheifern musst, nicht der, der er später geworden ist.«

Jonahs Erinnerung von vor ein paar Minuten kam zurück – wie sein Vater seiner Mutter den Arm zum Einhaken hinstreckte … der Ausdruck von Zärtlichkeit auf seinem Gesicht. Er schluckte die alte Trauer hinunter. Der verbitterte Samuel Barrett, der er nach Mas Tod geworden war, hatte Jonahs Erinnerung an den liebenden Vater ersetzt.

Jonah begegnete Reverend Nortons Blick. »Ich werde darüber nachdenken.«

»Freut mich, das zu hören. Dennoch, denke daran, dass *Handeln* und nicht nur Gedanken wichtig sein werden.«

Zu Jonahs Erleichterung kündigte das Geräusch der sich öffnenden Tür das Ende ihres privaten Gesprächs an.

Immer noch im Regenmantel, marschierte Seth den Mittelgang hinauf, eine polierte hölzerne Kiste in den Armen. Er stellte die Kiste in der Bank neben Jonah ab. Mit einem entschuldigenden Blick zum Geistlichen, sagte er: »Ich hoffe, ich gebe keinen Anlass zum Ärger, Reverend. Ich wusste, dass Pater Fredrick seine Sachen bei Phineas O'Reilly abgestellt hat. Ich habe beim Schreiner angehalten, um das hier abzuholen. Ich dachte, wenn es Ihnen nichts ausmacht, könnte Miss Napolitano den ihr bekannten Schmuck ihres Glaubens um sich haben, selbst wenn sie Pater Fredrick nicht selbst hat.«

Reverend Norton strich sich über das bärtige Kinn, augenscheinlich nachdenkend.

Jonah spürte, dass dies keine einfache Entscheidung für den Geistlichen war.

Nach einem Moment nickte Reverend Norton. »Wir können das bestickte Altartuch benutzen und das Kreuz gegen das Kruzifix austauschen. Wir können auch die Statue der Jungfrau Maria auf den Altar stellen.«

Jonah hoffte, die zeremoniellen Objekte würden Lina glücklich machen. »Danke für Ihre Zugeständnisse, Sir.«

»Wir Protestanten verehren Maria als die gesegnete Mutter Jesu. Wir beten nur nicht um ihre Fürsprache.« Der Priester seufzte. »Die meisten meiner Kollegen würden mir nicht zustimmen und würden meine Entscheidung sogar verurteilen, *papistischen* — um ein altes, abwertendes Wort zu benutzen — Schmuck in meiner Kirche zu dulden.«

Jonah hatte das Wort nie zuvor gehört.

»Ich bin schon lange der Meinung, dass der Streit zwischen seinen Gläubigen den Herrn traurig machen muss. Ich bin gesegnet mit dem Wissen, dass Pater Fredrick ähnlich fühlt. Er und ich sind alte Freunde. Wir haben viele

Diskussionen und Debatten über Doktrin geführt. Im Kern glauben wir das gleiche. Jonah, du wirst bei ihm in guten Händen sein.«

Wenn sie sich ihre Hochzeit vorgestellt hatte, hatte Lina gedacht, sie wäre aufgeregt und nervös, Jonah Barrett zu heiraten und eine neues Leben zu beginnen. Sie hatte versucht, sich sein Aussehen vorzustellen und hatte Tagträume gehabt, wie Adam auf sie reagieren würde. Das Kind dann zu treffen, war in der Tat genau so gewesen, wie sie gehofft hatte. Sie hatte sich den Ausdruck auf dem Gesicht ihres Bräutigams vorgestellt, wenn er sie in ihrem Hochzeitskleid den Mittelgang auf sich zu schreiten sah. Aber sie hätte sich niemals träumen lassen, dass sie sich im Hinblick auf die Hochzeitszeremonie nervös *und schuldig* fühlen würde.

Zum Glück hatte der Regen aufgehört und die Lücken zwischen den Wolken vergrößerten sich, um goldene Sonnenstrahlen auf die grauen Berge fallen zu lassen – der erste flüchtige Blick auf die Schönheit des Montana Territoriums, die Trudy in ihrem Brief gepriesen hatte. Sie erklomm die Kirchenstufen, bekreuzigte sich und sandte der Jungfrau Maria ein stilles Gebet, ihr Kraft zu schenken.

Die neben ihre hergehende Trudy warf Lina einen besorgten Blick zu. »Bist du dir sicher, dass du das willst? «

Nein. Lina dachte an Adams süßes Gesicht und reckte sich. »Adam zuliebe muss ich das Beste aus dieser Ehe machen.«

»Für dich selbst auch, liebe Lina«, sagte Trudy sanft.

Seth kam durch die Tür und hielt sie ihnen offen.

Trudy langte nach oben, zupfte die Pfingstrose gerade, die sie in Linas Haar gesteckt hatte, und zog die Spitzen-Mantilla vor ihr Gesicht. »Du siehst wunderschön aus, und ich bin mir sicher, dass Jonah sich für die Wahl seiner Braut glücklich schätzen wird.«

Das hoffe ich.

»Ich erinnere mich, wie viel Angst ich hatte, zum Altar zu gehen. Was in St. Louis wie eine großes Abenteuer erschienen war, war auf einmal erschreckende Realität.«

Wie wahr! »Wenn Mr. Barrett und ich nur halb so viel Liebe für einander finden, wie du und Seth…«

Seth streckte seinen Kopf durch die Tür zurück nach draußen. »Ist alles in Ordnung?« Er schaute Lina besorgt an. »Es ist noch nicht zu spät, Ihre Meinung zu ändern und mit zu uns nach Hause zu fahren.«

Trudy hat wirklich einen guten Mann geheiratet. »Danke, Seth.« Lina lächelte beide fest an und marschierte die Stufen hinauf, entschlossen, diese Hochzeit hinter sich zu bringen, so dass sie mit ihrem Mann und Sohn nach Hause gehen und damit beginnen konnte, sie alle zu einer Familie zusammenzufügen.

Im Inneren der Kirche legte Seth seinen Regenmantel ab und hing ihn an eine lange Reihe von Haken, die die Rückwand der Kirche entlanglief

Eine zweite, niedrigere Reihe – für Kinderkleidung, wie Lina annahm – verlief auf halber Höhe unter dieser.

Sie betraten das Allerheiligste, und sie sah den einfachen hölzernen Raum vor sich. Kein Geruch nach Weihrauch begrüßte sie. Kein Becken mit Weihwasser stand bereit, in das sie ihre Finger hätte tunken können. Sie sah tiefer in die Kirche hinein und vermisste das große Kruzifix an der Wand und die Statuen Marias und der anderen Heiligen in den Nischen entlang des Raumes.

Ihr Magen zog sich zusammen. Sie heftete ihren Blick auf Jonah, der vor dem Altar stand, Reverend Norton an seiner Seite.

Trudy eilte den Mittelgang hinauf und setzte sich in die zweite Bankreihe.

Mrs. Norton begann, eine unbekannte Hymne auf dem Klavier zu spielen – noch etwas, das Lina das Gefühl gab, nicht am richtigen Ort zu sein.

Mit einem aufmunternden Lächeln bot ihr Seth seinen Arm an.

Als Lina ihre Hand darum schloss, zitterten ihre Finger.

Seth legte kurz seine Hand auf die ihre. »Jonah ist ein guter Mann.«

Während sie die ersten Schritte machte, sah sie zu Jonah und erkannte, dass noch etwas anderes fehlte – der hingerissene Ausdruck auf dem Gesicht des Bräutigams, den sie immer gesehen hatte, seitdem sie alt genug gewesen war, an Hochzeiten teilzunehmen. *Er sollte mich voller Liebe, Erwartung und Verlangen ansehen.*

Doch Jonahs Gesicht blieb ausdruckslos, seine Augen umschattet.

Das Nichtvorhandensein dieser Gefühle versetzte ihr einen Stich ins Herz und Lina stockte. *Ich kann das nicht.*

Seth sah zu ihr hinunter und wurde langsamer. »Ist alles in Ordnung mit Ihnen?«, fragte er leise.

Lina starrte zu ihm hinauf, ihr Körper wie eingefroren. Sie brachte nicht einmal Worte über die Lippen. Nur ihre Hand auf Seths Arm hielt sie an ihrem Platz: sonst wäre sie herumgewirbelt und aus der Kirche gerannt.

»Mmma.« Adam, der sich hinter der ersten Bankreihe bewegte, kam in ihr Blickfeld.

Den kleinen Jungen zu sehen und nach ihr rufen zu hören, durchbrach Linas Lähmung.

Adam lächelte sie an – nicht mit dem weiten Straßenjungenlächeln, an das sie von ihren Nichten und Neffen gewöhnt war, doch breit genug, um seinen ernsten Gesichtsausdruck aufzuheitern. Er trottete den Gang entlang auf sie zu, dann streckte er ihr die Hände entgegen.

Der Anblick ließ ihr Herz vor Liebe hüpfen. Sie ließ Seths

Arm los, bückte sich und breitete die Arme aus.

»Mmmm.« Adam warf sich ihr entgegen.

Lina hob Adam hoch, drückte ihn an sich und hielt ihre Tränen zurück. Mit dem Kind in ihren Armen kam auch ihre Welt wieder ins Gleichgewicht. Sie setzte ihn auf ihre linke Hüfte und legte ihre Hand auf Seths Arm zurück. Mit einem Neigen des Kopfes in Richtung des Altarraums gab sie zu verstehen, dass sie bereit war weiterzugehen.

»Gut, Mädchen«, sagte Seth, seine Stimme voller Wärme.

Lina erblickte das Kruzifix und die Madonna auf dem Altar, und ein warmes Gefühl vertrieb ein Gutteil der Anspannung aus ihrem Magen.

Seth geleitete sie den Mittelgang hinunter.

Als sie Jonah dieses Mal anblickte, sah Lina ihn lächeln; das gleiche kleine Lächeln, das sein Sohn ihr eben geschenkt hatte. *Ich werde sie beide zum Grinsen bringen*, schwor sie sich. *Unser Heim wird von Liebe und Lachen erfüllt sein!*

Nach der Hochzeit traten die beiden Paare nach draußen, wobei Lina Adam auf dem Arm trug. Blaue Flecken zeigten sich im bewölkten Himmel, aber die Straße war immer noch voller Matsch und Pfützen.

»Ich gehe den Wagen holen«, sagte Seth. »Wir halten bei den Nortons, um Linas Truhe abzuholen.«

Lina blickte zu Jonah. »Holt Seth Ihren Wagen?«

»Ich habe keine Kutsche. Nur zwei Pferde.« Eine Ecke seine Mundes zuckte. »Und ich dachte, dass wir nicht all Ihre weltlichen Besitztümer in den Satteltaschen unterbringen könnten.«

Sie starrte ihn an, angezogen von dem amüsierten Leuchten in seinen Augen. Wenn er seinen melancholischen Ausdruck verlor, war ihr Ehemann ein gutaussehender

Mann. Ein Augenblick verging, bevor sie erfasste, was er gerade gesagt hatte. »Keine Kutsche? Aber haben Sie einen Buggy, einen Pferdewagen für zwei? Wenigstens einen Karren?«

Jonahs Mundwinkel sanken nach unten. »Nein, Ma'am. Koko…meine erste Frau und ich sind überall hin geritten. Wir waren nicht oft in der Stadt und hatten keine Verwendung für eine Kutsche.«

»Aber, aber«, stotterte sie. »Wie soll ich in der Gegend herumkommen?«

»Kokos Stute ist sehr gutmütig«, sagte Jonah. »Ich denke, Sie werden sie mögen.«

Lina war sich nicht sicher, ob sie wütend oder entsetzt sein sollte. »Mr. Barrett, ich habe in meinem ganzen Leben noch nicht auf einem Pferd gesessen!« Ihre Worte klangen zunächst scharf, endeten jedoch mit einem Zittern.

Er warf ihr einen besorgten Blick zu, dann sah er hilfesuchend zu Trudy.

Lina wandte sich ebenfalls zu ihrer Freundin.

»Ich habe angefangen zu reiten, Lina«, sagte Trudy. »Allerdings bin ich auch früher schon geritten. Es war jedoch schon eine ganze Weile her, dass ich im Sattel gesessen hatte. Das kam aber alles wieder zu mir zurück. Ich bin mir sicher, dass du Reiten nicht schwer finden wirst.«

Linas Magen verkrampfte sich bei dem Gedanken. *Noch etwas, das ich nicht bedacht habe! Ich habe mich nicht einmal gefragt, wie ich hier von Ort zu Ort kommen würde.*

»Wolltest du nie ein Pferd, Lina?«

Lina schenkte Trudy ein zaghaftes Lächeln. »Hat nicht jedes kleine Mädchen einmal eine Phase, in der es sich ein Pferd wünscht?«

»Ich weiß noch, wie ich *Black Beauty* gelesen habe, du nicht? Ich habe dieses Pferd geliebt.«

»Wir hatten nicht so viele Bücher in unserer Familie.

Aber in einem Jahr hat unser Lehrer uns die Geschichte in der Schule vorgelesen.«

»Also, wenn Sie eine schwarze Schönheit wollen, dann werden Sie Kokos Stute mögen. Schwarz, mit weißen Fesseln und einer weißen Blesse.« Jonah fuhr die Länge seiner Nase entlang.

Trudys Erinnerung an das Kinderbuch sorgte dafür, dass sich Linas Bauch etwas beruhigte. Sie hatte vergessen, dass ein Pferd einmal einer ihrer Mädchenträume gewesen war, der später von anderen Interessen verdrängt worden war.

Lina konnte sich immer noch nicht an die Idee gewöhnen, reiten zu müssen. Der Gedanke erschreckte sie. Als sie sah, wie Seth mit dem Wagen näherkam, entschied Lina, dass sie bereits genug Probleme hatte, die sie bewältigen musste.

Reiten zu lernen werde ich erstmal auf die lange Bank schieben.

Kapitel Elf

Auf dem Weg zur Barrett-Farm saßen Trudy und Lina hinten in der Kutsche auf einer hölzernen Bank, die mit einer Decke gepolstert war. Sie hatten die Bank in der Mitte des Wagenbetts platziert, so dass ihre Köpfe die nasse Plane nicht berührten. Die Männer saßen vorne auf dem Kutschbock, Jonahs Pferd war hinten an den Wagen gebunden. Adam war gleich zu Beginn der Reise in Linas Armen eingeschlafen.

Die lange Reise von der Kirche zu Linas neuem Heim gab den beiden Frauen Gelegenheit, sich ausführlich zu unterhalten. Sie genossen die Möglichkeit, sich auf den neuesten Stand zu bringen und all das miteinander zu teilen, was in ihren Leben passiert war, seit sie sich das letzte Mal gesehen hatten.

Lina berichtete Trudy vom Kommen und Gehen in der Agentur, seit Trudy sie verlassen hatte. Sobald Trudy jedes Bisschen an Information über die anderen Bräute aus Lina herausgequetscht hatte, wandte sich ihr Gespräch Evie zu. Beide Frauen waren diesbezüglich unterschiedlich informiert – Trudy aus Evies Briefen und Lina aufgrund von Mrs. Seymours Reise nach Y Knot. Trudy wollte auch mehr über die Verbindung von Heather und Hayden Klinkner wissen.

»Alles sah so gut für die beiden aus«, sagte Lina. Sie berichtete von Mrs. Seymours Meinung bezüglich Hayden und der Klinkner-Familie, dann erzählte sie, was Heather über Mr. Klinkners verspätetes Erscheinen geschrieben hatte.

»Nun, wenn Mrs. Seymour ihn getroffen hat, dann bin ich mir sicher, dass es Heather gut geht. Irgendetwas wird ihn aufgehalten haben, und er ist sicher aufgetaucht, direkt nachdem Heather den Brief aufgegeben hat.«

Trudy seufzte. »Zum Glück hat Heather Evie und Chance und ist nicht allein. Ich werde mir weniger Sorgen machen, weil ich weiß, dass sie eine Freundin hat, an die sie sich wenden kann. Aber wir müssen sowohl Heather als auch Evie sofort schreiben, damit wir in Erfahrung bringen, was vor sich geht!«

Ihre Unterhaltung ließ die Fahrt wie im Fluge vergehen. Gerade als Linas Gesäß taub zu werden begann und ihre Glieder anfingen zu verkrampfen, weil sie das Kind so lange gehalten hatte, fuhr die Kutsche einen Bogen und die Pferde stoppten.

Trudy lehnte sich hinüber und löste das Seil, das die Plane zusammenhielt. Sie zog die Bedeckung zur Seite. »Oh, gut. Es ist sonnig. Der Boden ist allerdings sehr matschig.«

»Matsch kann man abwaschen«, stellte Lina nüchtern fest. »Ich bin nur froh, dass wir nicht wieder durchnässt werden.«

Jonahs Gesicht erschien in der Öffnung. »Ich helfe beim Aussteigen, Ladies.« Er streckte seine Hand aus und half zunächst Trudy.

Lina rutschte über die Bank, wobei sie versuchte, das Kind nicht zu wecken. Sie reichte Adam an Jonah weiter.

Der legte sich den Jungen über eine Schulter und bot Lina seine freie Hand an.

Ihr Kleid raffend, kletterte Lina über das Seitenbrett auf den Rand der Ladefläche. Ihre Unbeholfenheit war ihr peinlich. Sie akzeptierte Jonahs Hand und stütze sich auf ihn, um hinunterzuspringen, wobei sie sich unvermutet seiner Stärke bewusst wurde. Als sie sicher auf dem Boden angekommen war, hielt ihr Ehemann ihre Hand, um dafür zu sorgen, dass sie wirklich sicher stand.

»Bereit, Ihr neues Heim zu sehen?«, murmelte er mit nervöser Stimme. »Es ist nicht so schön wie das der Flanigans. Ich weiß, dass das noch Arbeit erfordert.«

Trudy rollte mit den Augen. »Es ist nicht so schön, wie das der Flanigans *jetzt* ist. Wir haben in der letzten Zeit ganz schön viel Schweiß in die Verschönerung gesteckt.«

Lina besah sich ihr neues Heim genau. Wie Jonah geschrieben hatte, war das Haus aus Holzstämmen gebaut und sah robust aus. Eine lange Veranda verlief entlang der Vorderseite, die von zwei Fenstern unterbrochen wurde. Sie blickte über ihre Schulter auf die Berge, eine Scheune aus Holzstämmen, eine Weide und einen eingezäunten Garten, sowie ein großes, angebautes Feld.

»Du wirst es lieben, auf der Veranda zu sitzen.« Trudy klang wehmütig. »Der Ausblick ist so wunderschön. Ich bin wirklich neidisch.« Sie warf ihrem Mann einen schnellen Blick zu.

Mit breitem Grinsen hob Seth eine Hand. »Wir fangen mit der neuen Veranda für dich nächste Woche an.«

Trudy klatschte in die Hände. »Wunderbar.«

Jonah neigte den Kopf in Richtung des Hauses. »Willkommen in meinem Heim, Mrs. Barrett. Mr. und Mrs. Flanigan.«

Während sie Hand in Hand mit Jonah darauf zuging, hob sie ihr Kleid an, damit der Saum nicht durch den Matsch schleifte. So wie es aussah, würde sie den unteren Teil des Kleides wohl über Nacht in Lauge einlegen müssen, damit der Dreck auch wirklich herausging. Darauf achtend, Pfützen zu vermeiden, suchte sie sich ihren Weg über den aus festgetretener Erde bestehenden Hof und auf die erste Verandastufe, wo sie versuchte, das Gröbste vom Matsch von ihren Stiefeln zu kratzen. Eine ausgetretene Matte aus geflochtenem Stroh lag vor der Tür und sie trat ihre Stiefel auf dem Weg dorthin weiter ab.

Die anderen drei folgten ihrem Beispiel.

Jonah öffnete die Tür und hielt sie für sie auf.

Das durch Fenster und Tür einfallende Licht erhellte das Innere des Raumes. Er sah spartanisch aus – eine Kombination aus Küche und Hauptraum. Eine Leiter führte zu einem Dachboden, der sich über die Hälfte des Raumes erstreckte. Ein Tisch mit abblätternder weißer Farbe und nicht dazu passenden Stühlen stand in der Mitte und trennte die Küche vom Wohnraum. Einer der Stühle hatte längere Beine als die anderen und war offensichtlich Adams. Ein Herd, eine trockene Waschschüssel, eine Eisbox und ein paar offene Regale nahmen die Küche ein.

Zwei braune Ledersessel standen vor dem aus Felssteinen gemauerten Kamin, und auf einem tiefen Sims über der Feuerstelle standen ein paar zerfledderte Bücher in einer Reihe, ihre Stoffeinbände ausgefranst und verblichen. Jonah las also, was sie überraschte und erfreute – und die klaren Formulierungen in seinem Brief erklärte.

»Das Haus ist ähnlich aufgeteilt wie unseres«, bemerkte Trudy.

»Außer dass unseres bis unter das Dach mit Möbeln vollgestopft ist, die du mitgebracht hast«, neckte Seth sie. »Es sind bestimmt ein paar Stücke übrig, die du Lina geben könntest.«

Trudys Gesicht leuchtete auf. »Eine hervorragende Idee.«

Seth zwinkerte Lina zu. »Ich würde alles tun, um in meiner Scheune wieder mehr Platz zu schaffen. Meine armen Tiere …« Er seufzte dramatisch.

Alle lachten.

Jonah wedelte mit seiner Hand in Richtung einer auf der rechten Seite gelegenen, teilweise geöffneten Tür. »Lasst mich Adam umziehen und zum Schlafen hinlegen.« Zusammen mit dem Kind verließ er den Hauptraum.

Lina zog ihren Mantel aus. Dann sah sie sich nach etwas um, woran sie das Kleidungsstück aufhängen konnte.

Trudy deutete auf eine paar Geweihstangen neben der Tür. »Dort. Wir haben etwas Ähnliches, einen Hutständer.«

Nicht ganz sicher bei dem Gedanken, ob sie den Kopfschmuck von Tieren als Teil des Dekors des Hauses mochte, hing Lina ihren Mantel auf, löste die Bänder ihres Häubchens, zog es ab und hängte es neben den Mantel. Sie hielt Seth die Hand entgegen, um seinen Mantel zu nehmen.

Seth schüttelte den Kopf. »Wir werden wieder gehen. Der Mann, den wir für heute angeheuert haben, wird zwar das Melken heute Abend übernehmen, aber die Fahrt zurück wird trotzdem sehr lange dauern.«

Jonah trat aus dem Schlafzimmer. »Seth, lass uns Linas Truhe vom Wagen laden.«

Seth nickte. »Ich werde dir helfen.«

»Vergiss nicht den Korb, Liebster«, rief Trudy ihrem Mann hinterher. »Und den Topf, den Koffer und die Kräuter- und Gewürzkiste.«

»Ich weiß, dass ihr wieder fort müsst, aber lasst mich etwas zu Essen vorbereiten, bevor ihr aufbrecht.« Lina schaute die fast leeren Regale an, dann ging sie zum Schrank und öffnete die Türen, nur um dort zwei Büchsen ohne Beschriftung vorzufinden, einen Stoffbeutel mit Maismehl und einen Beutel aus Sackleinen, der, wenn man nach dem bitteren Geruch ging, Kaffeebohnen enthalten musste.

Seth stapfte herein, lud die Kräuterkiste und den Topf auf dem Tisch ab und ging wieder.

Trudy schaute über ihre Schulter zum Vorratsschrank. »Oh je. Mr. Barrett braucht wirklich dringend eine Frau.«

»Zum Glück habe ich etwas Verpflegung mitgebracht. Trotzdem ist eine Fahrt in die Stadt, um einzukaufen, dringend nötig. Lass uns mal sehen, was hier drin ist.« Lina öffnete die Eisbox und sah in Wachspapier eingewickeltes Fleisch und einen kleinen blauen Krug, der, als sie ihn zur Kontrolle kippte, Milch enthielt. Mit einem Anflug von Ärger fragte sie sich, was sie ihren Gästen vorsetzen sollte.

Trudy legte eine Hand auf Linas Arm. »Nicht nötig. Ich habe uns etwas zu Essen für den Rückweg eingepackt.«

Lina bedeckte Trudys Hand mit der ihren. »Ich wünschte, ihr würdet nicht so weit entfernt leben. Dass du hier bist, hat alles so viel besser gemacht. Wenn du abfährst, bin ich wieder allein.« Der Gedanke schnürte ihr die Luft ab.

Trudy schenkte ihr einen reumütigen Blick. »Ich weiß nur zu gut, was du meinst.«

Lina senkte ihre Hand. »Ich bin mir sicher, Adam wird mich so auf Trab halten, dass ich keine Zeit haben werde, mich einsam zu fühlen.« Sie versuchte, ihre eigenen Worte zu glauben.

»Lina, ich war so aufgeregt, dass du nach Sweetwater Springs kommst, dass ich gar nicht an die Entfernung zwischen uns gedacht habe. Oder daran, dass du nicht reiten kannst.«

»Wir werden uns wohl etwas einfallen lassen müssen, um uns zu sehen.«

Trudy dachte nach. »Wir können uns Briefe am Bahnhof hinterlassen… der fungiert als die Post von Sweetwater Springs. Und an den Sonntagen, an denen Pater Fredrick hier ist, können wir uns sehen, wenn du früh genug vor der Messe da bist, und noch einmal nach unserem Gottesdienst.«

Lina atmete erleichtert auf. »Jetzt fühle ich mich gleich besser.«

Die Männer polterten herein. Jeder trug ein Ende der Reisetruhe. Sie stellten sie beim Tisch ab und verschwanden wieder. Als sie wieder erschienen, trug Jonah Linas Koffer und Seth den Weidenkorb, den er seiner Frau hinhielt.

Trudy nahm ihn und hob das weiße Tuch, das den Korb bedeckte. »Ich habe Brot und Buttermilchbrötchen gebacken, habe einen Tontopf mit meiner Butter eingepackt und euch einen Apfelkuchen gebacken. Es gibt auch ein Glas Marmelade, aber die ist gekauft. Später, wenn die Beeren reif sind, habe ich vor, meine eigene Marmelade herzustellen.«

»Wie aufmerksam von dir.« Lina stellte den Korb auf den Tisch und umarmte ihre Freundin.

Vom Rand des Korbes nahm Trudy ein kleines Päckchen aus gehäkelter Spitze, das von einem roten Band zusammengehalten wurde.

Lina entfaltete das Päckchen, das zwei runde Zierdeckchen enthielt. Abwechselnd hielt sie sie hoch und fühlte, wie sich ihre Kehle vor Rührung zusammenzog. »Oh, sie sind einfach wunderschön! Ich habe deine Handarbeiten immer bewundert.«

Trudy strahlte vor Freude. »Es freut ich, dass sie dir gefallen.«

Jonah kam zurück in den Raum.

»Sehen Sie, was Trudy für uns gemacht hat, Mr. Barrett.«

Er betrachtete die Zierdeckchen. Aus seinem Gesichtsausdruck konnte Lina schließen, dass er keine Ahnung hatte, worum es sich dabei handelte. »Hübsch«, sagte er, bevor er sich neben Seth stellte.

Lina streckte Seth die Hand entgegen. »Danke für alles, dass Sie für mich getan haben.« Sie warf Trudy einen neckenden Blick zu. »Ich werde Mrs. Seymour und den anderen Bräuten einen positive Bericht über Sie schreiben… und Evie ebenfalls.«

»Ich habe *schon* einen guten Bericht über ihn abgegeben«, antwortete Trudy spielerisch.

»Ja, aber es könnte sein, dass du die Wahrheit ein wenig

zurechtgebogen hast, damit sie sich keine Sorgen machen«, sagte Lina mit ausgelassenem Lächeln.

Seth schlang den Arm um die Taille seiner Frau und führte sie zur Tür. »Vergessen Sie nicht zu erwähnen, was für ein gutaussehender Kerl ich bin.«

Die drei brachen in Gelächter aus, und sogar Jona lächelte.

Seth schlug ihm auf die Schulter. »Pass gut auf Lina auf, hörst du?«

Jonah zog eine Augenbraue hoch. »Muss ich mich sonst vor dir verantworten?«

»Schlimmer. Vor meiner Frau.«

Auf einer Welle gemeinsamen Lachens verließen die Flanigans das Haus.

Lina und Jonah folgten ihnen auf die Veranda und sahen ihnen nach, als sie abfuhren.

»Werden sie zurück sein, bevor es dunkel ist?« Lina versuchte, das Unbehagen zu verdrängen, weil sie nun mit diesem Fremden allein war, der jetzt ihr Ehemann war.

»Wahrscheinlich nicht. Aber sie werden es vor Sonnenuntergang durch die Stadt und bis zur Straße zu ihrer Farm schaffen. Ab da kennen die Pferde den Weg, und der Mond wird hell genug sein, um ihren Weg ein wenig zu beleuchten.«

Durch seine Erklärung schienen ihre Wohnorte auf einmal so weit von einander entfernt. Lina unterdrückte ein Gähnen. »Verzeihung. Ich bin so müde.«

»Sie hatten einen langen Tag.«

»Aber ich muss auspacken. Sie können sich nicht vorstellen, was ich alles mitgebracht habe.«

»Außer einem Topf und einer Kiste mit Pflanzen?«, fragte Jonah trocken.

Sie kicherte. »Der Topf ist von meiner Mutter. Sie hat mir auch einen Tontopf mitgegeben, der sich wundervoll zum Backen von Hühnchen oder kleinen Enten eignet. Die Pflanzen sind von meiner Nonna, das heißt Großmutter auf Italienisch. Die Parmesan- und Provolone-Käse kommen von meiner Schwester Anna und die Pasta von Tia Isabella.«

Während sie sprach, nahm Lina Kleidungsstücke aus der Truhe und legte die sorgsam gefalteten Stapel auf den Tisch, um an die Küchenutensilien darunter zu gelangen. »Tio Vito hat uns einen Wurstmacher geschenkt, und Tio Donaldo und Tio Joseph je eine Flasche *Chianti*.«

»Was ist Kian-ti?«

»Rotwein.« Lina langte nach einem in Öltuch eingeschlagenen Paket. »Die getrockneten Tomaten sind von Tia Nina und die vier Gläser roter Sauce von meinen Cousinen. Jede von ihnen hat ihr eigenes Rezept und es besteht eine freundliche Rivalität zwischen ihnen, wessen Sauce die beste ist. Niemand aus der Familie ergreift Partei für eine der Seiten, außer ihren Ehemännern natürlich. Die würden nie etwas anderes wagen.«

»Sie haben eine große Familie. Und eine großzügige.«

»Da ist noch mehr. Der Sack mit Cannellini-Bohnen ist von Cousin Giovanni, das Glas mit den eingelegten Gurken von meiner ältesten Schwester Gina, das Glas Erdbeermarmelade von meiner anderen Schwester Sophia.«

»Ich kann nicht behaupten, dass ich jemals Erdbeermarmelade gegessen habe.«

»Niemals?« Ihr Lächeln leuchtete auf. »Sie werden sie lieben.«

Lina stellte weitere Sachen auf den Tisch. »Dann sind da noch diverse Arten von Salami und Prosciutto.« Sie zuckte die Achseln. »Von zu vielen Familienmitgliedern, um sie alle aufzuzählen.«

Jonah hob die Augenbrauen. »Pro...?«

»Prosciutto. Ein sehr schmackhafter Schinken. Salami ist eine Art Hartwurst«, erklärte sie.

»Ah.«

»Und dann…« Lina tippte mit dem Finger gegen ihr Kinn. »Meine Cousine Josephina hat uns zwei Kissenhüllen mit gehäkelter Spitze an den Rändern gemacht. Tia Angelina und Onkel Antonio bestanden darauf, dass ich zwei ihrer Weingläser mitnehme. Tia Anna hat mir ein rotkariertes Tischtuch genäht. Mrs. Hensley, meine frühere Arbeitgeberin, schenkte mir ein Federbett mit Überzug. Das ist ganz unten in der Truhe. Dort lasse ich es auch fürs Erste. Papà hat einen kleinen Spielzeugwagen für Adam gebaut.«

»Ich bin überrascht, dass Sie noch Platz in der Truhe hatten.«

Sie lachte. »Ich habe acht Jahre lang eine Uniform getragen. Ich habe nicht viele Kleider. Und ich musste die meiste Zeit drei lebhafte Jungs jagen. Daher habe ich nie eine dieser voluminösen Tournüren getragen, außer bei meinem besten Kleid – und da auch nur eine kleine aus Stoff.«

»Hier trägt die kaum eine Frau. Jedenfalls soweit ich das gesehen habe. Ich fand auch immer, dass sie etwas lächerlich aussehen.«

»Das finde ich auch.« Sie teilten einen Moment des Einvernehmens, bevor Lina sich beeilte, den Rest ihrer Liste abzuarbeiten. »Die Knoblauchkette ist von meinem jüngeren Bruder Tonio – 'um Sie mir nötigenfalls vom Hals zu halten', sagte er. Oh, und Tia Maria hat mir ein Nudelholz gegeben.«

»Ich schätze, ein Nudelholz könnte mich auch fernhalten«, witzelte Jonah.

Sie lachte, erfreut darüber, dass er einen Scherz gemacht hatte. »Ja. In Tia Maria und Tio Tonys Haus wurde ein Nudelholz für mehr als Teig benutzt. Ich werde Ihnen die Geschichten eines Tages erzählen Mr. Barrett.«

»Jonah«, korrigierte er. »Wir sind jetzt verheiratet, also nenn mich Jonah.«

»*Jonah*, ich habe genug Familiengeschichten auf Lager, um dir über Jahre hinweg jeden Tag eine zu erzählen. Aber nicht heute Nacht.«

»Eine Geschichte pro Tag. Die Idee gefällt mir.«

»Dann soll es so sein.«

Jonah packte den Fleischwolf und legte ihn auf ein Regal. »Morgen kannst du die Küche einrichten ... wenn du möchtest, das ganze Haus.« Er nickte zum Schlafzimmer. »Lass mich dir zeigen, wo du schläfst.«

Schwungvoll lud sich Lina einen Stapel Kleider auf den Arm und folgte ihrem Mann ins Schlafzimmer. Der Raum war größer, als sie erwartet hatte. Ein großes Bett stand an der Wand gegenüber eines kleinen Fensters, mit einem kleinen Bettchen am Fußende.

Adam schlief auf dem Rücken in der Mitte des großen Bettes, ein Kissen auf jeder Seite. Arme und Beine hatte er ausgestreckt, und er sah so süß aus, dass Lina sich am liebsten auf ihn gestürzt und geküsst hätte. Aber sie wollte seine Ruhe nicht stören.

Neben dem Fenster stand ein Schrank. Das einzige andere Möbelstück befand sich neben dem Bett – ein Tisch, auf dem ein Kerzenhalter aus Messing, ein poliertes Holzkästchen und eine einfache Schale standen. Wenn man ihre Truhe auf die andere Seite des Fensters stellte, hätten sie immer noch genug Platz, sich zu bewegen, ohne in irgendetwas hineinzulaufen.

Lina ging zum Bett, legte den Kleiderstapel ab und berührte die Decke, die darüber gebreitet war. »Ist das Fell?«

»Es gehörte meiner Frau. Äh, Koko.«

Ihre Hand strich darüber. »Das muss im Winter schön warm sein. Was für Fell ist es?«

Jonah zögerte.

Erstaunt sah sie ihn an, wunderte sich darüber, dass eine so simple Frage ihm die Sprache raubte.

Jonah sah, wie sie ihn anblickte, und einer seiner Mundwinkel zog sich nach oben. »Alte Angewohnheit der Vermeidung. Die Blackfoot benutzen nur mit großem Zögern etwas, das von einem Bären stammt, oder sprechen überhaupt seinen Namen aus. Nur wenn ein Mann, wie ihr Vater, von Bärengeistern beschützt wird, darf seine Frau ein Bärenfell für die Familie bearbeiten.« Mit einem leichten Lächeln rieb er über die Oberfläche. »Koko nannte das ihr großes Bobtail Fell. Sie bekam es von ihren Eltern.«

Bärengeister? Neugierig geworden, wollte Lina mehr darüber erfahren. »Worin besteht der Schutz?«

»Wilde Tapferkeit im Kampf und die Macht, Wunden zu heilen, die man dabei davonträgt.« Schmerz sprang in seine Augen. »Aber nicht genug Schutz, um eine Frau davor zu bewahren, im Kindbett zu sterben.«

Lina wollte sein Gesicht in die Hände nehmen und ihn küssen – um ihn zu trösten. Doch die spontane Geste, die in ihrer offenherzigen Familie Gang und Gäbe war, fühlte sich bei Jonah, der ihr so reserviert erschien, unpassend an, darum zögerte sie. *Beginne so, wie du weitermachen willst*, zitierte sie im Stillen.

Mit großem Wagemut trat sie an ihn heran, legte ihre Hände auf seine Schultern, und stellte sich auf die Zehenspitzen, um seine Wange zu küssen. Ihre Lippen strichen sanft über den kratzigen Bart bis zum Wangenknochen. »Es tut mir leid, dass du sie verloren hast.«

Mit geweiteten Augen und einem grimmigen Ausdruck auf dem Gesicht machte Jonah einen Schritt zurück. Er wandte den Blick ab, die Mundwinkel nach unten gezogen.

Lina hielt die Luft an. Sie war sich nicht sicher, ob das die Reaktion auf ihren Kuss war oder ob er Koko vermisste. Aber die Tatsache, dass er sich von ihr entfernt hatte, schmerzte sie, obwohl sie sich sagte, dass solch eine Reaktion

unter diesen Umständen zu erwarten gewesen war. *Gib nicht auf. Er wird deine Zuneigung akzeptieren… und sie erwidern.*
Aber was, wenn er das nicht tut?

Gerührt von ihrer Geste, hatte Jonah dem Versuch widerstehen müssen, ihre Wange zu berühren. Er hatte immer noch das Gefühl, Linas Lippen auf seinem Gesicht zu spüren, was die Erinnerung an seine Mutter wachrief. Sie hatte es geliebt, ihn und seinen Vater zu küssen. Er hatte ganz vergessen, wie gut sich Zuneigung anfühlte.

Lina legte eine Hand auf Jonahs Arm. »Tut es dir weh, von Koko zu sprechen? Oder von deinem Kind, das gestorben ist? Wenn es so ist, müssen wir nicht darüber reden.«

Das Mitgefühl in ihrer Stimme überraschte ihn. Jonah überlegte einen Moment. »Ja. Nein. Ich meine, es tut mir weh. Aber die Trauer fühle ich sowieso und…« Er nickte langsam, während er an die Unterhaltung dachte, die sie gerade geführt hatten. »Sie mit dir zu teilen, ist gut. Das heißt, wenn dir das nichts ausmacht.«

Sie schenkte ihm ein aufmunterndes Lächeln, obwohl ihre Augen traurig aussahen.

»Das Baby war ein Mädchen. Sie …« Er nahm einen zitternden Atemzug. »Sie sah genauso aus wie Adam, als er geboren wurde. So winzig.« Jonah räusperte sich. »Jetzt liegt sie in den Armen ihrer Mutter. Ich stelle mir gerne vor, dass sie zusammen sind.«

»Ein schöner Gedanke.« Lina drückte seinen Arm. »Ich würde gerne mehr über Koko wissen. Sie war deine Frau … Adams Mutter. Ich möchte, dass du ganz ungehindert von ihr reden kannst. Und … wir müssen die Erinnerung an sie für Adam wachhalten.«

Ihre Großzügigkeit rührte ihn. Jonah kannte sich nicht mit Frauen aus, aber er nahm an, dass die meisten nicht besonders erpicht darauf wären, etwas über die erste Frau ihres Manne zu hören, besonders nicht über eine indianische Ehefrau. Sie würden versuchen, Kokos Existenz unter den Teppich zu kehren. Aber er hatte keine Ahnung, wie er anerkennenden Gefühle in Worte fassen sollte.

Um das Thema zu wechseln, stiefelte Jonah zum Schrank. Er tätschelte die Seite. »Hier drin ist viel Platz für deine Kleider.«

»Das ist ein wunderschönes Stück.« Lina trat näher. »Die Schnitzereien sehen sehr ungewöhnlich aus. Die muss ich mir im Morgenlicht genauer ansehen.«

»Gideon Walker hat das gemacht. Er ist unser nächster Nachbar und liebt es, Möbel herzustellen.«

»Ich freue mich darauf, ihn kennenzulernen.«

»Das könnte etwas dauern. Er ist ein ziemlicher Einsiedler. Wir hatten darüber gesprochen, dass Gid uns ein passendes Kopfbrett fürs Bett und eine Kommode machen sollte.« Unvermittelt hatte Jonah ein Bild von sich und Lina im Bett vor Augen, ihre nackten Körper ineinander verschlungen. Schuldgefühl ließ ihn das Bild verdrängen. Er schob sich zur Tür, wobei er den Blick auf das Bett vermied.

»Äh … Seth hat erwähnt, dass er zu Anfang auf dem Dachboden geschlafen und Trudy das Bett überlassen hatte. Ich denke, ich werde dasselbe tun. Aber Adam schläft bei mir.« Er deutete auf das Bett. »Er hatte gerade erst angefangen alleine zu schlafen, weil das neue Baby kam, als …« Er atmete zittrig aus. »Dann, nachdem Koko gestorben war …« Er zuckte die Achseln. »Schätze, wir brauchten beiden den Trost des anderen.«

»Wenn es dir nichts ausmacht, kann Adam bei mir schlafen.«

Jonah fuhr sich mit der Hand durchs Haar. »Nur, bis er sich an dich gewöhnt hat. Dann kann er ins Bettchen umsiedeln. Für den Augenblick werde ich mir ein Bett vor dem Feuer herrichten, damit ich in der Nähe bin, wenn einer von euch mich braucht.«

Lina beugte sich vor und berührte Adams nackten Fuß. Sein Flanellnachthemd war bis zur Hüfte hinaufgerutscht und entblößte nun eine eigenartige Windel. »Was trägt er da?«

»Eine mit Moos gefüllte Kaninchenfellwindel. Das Moos ist in dieser Kiste hier.« Er tippte auf die Kiste auf dem Beistelltisch. »Bärenfett ist hier drin.«

»Moos? Bärenfett?« Sie zog die Augenbrauen zusammen.

»Für seinen Po.« Jonah verstand ihre Verwunderung nicht. Er langte über den Tisch, steckte seine Hand in die Kiste, zog einen Klumpen Moos hervor und hielt ihn ihr hin, damit sie ihn betrachten konnte.

»Du benutzt *Moos* für seinen Po?«

Bei dem ungläubigen Ton ihrer Stimme zuckte er zusammen. »Was könnte man sonst nehmen?«

»Stoffwindeln und Saughosen.«

Jetzt war es an ihm, verwirrt dreinzuschauen. »Saughosen?«

»Eng gestrickte Hosen. Die Stoffwindel wir darunter getragen für den Fall, dass er in die Hose macht.«

Jonah wippte auf den Füßen. »Okay, ich sehe, wo das Problem liegt. Indianische Art gegen die Art der Weißen. Vor Adam hatte ich noch nie etwas mit Babys zu tun, daher habe keine Ahnung, worin die Unterschiede liegen.«

Lina entspannte sich. »Ich bin froh, dass wir das Missverständnis geklärt haben.« Sie streckte ihre Hand aus. »Dürfte ich das Moos mal sehen?«

Er ließ den Klumpen in ihre Handfläche fallen.

Sie hielt ihn an ihre Nase.

Er wusste, dass das Moos angenehm nach Gras und Erde roch.

Mit der freien Hand breitete Lina das Kaninchenfell aus und betastete die Bänder an der Seiten. »Immerhin muss man auf diese Weise keine Windeln waschen.«

»Adam benutzt sein Töpfchen oder das Klohäuschen auf der rechten Seite des Hauses. Wenn ich nicht da bin, stell ihn morgens als erstes davor und mache *ssss*. Das ist sein Startsignal. Und wenn er dieses Geräusch macht, weißt du, was los ist.«

Sie lachte ironisch auf. »Ich nehme an, wir beiden werden uns noch ein paarmal im Kreis bewegen, bis alles glatt läuft.«

Er fuhr sich durchs Haar. »Schätze auch.«

»Nun.« Lina lächelte und zuckte die Achseln. »Wir haben noch viel über den anderen zu lernen.«

»Das haben wir.« Aber während er dies sagte, konnte Jonah nicht verhindern, dass er sich für seinen Mangel an Wissen schämte. Ein normaler Mann wäre mit Geschwistern und Babys aufgewachsen und wüsste mehr über Frauen und die Dinge, die Leute in der Schule und der Kirche lernten. Hier ging es nicht um das Lernen aus Büchern sondern um die Entwicklung von Menschenkenntnis. Koko hatte ihn so akzeptiert, wie er war und hatte nicht erwartet, dass er anders wäre. Aber würde Lina das auch tun?

Kapitel Zwölf

Das Zimmer war noch dunkel, als Lina erwachte, die Temperatur kühl, aber nicht unangenehm. Ihrem Empfinden nach war es kurz vor Morgengrauen.

Adam schlief an ihrer Seite, sein Körper warm und schwer. Während der Nacht hatte er sie ein paarmal geschlagen und getreten, wenn er sich bewegt hatte, aber sie war so müde gewesen, dass sie diese Bewegungen kaum registriert hatte.

Sie tastete nach der Kerze auf dem Nachttisch und der Streichholzschachtel, die sie danebengelegt hatte. Sie zündete das Streichholz an und hielt es an den Docht. Dann stellte sie den Glaszylinder über die Kerze. Beim Licht der Flamme sah sie auf die Uhr, einem Weihnachtsgeschenk der Hensleys, die sie neben der Lampe abgelegt hatte. Halb sechs.

Lina schlüpfte aus dem Bett und benutzte den Nachttopf, der in einen kleinen Hocker eingelassen und unter das Bett geschoben worden war. Sie würde ihn später leeren, wenn das Licht besser wäre. Sie frisierte sich und flocht ihr Haar, drehte den Zopf zu einem Dutt, den sie mit Haarnadeln befestigte. Die Kerze mit sich nehmend, betrat sie den angrenzenden Raum, wobei sie versuchte, leise zu sein, und ging zu der Schüssel im Küchenbereich, um Gesicht und Hände zu waschen.

Als sie sich abgetrocknet hatte, zündete sie eine Öllampe auf dem Tisch an und machte sich im Geist eine Notiz, den Glaszylinder vor dem Abend zu reinigen. Kerze und Lampe spendeten ihr genug Licht, um in der Küche zu arbeiten.

Die Lampe in der Hand, ging Lina auf Zehenspitzen auf die andere Seite des Raumes, um nach Jonah zu sehen. Ihr Ehemann lag ihr zugewandt, einen muskulösen Arm unter der Bettdecke hervorgestreckt, und sie fragte sich, wie lange es wohl dauern würde, bis sie beide ein Gefühl der Intimität entwickelt hätten und soweit wären, das Bett zu teilen.

Bald, hoffe ich. Sie wollte selbst die Leidenschaft zwischen Ehemann und Ehefrau erleben, die in Gesprächen unter den Frauen ihrer Familie immer nur angedeutet worden war oder deren Zeuge man in Form eines herzhaften Kusses, eines Klapses auf den Po oder den nächtlichen Geräuschen hinter verschlossenen Türen geworden war. Und sie wollte ein eigenes Baby.

Zurück im Küchenbereich öffnete Lina die Ofentür und stellte fest, dass Jonah das Innere von Asche gereinigt und anstelle von zerknüllter Zeitung, an die sie gewöhnt war, größere Holzscheite und Anmachholz über Kiefernzapfen und getrocknetem Moos aufgeschichtet hatte. Ihm im Stillen für seine Aufmerksamkeit dankend, stellte sie die Luftklappe ein. Dann ergriff sie eine Dose neben dem Ofen, in dem sie Streichhölzer fand, und entzündete das Feuer.

Mit ihrem Emaille-Topf in der Hand, ging sie auf Zehenspitzen nach draußen, um Wasser von der Pumpe zu holen. Keine italienische Küche war komplett ohne eine auf dem Herd kochende Minestrone. Daher war ihre erste Aufgabe als Ehefrau, damit zu beginnen, die Suppe zu machen. Danach würde sie überlegen, was sie ihrem Mann und ihrem Sohn zum Frühstück anbieten würde.

Ein kräftiges Aroma, schmackhaft und ungewohnt, begleitet von einem Summen, ließ Jonah erwachen - aus dem erfrischendsten Schlaf seit Wochen. Für ein paar Minuten lag er still da, genoss die graue Morgendämmerung, die den Raum mit schwachem Leuchten erfüllte, das ansonsten nur von einer Öllampe und einer Kerze im Küchenbereich erhellt war. Verschlafen beobachtete er seine frischgebackene Ehefrau am Herd, ihre kurvenreiche Figur in Schatten gehüllt.

Lina schaute aus dem Fenster, und auf ihrem Profil sah er ein halbes Lächeln. Dann hob sie einen Arm und ließ etwas in den Kessel fallen, den sie mitgebracht hatte, während sie darin rührte.

Ich muss aufstehen und die Kuh melken. Aber Jonah gestattete sich ein paar weitere Minuten auf seinem Lager. Seit Kokos Tod hatte er keine Sekunde Ruhe gehabt und hatte beinahe vergessen, wie es sich anfühlte, sich zu entspannen. Allmählich lichteten sich die Schatten im Raum.

Er nahm einen tiefen Atemzug, atmete aus und setzte sich auf. »Guten Morgen.«

Über ihre Schulter schenkte Lina ihm ein schnelles Lächeln, bevor sie weiter umrührte. »*Buongiorno*, Schlafmütze.«

Jonah sah einen Holzlöffel in ihrer Hand und fragte sich, was da so köstlich roch.

Lina macht eine auffordernde Geste mit dem Holzlöffel. »Sag es. *Buongiorno.*«

Er bemühte sich, das ungewohnte Wort mit seinen Lippen zu bilden. »*Buuondschorno.*«

Sie kicherte. »Schon nicht schlecht.«

Das Geräusch ihres kehligen Lachens schenkte ihm frische Energie. Jonah warf das Bärenfell ab, unter dem er lag, und streckte seine Arme.

Schell sah Lina weg und begutachtete das Innere des Topfes.

Im schwachen Licht konnte Jonah sehen, dass seine Frau

errötete, aber damit hatte er gerechnet. Er zog sich die Hose an, stopfte sein Nachthemd hinein und zog die Hosenträger hoch. Das Hemd würde er später wechseln.

Neugierig folgte er dem verlockenden Duft zum Herd. Dampf stieg aus dem Topf. Er sah hinein auf die kochende rötliche Flüssigkeit. »Machst du Suppe?«

»*Suppe?* Lina wiederholte das Wort, als wäre sie beleidigt. »Nicht einfach eine Suppe. Das ist *Minestrone!*«

Die Leidenschaft in ihrer Stimme amüsierte ihn. »Minestrone?«

»Ja, Minestrone.« Sie wedelte mit dem Holzlöffel. »In einem Dorf außerhalb Roms lernte meine Nonna von ihrer Nonna, wie man sie macht. Und ihre Nonna hatte es von ihrer …«

»Ein sehr altes Rezept also.«

»Es gibt kein Rezept. Minestrone wird aus dem Fleisch, den Gewürzen und dem Gemüse gemacht, die man zur Hand hat. In guten Zeiten ist die Suppe dick von all dem Fleisch, meistens Schwein, aber manchmal auch Rind, und Gemüse. In mageren Jahren ist die Suppe ebenfalls mager. Aber nicht heute. Ich habe Pasta mitgebracht. Knoblauch, getrocknete Tomaten…« Sie zeigte zur Eisbox. »Ich habe ein bisschen Fleisch darin gefunden, auch wenn ich nicht weiß, was es war.«

»Rotwild.«

»Oh, Wild.« Linas Stimme wurde leiser. Dann lebte sie sichtbar auf. »Nun, das ist definitiv etwas, dass ich Nonna schreiben muss. Ich weiß, dass sie noch nie Wild-Minestrone gekocht hat. Ich bin gespannt, ob sie genauso gut schmecken wird wie mit Rindfleisch.«

»Mit dem Wild sollte die Brühe eigentlich kräftiger sein als mit Rind. Ich denke, es wird dir schmecken. Aus Wildbret kann man eine gute Fleischbrühe zubereiten, auch wenn es nicht so fett ist wie Rindfleisch.«

»Also etwas Neues für uns beide. Minestrone für dich, Wildbret für mich.«

»Was ist Pasta?«

Mit offenem Mund starrte Lina Jonah an. »Nudeln.« Sie nagte mit den Zähnen an ihrer Unterlippe. »Ich hätte nie gedacht, dass jemand keine Pasta kennt.« Ihre Worte kam langsamer, ihre Stimme wurde dünner. »Dass du danach fragen musst ... lässt mich erkennen, wie weit ich von zu Hause fort bin.«

Da er nicht wusste, wie er mit ihrem Heimweh umgehen sollte, blieb er beim Thema Minestrone. »Wie die in Mrs. Nortons Suppe von gestern.«

»Mrs. Nortons Nudeln waren anders. Ich nehme an, sie hat eine Art Teig in die Suppe getan. Pasta wird vorher zubereitet, gleich geformt und luftgetrocknet.«

Er schüttelte den Kopf, weil er nicht verstand.

»Gut, lass es mich dir zeigen.« Lina griff nach einem Leinensack auf dem Tisch, scheffelte eine Handvoll heraus und hielt ihm die Handfläche hin, um ihm die Pasta zu zeigen. »*Macaroni.*«

»Die sehen aus wie etwas, das man trägt.«

Sie lächelte. »Als wir noch Mädchen waren, haben meine Schwestern, Cousinen und ich sie zu Ketten und Armbändern aufgefädelt. Mit unserem Schmuck fühlten wir uns wie Prinzessinnen.« Mit einer schnellen Bewegung aus dem Handgelenk warf sie sie in den Topf. »Du wirst sehen. Sie sind gut.«

»Wenn du es sagst.«

»Warte es nur ab. Ich denke, du wirst sie mögen. *Wenn* man meiner Nonna glauben darf ... dann macht einen Minestrone stark und gesund und kuriert alle möglichen Krankheiten ... Kopfschmerzen, Erkältungen, Verstopfung, Gicht, Leberleiden und sogar Herzschmerz ...« Sie verstummte und sah Jonah entschuldigend an. »Nun, vielleicht *heilt* sie Herzschmerz nicht.« Sie schenkte ihm ein vorsichtiges Lächeln. »Aber ich glaube, du wirst sehen, dass Minestrone etwas ist, das einen tröstet.«

Ihre Worte brachten das Gefühl des Verlustes zurück. *Um mich zu trösten, braucht es mehr als eine Mahlzeit.* Jonah schaute zu Boden. »Ich werde die Kuh melken gehen.«

»Was möchtest du zum Frühstück?«

»Porridge oder Maisbrei.«

Sie schnalzte mit der Zunge. »Das ist das Richtige für Adam, aber nicht für einen hart arbeitenden Mann. Hast du Hühner – wegen der Eier? Speck oder Schinken?«

»Keine Hühner oder Schweine. Ich hatte mal ein Schwein. Aber der Bär hat es erwischt. Dafür habe ich allerdings den Bären geschossen, insofern waren wir quitt. Wir fahren nicht oft in die Stadt.« Er zuckte die Achseln. »Üblicherweise essen wir Wildbret – Rotwild oder Wapiti, Gans, Truthahn…. Suppe wird mir reichen.«

Sie reckte sich, als wäre sie beleidigt. »Die Minestrone wird erst später fertig sein. Aber mir wird schon etwas einfallen. Man muss den Tag mit einem guten Frühstück beginnen.«

Jonah konnte nicht anders, als darüber zu lächeln, dass sie sich so echauffierte. »Jawohl, Ma'am. Ich melke dann erstmal die Kuh, damit du loslegen kannst.«

»Kannst du nach dem Frühstück in die Stadt fahren, um Vorräte zu kaufen? Ich kann dir eine Liste schreiben, was wir brauchen.«

Schon wieder in die Stadt? Jonah begab sich selten nach Sweetwater Springs, um Vorräte zu besorgen. Die Stadt war ihm unangenehm – zu viele unfreundliche Menschen. Die Wälder und das Land versorgten ihn mit dem Meisten, was seine Familie brauchte. Aber er konnte seiner Braut kaum ihren Wunsch abschlagen. »Schreib auf, was du benötigst. Ich reite in ein paar Tagen in die Stadt. Jetzt, wo du da bist, um auf Adam aufzupassen, muss ich zunächst einige Arbeiten erledigen.«

»In ein paar Tagen?«, sagte Lina scharf. »Die Vorräte werden wir schon früher brauchen.«

»Ich gehe auf die Jagd. Es ist nicht die beste Jahreszeit dafür, aber es gibt trotzdem noch genug Wild.«

»Auf die Jagd?« Ihr Ton wurde nicht sanfter. »Was, um Himmelswillen, willst du jagen?«

Er zuckte die Achseln. »Eichhörnchen, Hasen ... vielleicht einen Truthahn.« Jonah erwähnte nicht, dass er vorhatte, ein Stück Rotwild zu erlegen. Er wollte Lina mit einem Hirsch überraschen. Mit etwas Glück würden ein paar Tage Jagen sie mit Fleisch für mehrere Wochen versorgen.

»Eichhörnchen?«, sagte Lina schwach. »Was macht man damit?«

»Braten«, bemerkte Jonah sachlich. »Am Spieß. Oder es mit Wurzelgemüse kochen. Obwohl −«, unvermittelt traf ihn eine alte Erinnerung, »meine Mutter machte oft Eichhörnchen-Pastete. Sehr schmackhaft.«

Lina stemmte die Hände in die Hüften. »Jonah Barrett, um eine irgendwie geartete Pastete backen zu können, brauche ich Mehl, Butter, Eier ...«

Erstaunt von ihrer leidenschaftlichen Reaktion hielt er eine Hand in die Höhe, um ihren Ausbruch zu stoppen. »Ich glaube, das alte Butterfass meiner Mutter ist in der Scheune.«

»In der Scheune?«, wiederholte Lina, während sie ihre dunklen Augenbrauen zusammenzog. »Hat Koko es denn nie benutzt?«

Jonah schüttelte den Kopf. »Damals hatten wir keine Kuh. Ich habe sie erst gekauft, nachdem sie gestorben war − damit Adam Milch bekam.«

»Ich habe noch nie Butter gestampft.«

»Ich auch nicht.« Er verlagerte sein Gewicht, erpicht

darauf, mit den täglichen Pflichten zu beginnen. »Ich erinnere mich nur daran, dass das eine ziemlich harte Arbeit für meine Mutter war.«

Sie ließ die Arme sinken. »Eine meiner Tanten hat die Butter für die gesamte Familie gemacht. Als Mädchen habe ich ihr ein paarmal geholfen. Ich nehme an, ich kann mich irgendwie wieder erinnern, wie man das hinbekommt.«

»Daran habe ich keinen Zweifel.«

Ein erfreutes Lächeln huschte über ihr Gesicht.

Das Problem, in die Stadt zu fahren, haben wir schon einmal im Keim erstickt. »Aber bevor du Butter stampfen kannst, muss ich erst einmal die Kuh melken.« Er konnte es sich nicht verkneifen, seine aus der Stadt stammende Frau ein wenig zu ärgern. »Es sei denn, du möchtest das tun.«

Lina rollte mit den Augen. »Ich habe noch nie in meinem Leben eine Kuh gemolken.«

»Das bringe ich dir irgendwann bei.« Jonah langte nach dem Milcheimer auf dem Regal neben der Eisbox, nickte in Richtung Tür und verließ das Haus. Während er zum Stall ging und dabei an seine Braut dachte, bemerkte Jonah an der Art, wie der leere Milcheimer in seiner Hand schwang, eine ungewohnte Leichtigkeit in seinem Gang. *Bisher scheint mit meiner Versandbraut alles gut zu laufen.*

Etwa eine Stunde später, nach Maisbrei und Milch für Adam und Salami und Käse auf gebuttertem Brot für ihn und Lina, machte sich Jonah bereit, das Haus zu verlassen, um auf die Jagd zu gehen. Er nahm das Gewehr von den Haken oberhalb der Tür und schnappte sich den Beutel mit Patronen, der daneben hing.

Während sie Adams Gesicht und Hände abwischte und ihn auf den Boden setzte, beobachtete Lina Jonah durch ihre gesenkten Wimpern, als ob sie etwas von ihm erwarten würde.

Ihm war nicht klar, was seine Frau wollte. Mit einem unbehaglichen Gefühl, als hätte er gerade etwas wichtiges verpasst, winkte Jonah ihr kurz zum Abschied zu. Dann ging er hinüber zu dem zwischen seinen Spielsachen sitzenden Adam – sowohl den neuen von Lina, als auch dem kleinen Lederball, den er bereits gehabt hatte – und wuschelte dem Jungen durchs Haar. »Sei brav und ärgere deine neue Ma nicht, hörst du?«

Der Junge blickte auf. Sein Gesichtsausdruck blieb ernst.

»Pass auf dich auf, Jonah«, sagte Lina, ihre Stimme fest, als würde sie einen Befehl erteilen.

»Natürlich.« Er nickte zum Abschied. Das Gewehr in der Hand, eilte er zur Scheune. Dort wechselte er seine Sachen gegen ein Hirschlederhemd und -hosen, die noch steif vom eingetrockneten Blut der letzten Jagdausflüge war. Er schnallte den Gürtel um, an dem sein langes Messer hing, und legte sich den abgenutzten Lederriemen der verbeulten Feldflasche, die sein Vater im Bürgerkrieg mit sich getragen hatte, über die Schulter. Einen Leinensack, den er zuvor mit einer Mischung aus Alfalfa und getrockneten Heidelbeerranken gefüllt hatte, aufhebend, schlang er sich dessen Riemen über die andere Schulter.

Er trat aus der Scheune und ging um das Feld, das er noch zu Ende bepflanzen musste – seine nächste Aufgabe, wenn er genug Wild nach Hause gebracht hatte – und hielt auf den Wald zu. Während er unter dem Blätterdach dahin lief, nahm er seine Umgebung weiterhin aufmerksam wahr, erfasste sorgfältig das, was er um sich sah und hörte, und sog den Waldduft der Blätter ein.

Jonah wanderte einen ihm bekannten Pfad entlang, die Zweige vermeidend, die unter seinen Füßen zerbrechen könnten. Er konnte sich im Wald nicht so unauffällig bewegen wie Kokos Brüder, aber er war auf alle Fälle wesentlich leiser als die wenigen weißen Männer, mit denen er bisher gejagt hatte.

In der Ferne kollerte ein wilder Truthahn. Jonah überlegte, ob er von seinem Plan abweichen sollte, entschied sich dann aber, zu der kleinen Wiese weiterzugehen, auf der er üblicherweise Wild ankirrte. Er war ein paar Wochen lang nicht dort gewesen, hoffte aber, das Alfalfa, das er bei sich trug, würde ein Stück Rotwild anlocken.

Während er den Pfad entlangging, wurde sich Jonah bewusst, wie frei seine Bewegungen waren – wie seine Seele die Einsamkeit und Schönheit der Wildnis aufsaugte und wie sich sein Puls beschleunigte, als er sich eine gute Jagd vorstellte. Dankbare Gedanken an Lina mischten sich darunter, und er fragte sich, wie sie wohl mit Adam klarkam. Wegen seiner Ehe und Linas Sorge um sich und seinen Sohn, fühlte sich sein Körper leichter an, sein Geist entspannter und konzentrierter als sie das seit dem Tod von Koko und dem Baby getan hatten.

Selbst die Erinnerung an Adams Mutter verursachte ihm nicht den üblichen Schmerz, denn Jonah spürte sie fast so, als liefe sie an seiner Seite, stark und schweigsam, ihre Mähne schwarzen Haares im Wind wehend. Die Gegenwart seiner beiden Frauen, Lina in seinem Kopf und Koko in seinem Geist, fühlte sich tröstlich und richtig an. Jonah stellte sich sie drei als Gespann vor – wenn man sich ein Gespann aus drei Pferden statt der üblichen zwei, die einen Wagen zogen, ausmalen konnte - mit Adam auf der Kutsche, lächelnd und glücklich.

An der Wiese angekommen, blendete Jonah seine fantastischen Gedanken aus und konzentrierte sich darauf, die Heidelbeerranken und das Alfalfa-Gras dort zu verteilen, wo er einen guten Schuss anbringen konnte. Dann kletterte er auf einen Baum, machte es sich auf einem Ast gemütlich, von dem aus sich ihm ein guter Ausblick bot, lehnte sich gegen den Stamm und wartete.

Kapitel Dreizehn

Während des ganzen Frühstücks wartete Lina darauf, dass Jonah eine Bemerkung zum Essen von sich gab. Sie bezweifelte, dass er jemals Salami oder Provolone auf gebuttertem Brot gegessen hatte und fragte sich, was er von den nicht zugeklappten Sandwiches hielt, die sie gemacht hatte. So blieb ihr nichts anderes übrig, als ihre Schlüsse daraus zu ziehen, wie sich seine Augen weiteten, als er sie das erste Mal schmeckte, wie er nachdenklich kaute und leicht nickte, nachdem er seinen ersten Bissen beendet hatte.

Während des gesamten Essens war er still.

Lina glich sein Schweigen durch ihr Geplapper über die Versandbraut-Agentur und die Geschichte ihrer Freundin Heather aus. »Ich mache mir solche Sorgen um sie. Sobald ich die Gelegenheit habe, werde ich einen Brief nach Y Knot schreiben.«

»Y Knot?« Jonah legte die Stirn in Falten. »Kann nicht behaupten, dass ich davon schon einmal gehört habe. Weißt du, wo die Stadt liegt?«

»Ich habe auf Mrs. Seymours Karte nachgesehen. Weiter südlich von hier. Heather musste nach der Bahnfahrt die Postkutsche nehmen.«

Lina beendete ihr Frühstück, ihre Gedanken bei Heathers

Dilemma. *Wie frustrierend, keine Kerze in einer Kirche anzünden und kein spezielles Gebet für sie sprechen zu können, dass alles gut ausgehen wird!*

Ich kann immer und überall beten, erinnerte Lina sich selbst. Aber sie vermisste den Trost, den das Ritual ihr spendete.

Nachdem sie fertig waren und Jonah sich lediglich mit einem kurzen Fingertippen an die Stirn von ihr verabschiedete, konnte Lina nicht anders, als enttäuscht zu sein. Sie hatte auf einen Abschiedskuss gehofft. Ihr Vater und ihre Onkels umarmten ihre Frauen immer oder gaben ihnen einen herzhaften Kuss auf die Lippen oder Wangen und vielleicht sogar einen Klaps auf den Po, wenn sie sich verabschiedeten. *Wird er mir gegenüber immer so reserviert sein?*

Einsam und voller Heimweh nahm Lina Adam auf und trug ihn zur Veranda, wo sie sich auf die Bank setzte. Das Frühstücksgeschirr konnte warten. Sie wollte nur ihren Sohn halten. Zumindest er war liebevoll, und sie wollte jede Minute mit ihm genießen.

Adam schien immer noch schläfrig zu sein und lag eine Zeitlang mit dem Kopf auf ihrer Brust. Ihr Kind zu spüren und die Schönheit des strahlend blauen Himmels beruhigte ihren aufgewühlten Geist.

Als sich der Junge zu regen begann, weil er runtergelassen werden wollte, ermahnte sich Lina, eine positivere Perspektive an den Tag zu legen und mit den Arbeiten in und um das Haus zu beginnen.

Ein paar Stunden später, nachdem sie den ganzen Morgen mit einem Kleinkind allein gewesen war, wurde Lina bewusst, dass es keine einfache Aufgabe war, Mutter zu sein, und sie bekam eine völlig neue Wertschätzung für ihre Familie. Sie hatte eine riesige Menge Verwandter immer abgelehnt – die Art, wie sie praktisch aufeinander lebten – wie, wenn sie nieste, ein Cousin ein paar Wohnungen weiter »*Salute!*« rief. Die Neugier, die Tatsache, dass jeder alles über den anderen wusste, hatte sie genervt. Die immer mehr ansteigende Lautstärke, wenn zwei oder mehr von ihnen zusammen waren, hatten sie mit Sehnsucht nach Stille und Einsamkeit erfüllt.

Sei vorsichtig mit dem, was du dir wünschst.

Obwohl es in ihrer Familie nur so vor Babys und Kleinkindern wimmelte, gab es immer reichlich Arme, die ein quengelndes Baby hielten, wenn die überlastete Mutter mal eine Pause brauchte. Sogar die kleineren Kinder waren gut darin, mit den noch kleineren zu spielen.

Lina konnte sich daran erinnern, dass, als sie zwölf war, ihre Tia Isabella sich müde ins Haus geschleppt, ihr Baby Joey in die Arme gedrückt und gesagt hatte: »Nimm ihn, bevor ich ihn in der Regentonne ersäufe.« Dann, mit einer Geste, als würde sie sich Staub von den Händen wischen, marschierte ihre Tante aus der Tür. Lina war stolz darauf gewesen, dass sie es geschafft hatte, den widerspenstigen Joey zu beruhigen, und ihre Mutter und Großmutter hatten ihre Fähigkeiten mit Babys umzugehen in den höchsten Tönen gelobt.

Nun hatte sie niemanden und kam gar nicht dazu auszupacken und sich um das Haus zu kümmern, da Adam ständig ihre Aufmerksamkeit wollte. Zunächst genoss es Lina, ihn im Arm zu haben und zu wiegen. Sie versuchte ihn dazu zu bringen, italienische Worte nachzusprechen und bedeckte seine Wangen und Stirn mit Küssen. Ein paarmal blies sie geräuschvoll auf seinen Bauch, um ihn dazu zu bringen, sich zu winden und zu lächeln.

Aber nach einer Weile verursachte ihr das Gefühl, arbeiten zu müssen, ein schlechtes Gewissen. Wenn Lina auch nicht gesagt hätte, dass die Hütte dreckig war, so erreichte sie doch keinesfalls die von ihr gesetzten Standards. Und obwohl die Pflanzen, die sie mitgebracht hatte, auch ein paar Tage in ihrer Kiste überleben würden, war sie doch begierig darauf, mit der Arbeit an ihrem Garten zu beginnen. Und dann war da noch die Butter, die sie stampfen wollte.

Als Lina Adam auf dem Boden abstellte, fing er an, »mmmma«-Laute von sich zu geben und seine Hände auszustrecken. Also nahm sie ihn natürlich wieder auf den Arm. Sie versuchte, ihn mit dem Spielzeugwagen und den Zinnsoldaten, die sie ihm mitgebracht hatte, abzulenken. Er starrte die Spielsachen an, machte aber keine Anstalten, mit ihnen zu spielen. Also setzte sie sich neben ihm und zeigte ihm, wie der Wagen rollte, wenn man ihn anschob, oder wie man einen Soldaten über den Fußboden auf ihn zumarschieren und in den Wagen steigen ließ.

Er schenkte ihr sein kleines Lächeln und griff nach einem Soldaten.

Erleichtert erhob sich Lina, nur um bei ihm Protest auszulösen. Sie spielte etwas mehr mit ihm, dann versuchte sie, ihn mit einem Löffel auf einen Topf schlagen zu lassen. Für Adam war alles in Ordnung solange sie neben ihm saß, aber sobald sie sich wegbewegte, erhob er Einspruch.

Für eine Weile gelang es ihr, ihn auf ihrer Hüfte zu balancieren und dabei mit einer Hand das Geschirr aus dem Regal zu nehmen und auf dem Tisch aufzustapeln, aber bald wurde er ihr zu schwer. Nicht zum ersten Mal fragte sich Lina, warum Gott die Frauen nicht mit vier Armen ausgestattet hatte – zwei, um ein Baby zu halten, und zwei, mit denen sie arbeiten konnten.

Erschöpft legte sie sich mit Adam hin, damit er ein Nickerchen machte, schlief allerdings selber ein, nur um davon geweckt zu werden, dass er gegen ihre Hüfte trat. So gerne sie auch weiter gedöst hätte, wusste Lina doch, dass sie die Zeit nutzen musste, um im Haus zu arbeiten. Sie erhob sich vorsichtig aus dem Bett und ging auf Zehenspitzen aus dem Raum, dankbar dafür, dass der Junge offensichtlich ein tiefer Schläfer war.

Zurück im Hauptraum sah sie sich um und überlegte, wo sie beginnen sollte. Der vertraute Geruch der auf dem Herd vor sich hin köchelnden Minestrone, der vom Topf herüber wehte und es wie zu Hause riechen ließ, ermutigte sie. Sie zog die Gartenarbeit in Betracht, beschloss dann jedoch, dass sie sich nicht außer Hörweite Adams begeben wollte. Also entschied sich Lina, das Haus zu säubern und umzugestalten und danach eine Liste der Sachen aufzustellen, die sie benötigte.

Sie begann mit dem Geschirrschrank, ging dann die offenen Regale an, stellte nicht zueinander passendes Geschirr, Gläser, Besteck, Kochgeräte, ein Gefäß mit irgendeiner Art Fett und eine Dose Weidenrindentee auf den Tisch. Je mehr Lina die dürftige Ausstattung von Jonahs Küche untersuchte, umso mehr wunderte sie sich, wie er es geschafft hatte, sich und Adam zu ernähren. Auf der einen Seite irritierte sie der Mangel an Essen und Zutaten sowie nicht die Küchenutensilien, Töpfe und Pfannen zur Verfügung zu haben, an die sie gewöhnt war. Auf der anderen Seite machte ihr der karge Bestand an Vorräten klar, wie sehr Jonah und Adam sie brauchten.

Für eine Weile gab ihr dieser Gedanke Kraft. Lina summte, während sie arbeitete, zufrieden damit, beschäftigt zu sein, ihr neues Heim in Ordnung zu bringen. Ihre Gedanken waren bei ihrem Ehemann, bei der Andeutung von Melancholie in seinen grünen Augen, wenn er nicht wusste, dass sie ihn betrachtete.

Wie wäre es, Jonah lächeln zu sehen, zu sehen, wie seine Augen vor Freude leuchteten ... vor Zärtlichkeit?

Denn egal wie sehr es sie auch freute, gebraucht zu werden, wusste Lina doch, dass sie auch geliebt werden wollte. *Wie lange wird es dauern, bis es soweit ist?*

Lina war von Natur aus noch nie eine geduldige Person gewesen. Das, was sie an Geduld besaß, hatte sie sich sorgsam durch ihre Arbeit als Kinderfrau erarbeitet. Als Angestellte in einem angesehenen Haushalt hatte man gewisse Verantwortungen und Verpflichtungen, andernfalls wurde man durch jemand anderen ersetzt. *Irgendwie muss ich es schaffen, auch in dieser Situation zu warten.*

Als die Regale sauber waren, arrangierte Lina stolz die Dinge, die sie mitgebracht hatte. Die Beutel mit Pasta kamen in den Schrank, zusammen mit den Säcken Maismehl und Kaffee sowie den zwei Konservendosen. Sie machte sich eine Notiz im Kopf, Jonah nach dem Inhalt zu fragen, dann stellte sie das Glas Fett und die Büchse Weidenrindentee daneben.

Auf den Regalen leuchteten die Gläser mit Sauce und Eingelegtem in rot und grün, direkt neben einer eckigen Dose mit Spaghetti, die aufrecht zwischen den beiden Flaschen Chianti stand. Lina hängte den Knoblauchkranz an einen Nagel neben dem Schrank. Im Regal stellte sie die beiden Hälften der Tonkasserolle neben den Fleischwolf; dann folgten eine Waschschüssel, eine Bratpfanne, ein Kuchengitter und eine andere Pfanne, ein kleiner Stapel Blechteller, Blechtassen, zwei Weingläser und eine emaillierte Kaffeekanne. Ein altes Einmachglas hatte sie mit Holzlöffeln und anderen Kochutensilien gefüllt und in Griffweite des Herdes platziert.

Sie hatte den Boden gefegt – eine mühsame Aufgabe, da der Besen aus zusammengebundenen Zweigen und nicht aus Stroh bestand – so dass sie viermal so lange kehren musste, wie sonst üblich. Nachdem sie den Dreck über das Verandageländer geworfen hatte, breitete sie das rot-weiß-karierte Tischtuch über den Tisch, auf dem das gereinigte Glas der Lampe im durch das nun saubere Küchenfenster fallenden Licht glänzte.

Als Lina fertig war, trat sie zurück, zufrieden mit ihren Bemühungen. Sie stellte sich vor, wie die Regale aussehen würden, wenn sie voller Vorräte waren, und träumte von all den Mahlzeiten, die sie für ihre Familie zubereiten würde. Eines Tages würde sie Töchter haben, die ihr beim Kochen und Backen helfen würden. Sie stellte sich einen mit Essen beladenen Tisch vor, eine Reihe engelhafter Kindergesichter auf beiden Seiten, wobei jedes der Kinder Jonahs grüne Augen haben würde.

Ein Geräusch aus dem Schlafzimmer ließ sie herumwirbeln und zu Adam eilen.

Er drehte sich um, öffnete seine Augen und schloss sie dann wieder.

Leise nahm Lina Schreibfeder, Tinte und Papier – ein Geschenk von Mrs. Seymour – aus ihrer Reisetruhe und kehrte in den Hauptraum zurück, wo sie sich an den Tisch setzte und mit der Liste der Dinge, die sie aus der Stadt brauchten, begann. Als sie fertig war, schrieb sie eine Nachricht an ihre Familie, um sie wissen zu lassen, dass sie gut am Ziel ihrer Reise angekommen war. Durch die Erwähnung der Madonna auf dem Altar gelang es Lina vorzugeben, dass sie nach katholischem Ritus geheiratet hatte, ohne ihrer Familie ein direkte Lüge aufzutischen. Sie beschrieb Jonah und Adam und das Haus, wobei sie darauf achtete, bis in Detail zu erzählen, was sie mit jedem der Geschenke ihrer Familie getan hatte. Danach bat sie um etwas Flanell, um für Adam Windeln und Saughosen nähen zu können.

Bevor sie weitere Bitten aufschreiben oder mit dem Brief an Heather beginnen konnte, machte Adam ein Geräusch und sie ging ihn holen.

Als der Junge sie sah, lächelte er und streckte die Händchen nach ihr aus.

»Ah, *Carissimo*!« Ihr Herz von Liebe erfüllt, hob sie Adam hoch und drückte ihn, sein Gesicht küssend, an sich.

Nachdem sie dafür gesorgt hatte, dass er auf dem Topf

gewesen war, ging sie mit ihm nach draußen, wo sie Wildblumen für einen Strauß suchten, den sie auf den Tisch stellen konnten. Ab und zu warf sie schnelle Blicke zum Wald. *Ist Jonah auf dem Heimweg? War seine Jagd erfolgreich gewesen?*

Lina unterdrückte ein Schaudern. *Denke daran, zufrieden auszusehen, wenn er dir das Fleisch gibt,* wies sie sich selbst an. *Stell dir vor, es ist ein großes Stück Speck. Schließlich war Speck auch mal ein Schwein. Und ich habe schon gesehen, wie Schweine geschlachtet wurden.* Sie erschauderte, während sie daran dachte, wie ihre Brüder sie wegen ihrer Überempfindlichkeit aufgezogen hatten, und schwor sich, Jonah nie durch weibliche Schwäche zu enttäuschen.

Zurück im Haus, arrangierte sie die Blumen kunstvoll in einem blauen Einmachglas. Fertig mit der Küche, fing Lina mit der Arbeit im Schlafzimmer an, damit sie ihre Sachen aus- und wegpacken konnte. Derweil saß Adam auf dem Bett, einen Zinnsoldaten in jeder Hand.

Als sich die Sonne dem Horizont näherte, trat Lina mit wachsender Unruhe immer wieder auf die Veranda, um nach Jonah Ausschau zu halten. Sie hatte nicht damit gerechnet, dass er den ganzen Tag fort sein würde. Wie lange konnte es schließlich dauern, ein paar Eichhörnchen zu schießen? Sie hatte ein paar in den Bäumen am Rande der Felder herumhüpfen sehen.

Als die Schatten länger wurden, beschworen ihre Gedanken Bilder herauf, was ihn aufgehalten haben könnte. Vielleicht war er gestürzt und hatte sich das Bein gebrochen. Oder er war von einem Bären oder Puma angegriffen worden. *Gibt es Pumas im Montana Territorium?*

Ihre Ängste überschlugen sich wie Kiesel in dem schnell dahinströmenden Fluss, den sie auf dem Landsitz der Hensleys gesehen hatte. *Was soll ich tun, wenn Jonah etwas passiert ist? Wie soll ich ihn finden? Und wenn er nicht zurückkehrt, wo kann ich Hilfe holen?* Bestürzt begriff Lina, dass sie nicht einmal den Weg in die Stadt oder zu den Flanigans kannte. Sie presste eine Hand auf ihre Brust, um ihren rasenden Herzschlag zu beruhigen.

Die beginnende Abenddämmerung legte sich in diesigem Silber über den blauen Himmel, dämpfte das Strahlen der Sonne und färbten die Federwolken rosa und golden. Jonah marschierte triumphierend nach Hause, den schweren Körper des Weißwedelhirsches auf den Schultern. Das Gewicht des Tieres verlangsamte seine Schritte. Obwohl er sich in dem Bach auf der Wiese gewaschen hatte, wusste er, dass der aufgebrochene kopflose Körper des Tieres immer noch Blut auf seine Kleidung tropfen ließ.

Energie durchfloss ihn. Begierig darauf, Lina sein Beute zu präsentieren, machte Jonah sich nicht die Mühe, dem Pfad leise zu folgen. Seine Frau würde bald sehen, dass er in der Lage war, für seine Familie zu sorgen, so dass es nicht nötig war, allzu bald in die Stadt zu fahren.

So sehr er auch die Einsamkeit des Waldes gebraucht hatte − die Chance, in die Wildnis zu gehen, ohne einen kleinen Jungen mitschleppen zu müssen − so vermisste er Adam doch. Seit Kokos Tod war er nie länger als ein paar Minuten von seinem Sohn entfernt gewesen. In der Vergangenheit war Jonah immer darauf erpicht gewesen, von der Jagd nach Hause zu kommen, aber noch niemals so wie heute. Diesmal fühlte er sich, als hinge er an einer Angelschnur, die sich in seinen Bauch gehakt hatte und ihn nach Hause zog.

Jonah konnte nicht aufhören sich den Ausdruck auf Linas Gesicht vorzustellen, wenn sie seine Jagdbeute sah, und er fragte sich, was für ungewöhnliche italienische Mahlzeiten sie wohl aus dem Wildbret zubereiten würde.

Mittags hatte er ein Sandwich aus Käse und einer anderen Art Wurst als der vom Frühstück gegessen, die so würzig schmeckte, dass er froh war, die Feldflasche mit Wasser mitgenommen zu haben. Noch nie hatte Essen so geschmeckt wie das, das Lina für ihn bereitet hatte – fremd und voller Geschmack –, ein unerwarteter glücklicher Nebeneffekt einer Heirat mit einer italienischen Versandbraut.

Er hatte das Haus fast erreicht, als seine Frau auf die Veranda trat. Jonah lächelte sie an und reckte seine Schultern, soweit das unter der Last des Tierkörpers möglich war, so dass sie sehen konnte, was er ihr brachte.

Lina schrie auf und stürmte auf ihn zu, ihre dunklen Augen geweitet. Abrupt blieb sie stehen, tastete ihn mit Blicken ab, kreischte kurz auf und schlug sich die Hände vors Gesicht. Dann machte sie auf dem Absatz kehrt, rannte in die andere Richtung und ins Haus.

Mit klingelnden Ohren und völlig verwirrt starrte Jonah ihr hinterher. *Habe ich eine Wahnsinnige geheiratet und mit meinem Sohn allein gelassen?* Eilenden Schrittes folgte er ihr, darauf bedacht sich davon zu überzeugen, dass mit Adam alles in Ordnung war.

Er hatte kaum ein paar Schritte gemacht, als Adam auf der Türschwelle erschien und ihn mit einem Lächeln begrüßte, dass Jonahs Furcht, seinem Sohn könnte etwas passiert sein, erstickte, wenn er auch weiter Bedenken wegen seiner Frau hatte.

Jonah blickte an sich selbst hinunter und verzog das Gesicht. Er wollte das Blut nicht ins Haus schleppen, darum winkte er dem Jungen, drehte sich um und ging zum Abhäuteschuppen hinter der Scheune.

Wie hatte nur alles so schieflaufen können? Koko hatte sich nie so verhalten.

Beim Gedanken an seine verstorbene Frau verlangsamten sich seine Schritte. Koko hätte ihn bei seiner Rückkehr mit einem weiten Lächeln voller Stolz begrüßt und sich sofort daran gemacht, das Tier abzuhäuten. Jonah war sich sicher, dass seine neue Frau geschickt mit dem Messer war, wenn es um das Schneiden von Gemüse ging, aber ein Stück Rotwild aus der Decke zu schlagen, gehörte bestimmt nicht zu ihren häuslichen Fähigkeiten.

Jonah nahm an, dass er sich mit dem Gedanken anfreunden sollte, das Abhäuten selbst zu übernehmen.

Kapitel Vierzehn

Lina raste über den Hof, auf die Veranda hinauf und ins Haus. Ihr Schwung ließ sie fast in den Tisch hineinlaufen, und sie stützte die Hände auf die Tischplatte, nach Luft ringend, zitternd, wobei sie versuchte, den Anblick des blutbedeckten Jonah zu verdrängen. *Madonna mia!* Ihr Herz hämmerte immer noch so stark, dass es fast aus ihrer Brust sprang, und ihr Magen zitterte vor Übelkeit. Ihren Mann so blutverschmiert zu sehen, zu denken, er sei tödlich verletzt, und dann zu begreifen, dass der kopflose Tierkadaver auf seinen Schultern die Quelle des Blutes war − war ein Schock!

Sie bekreuzigte sich. *Madonna mia, ich kann das nicht! Ich kann nicht hier draußen an der Grenze leben. Ich dachte, ich könnte es, aber es geht nicht.*

Aber der Schrei, den der sie anstarrende Adam ausstieß, stoppte ihre Gedanken an Flucht. Mit einem Gefühl der Schuld, weil sie so sensibel reagiert und den Jungen erschreckt hatte, eilte Lina zu ihm, um ihn hochzunehmen. Immer noch bestürzt, küsste sie seine Stirn und drückte ihn an ihr Herz. Wieder wurde ihr klar, dass sie dieses Kind nie würde verlassen können.

Der blutverschmierte Körper des Hirsches drängte sich zurück in ihre Erinnerung. *O Signore, das geht so nicht. Denke an Francesco Marconis Metzgerei, an das Fleisch, das von den Haken in der Decke hängt. Das hier ist genauso. Die Frauen hier draußen müssen dauernd mit blutigem Tod klarkommen, sogar Trudy. Seth jagt bestimmt auch. Koko war bestimmt eine Expertin, was den Umgang mit Wild anging.*

Bei dem Gedanken an Jonahs erste Frau, zog sich Linas Magen zusammen. Als Indianerin hatte Koko den blutigen Aspekt der Jagd sicher als ganz normal angesehen. Vielleicht hatte sie sogar mit Jonah gejagt. Sie erinnerte sich an den geschockten Ausdruck auf Jonahs Gesicht. *Er denkt sicher, ich habe meinen Verstand verloren!*

Während Lina ihre überzogene Reaktion bereute, raste ihr Herz immer noch, und ihr Atem tat es ihm nach. Mit einem wackeligen Gefühl in den Beinen zog sie einen Stuhl hervor und setzte sich für eine Minute. Adams Gewicht auf ihrem Schoß beruhigte sie wieder. Aber viel zu schnell wand er sich, um abgesetzt zu werden, torkelte dann auf die Tür zu, was sie zwang ihm zu folgen.

Einmal auf der Veranda, wagte Lina einen verstohlenen Blick, sah aber weder Jonah noch den Hirsch und ließ sich auf die Bank sinken.

Adam reichte ihr einen Spielzeugsoldaten, nahm sich einen zweiten und gab ihr auch diesen. Ein paar Minuten lang spielte Lina mit ihm, dann fiel ihr ein, dass sie das Abendessen richten musste, und sie trug ihn zurück ins Haus.

Lina legte mehr Holz aufs Feuer, um die Minestrone zum Kochen zu bringen. Die Männer in ihrer Familie mochten die Suppe kochendheiß, und sie nahm an, dass es bei Jonah genauso sein würde. Sie tunkte ein langstieliges Kochsieb hinein und schöpfte ein paar Nudeln ab, die sie zum Abkühlen in eine Schale für Adam fallen ließ.

Sie nahm die Weingläser aus dem Regal, entkorkte eine Flasche Chianti und goss den Wein in ein Glas. Lina nippte am Wein, während sie den Tisch deckte und stellte Trudys

Korb mit Brötchen und den Tontopf mit Butter neben die Wildblumen, die sie in der Mitte des Zierdeckchens platziert hatte.

Morgen wird ein besserer Tag sein. Ich werde Pasta mit roter Sauce machen, und alles wird gut sein.

Gerade als sie fertig war, kam Jonah herein. Er hatte seine Kleidung gewechselt und das sein Gesicht umgebende Haar war feucht. Er hatte es sich also gewaschen.

Erleichtert, dass er nicht länger voller Blut war, schenkte Lina ihm ein fröhliches Lächeln, so als sei sie nicht eben erst schreiend vor ihm weggelaufen.

Er betrachtete sie misstrauisch.

Adam tapste zu seinem Vater. »Pa, pa.«

Jonah nahm den Jungen hoch, um ihn zu umarmen, seinen Blick die ganze Zeit auf sie gerichtet.

Vielleicht sollte ich nicht so tun, als wäre nichts geschehen. »Meine … Reaktion tut mir leid. Als ich all das Blut sah, dachte ich, du wärst verletzt.«

»Ich habe *gejagt*, Lina. Dabei wird man in der Regel blutig.« Er setzte Adam ab, der sich an sein Bein klammerte.

Sein Sarkasmus brachte ihr Blut in Wallung. »Du hattest von *Eichhörnchen* gesprochen, Jonah«, blaffte sie. »Darauf war ich vorbereitet. Nicht auf −« Lina wedelte mit ihren Händen, um etwas Großes anzudeuten. »Nachdem du den ganzen Tag fort warst, wurde ich unruhig. Ich habe gedacht, dir sei etwas passiert.« Ihre Stimme zitterte, und sie deutete schwach zum Wald. »Da draußen.«

Er spreizte seine Finger. »Ich wollte dich mit einem Stück Rotwild überraschen.«

»Oh, überrascht hast du mich ganz eindeutig!«

Sichtlich frustriert, breitete Jonah die Arme aus. »Ich hatte gedacht, du würdest dich *freuen*. Ich habe eine Menge Fleisch nach Hause gebracht. Wir werden Steaks haben und Jerky machen können.«

»Jerky?« Provoziert wedelte sie ebenfalls mit den Armen. »Was ist *Jerky*?«

»Getrocknete Fleischstreifen. Die halten ewig. Wir werden sie für den Winter einlagern.«

»Ich weiß nicht, wie man Jerky macht!«

»Ich zeige es dir.«

Lina rammte trotzig ihre Fäuste in die Hüften. »Ich werde Würste herstellen.«

»Ich weiß nicht, wie man Würste herstellt«, ahmte Jonah sie nach.

Macht er sich über mich lustig? »Das werde ich dir zeigen«, sagte sie, seine Worte und seinen Ton nachäffend.

»Schön. Es macht mir nichts aus zu lernen.«

»Aber ich weiß nicht, welche Fleischstücke man dafür nehmen muss. Das ist kein Schwein. Mit dem Körper von Schweinen kenne ich mich aus.« Sie zuckte die Achseln. »Wir haben sowieso keine Pellen für die Würste.« Nachdem sie Luft geholt hatte, änderte sie ihren Ton. »Ich gehe also davon aus, dass es auf Wurstfrikadellen und Jerky hinausläuft.«

»Es ist gut, Jerky zur Hand zu haben.« Er klang erleichtert. »Hält sich eine lange Zeit. Ich kann es mit auf die Jagd nehmen, ohne mir Gedanken machen zu müssen, dass das Fleisch schlecht wird.«

»Ich werde lernen, wie man dein Jerky macht, Jonah.«

Er senkte das Kinn und lächelte sie leicht an. »Du kannst beides machen.«

Lina ließ die Arme sinken, froh darüber, dass sie bei ihrem ersten Krach einen Kompromiss gefunden hatten.

Linas Panik war Jonah fremd und beunruhigte ihn. Ihre Erklärung erleichterte ihn ein wenig. *Ich muss ihr Zeit*

geben, sich an die raueren Sitten hier zu gewöhnen, und darf nicht zu hart über sie urteilen.

Vor Adams Hochstuhl stellte sie die Schüssel mit den Nudeln und legte einen kleinen Löffel, den sie aus St. Louis mitgebracht haben musste, daneben.

Es rührte Jonah, dass sie bereits bevor sie ihn überhaupt getroffen hatte, an die Bedürfnisse seines Sohnes gedacht hatte. Er blickt zu dem hölzernen Wagen. Offensichtlich hatte ihre Familie auch an Adam gedacht.

Er beobachtete, wie die Lampe Linas rosa überhauchte Wangen in warmes Licht tauchte und sehnte sich danach, mit der Hand ihr Kinn zu umfassen. *Ein eigenartiger Gedanke.* Seine Beziehung zu Koko war partnerschaftlich gewesen. *Wird es mit Lina mehr sein? Aber ich will doch gar nicht mehr, oder doch?*

Darum bemüht, einfach nur ihre Gesellschaft zu genießen, verdrängte Jonah alle verdrießlichen Gedanken, nahm seinen Sohn hoch und streichelte sanft sein dunkles Haar. Er setzte Adam in den Hochstuhl und schob diesen nah an den Tisch.

Sein Sohn ignorierte den Löffel und langte in die Schüssel, packte eine Nudel und schob sie sich in den Mund. Der Geschmack schien ihm zu gefallen, denn er lud sich zwei weitere Hände voll und stopfte sich die Leckereien mit beiden Fäusten in den Mund.

Lina schien es nichts auszumachen. Sie lächelte Adam nachsichtig an. »Vielleicht fangen wir zu einem anderen Zeitpunkt an, ihn an den Löffel zu gewöhnen – wenn er mehr an Pasta gewöhnt ist.« Sie reichte ihm eine Art Friedensgabe – ein Glas dunklen Rotwein. »Für unser erstes Abendessen.«

Er nahm das Glas entgegen. »Ich habe noch nie Wein getrunken. Whiskey ja, aber keinen Wein.«

»In meiner Familie käme das einem Sakrileg gleich. Italienern rinnt Wein durch die Adern, kein Blut.«

Er lachte leise.

»*Salute.*« Lina machte eine schwungvolle Geste mit ihrem Glas und stieß mit ihm an. »Das heißt Gesundheit.« Sie nippte.

Jonah folgte ihrem Beispiel. Der Geschmack des Weines erinnerte ihn an Sauerkirschen, nur ein wenig rauchiger. Er war sich nicht sicher, ob er ihm zusagte, aber er nahm an, dass er sich daran würde gewöhnen können, Wein zu trinken.

Sie setzten sich an den entgegengesetzten Enden des Tisches nieder.

Jonah langte nach einem Brötchen, strich Butter darauf und hob es zum Mund.

»Lass uns beten«, sagte Lina.

Beschämt senkte Jonah den Arm.

Ihre Hände zum Beten verschränkt, starrte sie ihn einen Moment an. »Lass mich das machen. Meine Familie spricht dieses Gebet auf Italienisch. Dann werde ich es auf Englisch wiederholen.«

»Gut.« Er faltete die Hände und neigte den Kopf, erinnerte sich daran, wie er mit seinen Eltern das Tischgebet gesprochen hatte.

»*Dio, benedisci il cibo sulla tavola e dai da mangiare a quelli che non ce l'hanno. Dio, ti ringrazio per il pane quotidiano e benedisci la nostra tavola. Dio, ti ringrazio per il cibo che ci dai.*«

Jonah gefiel der melodische Ton von Linas Worten.

»Herr, segne das Essen auf diesem Tisch und ernähre die, die keines haben. Herr, hab Dank für unser tägliches Brot und segne unseren Tisch. Herr, hab Dank für das Essen, das du uns geschenkt hast.«

»Danke, Lina.« Ihr strahlendes Lächeln wärmte sein Innerstes.

»Diese Minestrone ist nicht meine beste«, sage sie, wobei ihre Wangen rot anliefen. »Alles, was ich hatte, waren getrocknete Tomaten, Gewürze, Pasta, Knoblauch und Wildbret.«

Er schöpfte einen Löffel wohlriechender Suppe vom Teller und probierte sie, genoss den starken Geschmack. *Wenn das nicht ihre beste ist, dann freue ich mich jetzt schon auf die zukünftigen Suppen.*

Eine Zeitlang aßen sie schweigend, und Jonah ließ sich jeden einzelnen Löffel schmecken. Nachdem Lina ihm den zweiten Teller serviert hatte, aß er etwas langsamer. Er sah sich im Raum um, nahm die Änderungen wahr, die er in seiner Sorge zuvor nicht gesehen hatte. Er befühlte ein rotes Quadrat auf dem Tischtuch und bemerkte die Wildblumen im Einmachglas. Lina hatte auch den Glaszylinder der Lampe gereinigt. Die Küchenregale waren voller. Sie musste eine verzauberte Truhe besitzen, wenn sie so viel darin hatte verstauen können.

»Hier sieht es aus … wie ein Heim«, sagte er.

»Danke. Ich hatte Zeit, als Adam schlief.«

Jonah suchte ihren Blick. »Du wolltest mir doch eine Geschichte erzählen, weißt du noch?«

»Stimmt.« Lina legte den Löffel nieder. »Aber welche?«, überlegte sie. »Ich fange mit einer Geschichte aus der alten Heimat an. Bevor sie nach Amerika kamen, besaßen meine Großeltern einen kleinen Bauernhof und einen Weinberg. Sie hatten neun Kinder und das jüngste war mein Tio Giuseppe, aber sie nannten ihn liebevoll Peep für *Pepp-n-iell*, weil er der jüngste und schwächste der Familie war.«

Jonah beobachtete das Glitzern in Linas dunklen Augen und die Art, wie ihre Hände sich beim Reden bewegten. Sie knisterte fast vor Energie – was so anders war als Kokos Ruhe, ihre Fähigkeit, mit der Erde zu verschmelzen.

»Jedes Jahr machte die Familie Wein. Sie hatten ein großes Holzfass.« Sie breitete die Arme aus. »Ungefähr fünf oder sechs Fuß hoch und sechs oder sieben Fuß breit. Mein Großvater, auf Italienisch Nonno, machte seinen eigenen Weinverschnitt, wobei er seine Trauben verwendete, aber auch welche von seinen Nachbarn kaufte. Nonno ging dann zu den anderen Bauernhöfen, probierte Trauben und wählte sie manchmal nach ihrer Farbe, manchmal nach ihrer Süße aus.«

Jonah hielt sein Glas in die Höhe, studierte das tiefe Burgunderrot des Weines.

»An einem bestimmten Tag lieferten die Bauern die Trauben. Die Männer warfen Kiste um Kiste mit Trauben in das Fass. Als Nächstes sprangen sie barfuß hinterher, gekleidet in alte abgeschnittene Hosen. Fünf oder sechs Mann auf einmal – Brüder und Schwager. Sie zerstampften die Trauben, indem sie darauf herumtraten, bis sie von der Brust abwärts rotblau vollgespritzt waren. Und während der Arbeit redeten und lachten die Leute.«

Die Farbe des Weines betrachtend und sein Aroma in der Nase, stellte Jonah sich vor, wie die Männer den Wein gemacht hatten, den er nun trank.

Lina machte eine Pause, um sich ein Brötchen zu schmieren und davon abzubeißen. Als sie zu Ende gekaut hatte, nahm sie ihre Geschichte wieder auf. »Als Tio Peep ungefähr fünf Jahre alt war, benutzte er eine Holzkiste, um zur Kante des Fasses hinaufzuklettern und dort zu hocken, damit er den Männern zuschauen konnte. Er war so neugierig und wollte die Trauben mit ihnen treten, aber er war zu klein. Die süßen Dämpfe stiegen in die Luft, machten Peep schwindelig. Außerdem summten Bienen, große Fliegen und andere Insekten herum, denen es ähnlich erging und die ins Fass fielen.«

Jonah betrachtete seine Wein misstrauisch. *Insekten?*

»Nonna und meine Tanten waren im Haus, um das Essen zu kochen. Sie kam heraus und brüllte: '*Vieni a mangiare! Kommt und esst.*' Die Männer stiegen aus dem Fass und wuschen sich an der Wasserpumpe. Nachdem sie fort waren, versuchte Peep herunterzuklettern, verlor die Balance und fiel ins Fass, gerade noch in der Lage, den Rand zu fassen. Im Fass war es rutschiger, als wenn es mit Fett eingeschmiert worden wäre, und er schaffte es nicht herauszuklettern. Er atmete die Dämpfe ein, wurde schwächer und hatte Angst, dass er ertrinken würde.« Sie machte eine dramatische Pause und nahm sich etwas Suppe nach.

Jonah merkte, dass er, fasziniert von der Geschichte, aufgehört hatte zu essen und schaufelte sich schnell etwas Minestrone in den Mund. »Was passierte dann?«

»Nonna sah Peeps leeren Stuhl und fragte, wo er sei. Die Männer sagten, sie hätten ihn auf dem Fass sitzend zurückgelassen. Als ihnen die Gefahr bewusst wurde, rannten sie nach draußen. Peep steckte bis zum Hals in dem breiigen Wein, kaum noch in der Lage, sich festzuhalten. Sie zogen ihn heraus, aber wegen der Dämpfe konnte er nicht einmal mehr sprechen. Die Männer zogen ihn damit auf, dass er betrunken sei. Ich glaube nicht, dass er das wirklich war, denn die Trauben hatten noch nicht zu fermentieren begonnen. Dann zogen sie ihn aus und wuschen ihn unter der Pumpe. Als Nonna das alles mitbekam, gab sie ihrem nackten Jungen eine Riesenumarmung und weinte, weil ihr Baby beinahe ertrunken wäre.«

Jonah schüttelte den Kopf. »Das schlägt dem Fass den Boden aus«, sagte er gedehnt. Er aß den Rest seiner Suppe, dann lehnte er sich zurück und betrachtete Linas Augen, die vor Freude am Geschichtenerzählen leuchteten, und Adam, der sich satt aß, und erkannte, dass es schon sehr lange her war, dass er einen Abend so genossen hatte.

Kapitel Fünfzehn

Zwei Tage später verkündete Jonah am Frühstückstisch, dass er das dritte Mal in ebenso vielen Tagen jagen gehen würde.

»Schon wieder«, sagte Lina scharf und stellte ihre leere Kaffeetasse so lautstark auf den Tisch, dass Adam die Augen aufriss. Ihre Bissigkeit bereuend, beugte sie sich hinüber zu ihm und tätschelte die Schulter des Jungen.

Ihr Mann schob den leeren Teller von sich und trank den Rest seiner Milch. »Heute werde ich Truthähne jagen.«

»Das ist schon der dritte Tag in Folge, Jonah. Wir haben mittlerweile genug Fleisch. Was wir brauchen ist *alles* andere!« Lina packet die Tasse und wedelte damit durch die Luft. »Das war der letzte Kaffee.« Sie zeigte auf leeren Regale in der Küche. »Es ist fast nichts mehr da! Wir *müssen* heute in die Stadt.«

»Das kann warten.«

Sie ließ die Handfläche auf den Tisch niedersausen. »*Non ci credo!*«

Adams Gesicht verzog sich.

Mühsam suchte Lina in ihrem Inneren nach ein bisschen Geduld. »Ich glaube das nicht«, wiederholte sie leise auf Englisch. »Jonah, ich glaube, du verstehst nicht. Wir müssen in den Laden.«

Er hob die Augenbrauen. »Und wie willst du dorthin kommen?«

»Ich werde dir eine Liste geben, und du wirst gehen.«

»Morgen«, sagte er ausweichend, begleitet von einem Kopfschütteln. »Heute gehe ich auf die Jagd.«

»Jonah«, sagte sie, ihre Stimme scharf. »Ich würde selber gehen, aber es ist zu weit, um zu Fuß zu gehen und Adam mitzunehmen.«

Jonah lehnte sich vor. »Du musst reiten lernen, Lina. Ich werde es dir beibringen.« Er zog die Brauen hoch. »Oder du kannst hinter mir auf dem Pferd sitzen. Mit Adam vor mir im Sattel glaube ich allerdings nicht, dass wir viel mit nach Hause bringen können.«

Vor ihrem geistigen Auge sah Lina, wie sie, das Kleid bis über die Knie gerefft, hinter ihrem Mann saß, und schauderte. »*Assolutamente no.*«

»Auf Englisch, Lina.«

»Ganz sicher nicht«, sagte sie durch zusammengebissene Zähne.

»Dann wirst du bis morgen warten müssen.«

»Wie wäre es damit, eine Kutsche zu kaufen?«

Mit arbeitenden Kinnmuskeln lehnte er sich im Stuhl zurück. »Kutschwagen wachsen nicht auf Bäumen. Das ist eine teure Anschaffung. Aber ich werde darüber nachdenken.«

Lina dachte an das Geld, das sie mitgebracht hatte. War es genug, um einen Wagen zu kaufen? Wollte sie all ihr Geld dafür ausgeben? *Aber es ist wichtig.* »Ich habe etwas Geld, das du nehmen kannst.«

Er runzelte die Brauen. »Ich will dein Geld nicht.«

»Es ist jetzt *unser* Geld.«

»Ich werde darüber nachdenken«, wiederholte er und erhob sich.

Wie kann er es wagen zu gehen, ohne die Diskussion zu Ende zu führen? »Versuchst du, mich hier wie eine Gefangene zu halten?«

»Habe ich dir nicht eben angeboten, dass du mitreiten kannst?«, antwortete Jonah pragmatisch.

Die Enttäuschung traf sie wie ein Schlag. *»Madonna mia!«* Lina warf die Hände in die Luft und stand so zornig auf, dass ihre Stuhl beinahe umkippte. Sie stürmte ins Schlafzimmer und knallte die Tür hinter sich zu.

Lina stand auf der Veranda, vor sich das Butterfass, das sie in der Scheune gefunden und mit kochendheißem Wasser gereinigt hatte. Adam spielte ein paar Schritte entfernt mit dem Holzwagen und den Zinnsoldaten. Heute war er nicht so anhänglich, auch wenn sie in Sichtweite bleiben musste, da er sonst unruhig wurde.

Mit Jonah auf einem weiteren Tagesjadgausflug und weil sie das Brot und die Butter aus Trudys Korb aufgebraucht hatten, wusste Lina, dass sie endlich Butter machen musste, auch wenn sie keine Zutaten zum Brotbacken besaßen.

Sie hatte den Rahm der letzten zwei Tage in das hölzerne Butterfass gegossen und damit begonnen, den Stößer auf und ab zu pumpen, auf und ab, wobei sie die Bewegung nutzte, einen Teil des Ärgers und der Panik, die sich seit dem Streit mit ihrem Mann in ihr aufgebaut hatten, abzubauen.

Ohne Fortbewegungsmittel war sie auf der Farm gefangen, und dieser Gedanke machte ihr Angst. Sie wusste, dass die Ehe, besonders eine Versandehe, bedeutete, dass dem Mann Gewalt über sie eingeräumt wurde, aber sie hatte nicht bedacht, was das alles bedeuten konnte. Wenn Jonah sich weigerte, einen Kutschwagen oder einen Zweispänner zu kaufen, dann konnte sie nicht zur Messe gehen, oder in die Stadt fahren, wenn sie Vorräte brauchte, oder Post empfangen oder verschicken, oder Trudy besuchen ... Mit jedem Haken, den sie auf ihrer mentalen Liste machte, zog sich ihr Magen mehr zusammen. *Ich muss reiten lernen.* Aber die Vorstellung war überwältigend.

Die Butter wurde langsam fester und die Auf-ab-Bewegung mit dem Stößer immer schwerer. Ihr Atem kam nur noch in Stößen, und ihre Arme schmerzten. Sie machte eine Pause, um zu Atem zu kommen und ihre Arme auszuruhen, bevor sie weitermachte.

Kein Wunder, dass Tante Sophia immer so stark gewesen ist.

Das Klappern von Hufen und das Klirren von Zaumzeug veranlasste Lina aufzublicken, nur um Trudy zu entdecken, die mit ihrer Kutsche auf den Hof fuhr. Aufregung, Erleichterung und Liebe überfluteten ihr Herz. *Wann hatte sie gelernt, eine Kutsche zu lenken?*

Lina stieß einen glücklichen Seufzer aus, wischte sich mit dem Ärmel über das feuchte Gesicht und rieb sich die Hände an der Schürze ab.

Trudy zog die Bremse an und schwang sich vom Kutschbock. Sie trug einen gehäkelten Pompadour und ein nettes blaues Hemdblusenkleid.

Wie ein Mädchen eilte Lina über den festgetretenen Lehmboden und warf sich ihrer Freundin in die Arme. »Trudy, Trudy!« Sie umarmte sie stürmisch, den Geruch von Lavendel einatmend. »Es tut so gut, dich zu sehen!«

»Um Gottes Willen, Lina. Du hast mich doch erst vor vier Tagen gesehen.« Trudy hielt Lina auf Armeslänge fort und studierte ihr Gesicht. »Was ist los? Ist etwas mit Adam? Jonah? Er behandelt dich doch nicht etwa schlecht, oder?«

»Nein. Nein ... Oh, Trudy«, jammerte Lina beinahe. »Dieses Leben ist so anders als ich es mir vorgestellt habe.«

Adam begann zu weinen.

Trudy zog Lina zur Veranda. »Dann ist es ja gut, dass ich heute vorbeigekommen bin. Erzähl mir, was los ist.«

Lina eilte zu Adam, der sofort aufhörte zu weinen, als sie ihn aufhob. Mit ihm auf dem Arm setzte sie sich auf die Bank.

Trudy hockte sich neben sie. »Du brauchst einen Schaukelstuhl, Lina.«

»Ich brauche noch viel mehr als einen Schaukelstuhl.« Sie küsste Adam, stellte ihn auf die Füße, dann sah sie ihre Freundin peinlich berührt an. »Ich kann dir nicht einmal Tee oder Kaffee anbieten. Wir haben beides nicht mehr.«

Adam tapste zurück zu seinen Spielsachen und ließ sich neben dem Wagen zu Boden plumpsen.

Sobald Lina ihn einen Soldaten nehmen sah, wandte sie sich an Trudy. »Bevor ich anfange, sag mir erst, wann du gelernt hast, eine Kutsche zu fahren. Ich habe meinen Augen nicht getraut, als ich dich mit den Zügeln in den Händen gesehen habe.«

Trudy lachte. »Seth hat mich auf dem Hin- und Rückweg zur Stadt üben lassen. Aber heute bin ich das erste Mal alleine gefahren. Ich musste den Weg zu eurer Farm fünfmal wiederholen, bevor er mich fahren ließ. Und ich habe strikte Anweisungen, vor Einbruch der Dunkelheit wieder zu Hause zu sein.«

Lina schüttelte den Kopf vor Bewunderung. »Wer hätte das gedacht ...?«

Trudy hob eine Augenbraue. »Das Leben an der Grenze ist definitive eine Herausforderung. Ich prophezeie dir, dass wir noch viel mehr lernen werden, als wir uns in St. Louis träumen ließen.«

Lina seufzte. »Wenn wir nur einen Wagen hätten, damit ich fahren lernen könnte. Oder auch nur einen Karren. Pferde zu lenken erscheint mir weniger angsteinflößend, als sie zu reiten.« Sie lehnte ihren Kopf gegen die Wand des Hauses. »Das Schlimmste ist die Einsamkeit.« Lina machte eine Pause. »Nun ja, eigentlich ist es das nicht. Es ist der Umstand, dass ich nicht in die Stadt kann, wenn ich möchte.

Wir brauchen dringend Vorräte, aber Jonah besteht darauf jagen zu gehen, um die Vorratskammer aufzufüllen, anstatt im Laden einzukaufen. Unsere Eisbox ist voll und der Rest des Wildbrets ist im Eishaus. Er hat am ersten Tag ein Stück Rotwild erlegt. Ich habe mich fast zu Tode erschreckt, als ich gesehen habe, wie er das blutige Stück Wild über der Schulter trug.«

»Das kann ich mir vorstellen«, murmelte Trudy.

»Am nächsten Tag Eichhörnchen und gestern waren es Hasen.«

»Oh mein Gott! Ich weiß, dass Seth jagt, aber der war zu beschäftigt.« Sie schüttelte den Kopf. »Ich bin sicher, die Zubereitung von Wild steht auch mir bevor.«

Lina zog eine Grimasse. »Wildbret ist ja schön und gut, aber damit kann ich weder Brot backen noch Nachtisch machen. Ich bin nur froh, dass ich so viel mitgebracht habe. Und ich bin so dankbar, dass du uns den Korb dagelassen hast. Wir haben das letzte Brot und die letzte Butter gestern gegessen. *Butter*.« Lina sprang auf und eilte zum Butterfass. »Lass mich das schnell fertig machen.« Sie hob den Deckel des Fasses an und blickte hinein. Der saure Geruch von Buttermilch stieg ihr entgegen.

Trudy stand auf und folgte ihr. »Sieht aus, als wärst du fast fertig.«

»Das ist das erste Mal, dass ich meine eigene Butter hergestellt habe.«

»Mmh, das hast du gut hinbekommen. Du musst die Buttermilch abgießen und den Klumpen Butter gründlich in kaltem Wasser wässern. Weißt du, wie man Buttermilchpfannkuchen und -biskuits macht?«

Lina lächelte Trudy schnell an. Sie fühlte sich schon viel besser. »Dona hat es uns in der Agentur gezeigt. Bertha hat selbstverständlich die besten Pfannkuchen von uns allen gemacht.«

»Natürlich!«, sagte auch Trudy. »Ich beneide Bertha wirklich um ihre Backkünste.«

»Und ihre Biskuits! Ich habe eine paar frisch gebackene mit nach Hause zu meiner Nonna genommen. Als sie sie probiert hat, wollte meine Großmutter Bertha beinahe vom Fleck weg an einen meiner Cousins verheiraten. Wenn Bertha Italienerin gewesen wäre, wäre meine Großmutter sicher bei der Agentur aufgetaucht und hätte sie von dort fortgeschleppt.«

Trudy lachte. »Ich sehe es förmlich vor mir.« Sie blickte auf die Butter. »Hast du eine hölzerne Rührstange?«

»Ja, ich hole sie.«

»Überbrühe sie erst. Wir kühlen sie dann unter der Pumpe ab.«

Dankbar für die Ratschläge hastete Lina ins Haus, um die Rührstange zu holen.

Die beiden Frauen arbeiteten weiter, bis endlich ein Klumpen Butter, eingewickelt in ein Stück Wachspapier, auf einem Regalbrett in der Eisbox lag. Lina warf einen zufriedenen Blick auf die Butter, bevor sie die Box schloss und sich an ihre Freundin wandte.

Trudy zeigte auf den Wagen. »Komm, hilf mir abzuladen.«

»Abzuladen?«

»Ich habe dir einen Beistelltisch mitgebracht, den du zwischen die Stühle stellen kannst. Und noch eine Lampe – davon scheine ich Dutzende zu haben.« Ihre Hand wedelte durch die Luft. »Dann, als ich im Laden war, habe ich die Cobbs – das sind die Besitzer – gefragt, ob sie dich schon kennengelernt haben. Als sie das verneinten, wurde ich unruhig, weil ich wusste, wie leer deine Vorratskammer war. Also habe ich die Lebensmittelbestellung um das erweitert, von dem ich dachte, dass du es haben willst. Danach habe ich bei Mrs. Murphy angehalten und ein paar ihrer

Hühnchen gekauft. Zum Glück mag sie mich, darum hat sie mir die Hühner günstig überlassen, was sie bei dir wahrscheinlich nicht getan hätte.«

»Oh, *Trudy*. Ich danke dir. Und ich hoffe, dass du genau aufgeschrieben hast, was alles gekostet hat, damit ich dir das Geld zurückzahlen kann.«

»Hier.« Trudy fischte ein Stück Papier aus ihrem Pompadour und reichte es Lina. »Oh, das habe ich fast vergessen. Ich habe die Post abgeholt und Mr. Waite gesagt, dass ich zu dir rausfahre. Er hat mir einen Brief für dich mitgegeben. Er ist von Heather, und ich sterbe vor Neugier, was sie geschrieben hat.«

Lina überflog die Quittung und stieß erleichtert die Luft aus, als sie die Gesamtsumme entdeckte. Sie hatte mehr als genug Geld, um Trudy ihre Ausgaben zurückzuzahlen. »Lass es mich dir gleich geben. Dann entladen wir den Wagen und schauen mal, ob du die Bedürfnisse einer italienischen Köchin richtig beurteilt hast.« Sie schenkte Trudy ein schelmisches Lächeln. »Und danach lesen wir Heathers Brief.«

Sie luden alles vom Wagen und brachten es ins Haus. Mit frischem Kaffee aus dem aufgestockten Vorrat setzten sie sich auf die Veranda und beobachteten die fünf kleinen Hühner, die Trudy mitgebracht hatte, dabei, wie sie sich häuslich einrichteten, indem sie im Lehm des Hofes scharrten.

Adam war von den Hühnchen fasziniert und hockte ein paar Schritte von ihnen entfernt. Nach dem intensiven Ausdruck auf dem Gesicht ihres Sohnes zu urteilen, ging Lina davon aus, dass er bald mit der Beobachtung der Hühnchen aufhören und sie stattdessen zu jagen beginnen würde.

Lina öffnete den Brief und begann laut vorzulesen.

Liebste Lina,

Es tut mir so leid, dass ich Dir so viel Kummer mit meinem Brief bereitet habe. Ich wusste einfach nicht, an wen ich mich sonst wenden sollte, als mein ganzes Leben in einen Scherbenhaufen zerfiel. Jetzt, da ich mich in einer Pension in der Stadt eingelebt habe, kann ich mir endlich die Zeit nehmen und Dir die ganze unglaubliche Geschichte berichten.

Erstens hat Hayden den Brief an Mrs. Seymour, im Gegensatz zu dem, was wir glaubten, gar nicht geschrieben. Es war seine Mutter Ina, die, nachdem ich ihr ihre Einmischung verziehen habe, mir sehr ans Herz gewachsen ist. Sie ist eine überaus liebe Frau und wollte nur, dass ihr Sohn sesshaft wurde und eine nette Frau wie Evie kennenlernte, die sie sehr gerne mag.

Ja, Du hast recht mit Deiner Annahme, dass Hayden bis zu dem Tag, an dem ich erschien, um seine Frau zu werden, nicht einmal wusste, dass ich existierte! Er war, zu recht, schockiert, wie es wohl jedermann sein würde.

Mit einem Keuchen ließ Lina den Brief sinken und wechselte einen entsetzten Blick mit Trudy. *Was für einen grausamen Streich man Heather da gespielt hatte.*

Trudy fand als erste ihre Stimme wieder. »Ich kann nicht fassen, dass seine Mutter eine Braut organisieren wollte!«

Lina dachte an ein Gespräch, das sie einmal mit Heather geführt hatte. »Wir wussten, dass etwas an dem Brief eigenartig war, aber Mrs. Seymour sprach so positiv über die Familie. Ihre Aussage war es, die Heather dazu brachte, den Antrag zu akzeptieren.«

Trudy schüttelte den Kopf. »Lieber Gott, die arme Heather.« Sie deutete auf den Brief. »Was sagt sie sonst noch?«

Lina fuhr fort.

Doch trotzdem war Hayden sehr nett zu mir und ließ seine Verärgerung über die Situation auch nicht an seiner Mutter aus. Er hat sich in jedem Sinne wie ein Gentleman verhalten. Dennoch hat er seine

Meinung darüber, mich oder sonst jemanden zu heiraten, nicht geändert. Er sagt, er sei überzeugter Junggeselle. Daher wirst du verstehen, dass ich nichts über eine Hochzeit zu berichten habe. Umso erfreulicher wird es sein, die Einzelheiten der Deinen zu erfahren.

»Oh!« Lina schlug den Brief gegen ihr Knie. Sie sprang auf und lief, mit dem Papier wedelnd, ein paar Schritte über die Veranda. »Der Mann weigert sich, sich Heather gegenüber ehrenvoll zu verhalten. Ich … ich könnte…« Ihr fehlten die Worte … zumindest auf Englisch, und Trudy verstand kein Wort von dem italienischen Schwall, den sie ausstieß. Mit Mühe unterdrückte Lina ihre Flut von Anschuldigungen.

Trudy lachte, dann verzog sie ihr Gesicht. »Heathers Situation finde ich nicht witzig, wohl aber die Vorstellung, wie du Mr. Klinkner die Meinung sagst. Der Mann kann sich glücklich schätzen, dass du nicht in Y Knot bist. Er kann froh sein, dass wir das *beide* nicht sind. Ich glaube kaum, dass er gegen zwei Versandbräute des Westens ankäme. Und ich bin mir sicher, dass Evie uns unterstützen würde. Damit hätte er dann *drei* wütende Bräute gegen sich.«

»Drei wütende Bräute und meinen Holzlöffel!« Lina stieß die Luft aus und ließ sich auf die Bank fallen. »Ich frage mich, warum Heather nicht bei Evie bleibt?« Sie glättete den Brief und begann zu lesen.

Auch wenn Hayden nicht mein Mann werden wird, will ich ihn doch beschreiben, so dass Du meine Briefe besser verstehst, wenn Du sie bekommst. Er ist hochgewachsen, so wie Morgan - oh, danke, dass Du meinen Bruder hergeschickt hast! Mit Freude hörte ich seine Stimme in der Pension, noch bevor ich sein Gesicht sah. Was für eine willkommene Überraschung! Mit Morgan an meiner Seite kann ich mit hocherhobenem Kopf in dieser Stadt leben, in der jeder mein peinliches Geschick kennt.

Aber ich schweife ab. Zurück zu Hayden. Er sieht unglaublich gut aus. Er hat sandfarbenes Haar mit Locken wie ein Baby, doch nicht so lockig wie Deines. Wenn es feucht ist, rollt es sich eng am Kopf

*zusammen. Das weiß ich, denn eines Tage, als ich noch bei den
Klinkners wohnte, ging er schwimmen, und ich sah ihn, als er aus dem
kühlen Wasser stieg. Das war uns beiden sehr peinlich, aber ich bin
trotzdem froh, dass es passiert ist.*

*Seine Augen sind von einem leuchtenden Blau, das so einige
Geheimnisse zu verbergen scheint. Meist ist er fröhlich, humorvoll und
liebt es, mich zu ärgern. Jetzt, da ich umgezogen bin, werde ich unsere
morgendlichen Unterhaltungen bei Frühstück und Kaffee vermissen.*

Besorgt legte Lina ihre Hand in den Schoß. Sie biss sich
auf die Lippe und starrte Trudy an. »Heather liebt ihn.«

Trudy legte eine Hand auf ihre Brust. »Das bricht mir das
Herz. Heather ist so eine wundervolle Frau und harte
Arbeiterin.« Sie atmete tief ein. »Wenn Hayden Klinkner
nicht bald seine Meinung ändert, werden wir sie nach
Sweetwater Springs einladen müssen. Ich habe Dutzende
Junggesellen getroffen, die ich ihr vorstellen könnte.« Sie
legte ihre Hände zusammen. »Irgendein Mann, der ihrer
wert ist, wird sie sich in Sekundenschnelle schnappen. Wie
schön es wäre, Heather hier bei uns zu haben.«

Lina seufzte. »In eine andere Stadt zu ziehen, wird nichts
ändern. Nicht, wenn sie in ihn verliebt ist.« Sie nahm den
Brief wieder auf und fuhr fort zu lesen.

*Am Tag nach meiner Ankunft explodierte die Dampfmaschine und
Haydens Vater − der arme Mann − brach sich dabei das Bein. Aber es
geht ihm schon viel besser. Am nächsten Tag kochte ich das
Hühnerrezept, dass Du uns gezeigt hattest. Weißt du noch, das in dem
Tontopf? Ina hatte eine gute Auswahl Gewürze, und weil ich nicht mehr
genau wusste, was Du uns gesagt hattest, habe ich ein bisschen
improvisiert. Es wurde köstlich und alle waren begeistert und sagten, das
sei das beste Hühnchen gewesen, dass sie jemals gehabt hatten. Danke,
liebe Freundin!*

*Du hast so ein Glück, dass Du in Sweetwater Springs bei Trudy
leben wirst. Wie sehr ich sie vermisse! Sag ihr, dass ich ihr bald
schreiben werde.*

Trudys Hand flatterte vor Aufregung. »Ich werde ihr gleich schreiben. Meinst du, dass es ihr etwas ausmacht, dass du mir den Brief vorgelesen hast?«

Lina schürzte die Lippen, überlegte und schüttelte dann den Kopf. »Nein. Ihr beide seid Freunde. Ich bin mir sicher, dass sie alle Unterstützung braucht, die wir ihr geben können.«

»Sagt Heather irgendetwas über Evie?«

»Lass mal sehen.« Lina blickte auf den Brief, überflog ihn kurz, ging dann zurück im Text und las laut vor.

Ich habe Evie zweimal gesehen! Sie sieht wunderschön aus, und Chance sieht genauso gut aus, wie Mrs Seymour gesagt hat. Ich war heute bei ihr zu Hause – das Chance für sie gebaut hat. Klein, mit einem Schlafzimmer, aber innen ist es so reizend, wie man sich nur vorstellen kann, und die Standuhr aus der Agentur passt dort wunderbar hin. Dummerweise war es dunkel, als ich dort ankam, daher habe ich noch keine der atemberaubenden Aussichten sehen können, von denen ich gehört habe und die ich unbedingt genießen wollte. Wenn die Umgebung genauso ist, wie der Rest von Montana, den ich gesehen habe, kann sie von Glück reden, dass sie von solcher Schönheit umgeben ist.

Bitte verzeih, dass ich einen so langen Brief schreibe, aber dann kommt es mir so vor, als wärst Du hier. Ich würde Dir noch mehr über Hayden erzählen, aber viel mehr weiß ich selbst nicht.

Ich möchte gerne mehr über Deinen Jonah Barrett erfahren! Alles, was ich weiß ist das, was jeder morgens am Frühstückstisch erfahren hat, als Du – zu meiner großen Überraschung – davon erzählt hast, dass Du seinen Antrag angenommen hattest, und das ist nicht viel. Wie alt ist er? Wie sieht er aus? Du sagtest, er hatte eine indianische Frau – spricht er ihre Sprache? Vielleicht kannst Du ihm Italienisch und er dir Blackfoot beibringen. Es klingt alles so aufregend – und, wie ich zugeben muss, angsteinflößend. Aber, wenn es irgendjemand schaffen kann, dann bist Du es, liebe Freundin. Mach Dir nicht schon im Vorhinein Sorgen. Er wird Dich lieben! Wie könnte er nicht! Mit Deiner Vergangenheit als Kindermädchen hast Du alle Voraussetzungen, seinem kleinen Sohn eine wunderbare Mutter zu sein. Ihr werdet in kürzester Zeit eine glückliche Familie sein.

Wie immer sende ich Dir all meine Liebe. Wir müssen stark und positiv bleiben. Sobald ich mehr über meine Situation hier zu berichten habe, schreibe ich wieder. Auch werde ich immer brav in Lichtensteins Laden nach einem neuen Brief von Dir schauen – wie könnte ich auch nicht, nun, da ich dort arbeite.

Ich wünsche Dir alles Glück, meine liebste Freundin!

~Heather

Linas Stimme verlor sich, und sie musste ein paar plötzliche Tränen wegblinzeln.

Trudy legte ihre Hand auf Linas Arm.

»Wir waren so voller Hoffnung, als wir unsere Männer gefunden hatten«, sagte Lina, ihre Stimme belegt. »Und wir waren so zuversichtlich, weil es persönliche Empfehlungen für Hayden und Jonah gab. Und nun sind sowohl Heather als auch ich unglücklich…« Ihre Stimme verklang.

Trudy drückte Linas Arm. »Ihr hattet erst vier Tage, um euch aneinander zu gewöhnen. Jonah ist ein guter Mann, Lina. Er hat nur eine raue Schale die… *abgeschliffen* werden muss.« Bei der Metapher wurde ihr Ton fröhlicher. »Er hatte so ein anderes Leben als du. Gib ihm Zeit, sich an dich zu gewöhnen, an die Idee, Teil einer Gemeinschaft zu werden.«

Erstaunt warf Lina Trudy einen Blick zu. »Was meinst du?«

»Aus dem zu schließen, was Seth mir erzählt hat, hat Jonah ein sehr isoliertes Leben geführt. Und die Ehe mit einer Indianerin hat auch nicht geholfen. Als ich im Laden war, um mich nach dir zu erkundigen…« Sie verzog das Gesicht und sah über das Feld in die Ferne. »Mrs. Cobb wirkte so, als würde sie ihn sehr verurteilen – nicht durch das, was sie sagte, sondern daraus zu schließen, wie sie dreinblickte. Aber Mrs. Cobb eine zänkische Person, und ich würde nichts auf ihr

Urteil geben. Aber es waren auch andere Leute im Laden und die blickten ebenfalls missbilligend.« Sie zuckte hilflos mit den Achseln. »Du kennst diese Art Leute.« Sie legte ihre Hand sanft auf Linas Arm. »War schon einmal jemand hier, um euch zu besuchen?«

Lina schüttelte den Kopf. »Daran habe ich noch nicht einmal gedacht. Ich war so beschäftigt … so weit von allem und jedem weg.« Ihr Magen fühlte sich an, als hätte sie einen Stein hinuntergeschluckt.

»Du bist genau das, was Jonah braucht, um seinen Ruf wieder herzustellen. Wenn er erstmal an öffentlichen Veranstaltungen in der Stadt teilnimmt, werden die Dinge sich ändern. Du wirst sehen.« Trudy klang zuversichtlich. »Wir müssen tun, was wir können, um seine Reputation zu verbessern und ihn ins Gemeindeleben zurückzubringen. Eine Frau wird helfen.« Sie schenkte Lina ein schelmisches Lächeln. »Eine Frau zu haben, hat Seth jedenfalls definitiv geholfen.«

Lina war sich da nicht so sicher. Vielmehr befürchtete sie mehr und mehr, dass das Wasser, in das sie gesprungen war, tiefer war, als sie erwartet hatte. Das Wasser stand schon über ihrem Kopf, und sie war nicht die beste Schwimmerin.

»Ich werde dich einigen der wichtigen Leute in der Stadt vorstellen. Sie sind nett – jedenfalls die, die ich getroffen habe.«

»Wenn ich nie in die Stadt komme, habe ich gar keine Möglichkeit, vorgestellt zu werden. Es kann sein, dass ich nie einem dieser Menschen begegnen werde.«

»Blödsinn«, sagte Trudy knapp. »Dieser Pessimismus klingt gar nicht nach dir. Du musst dir eine positivere Einstellung angewöhnen und daran glauben, dass alles besser wird.«

Sie hat recht. Ich habe es meinen Ängsten erlaubt, die Zügel zu übernehmen.

»Ich glaube, ich habe schon eine Teillösung gefunden. Ich habe die Dunns in der Kirche getroffen. Auf dem Rückweg von eurer Hochzeit zeigte mir Seth den Weg zu ihrem Haus.« Mit glänzenden Augen wandte sich an Lina. »Warum besuchen wir sie nicht? Ich wette, sie werden sogar anbieten, dich nach Hause zu bringen.«

Ein Besuch! Lina sprang auf. »Das wäre wunderbar!« Sie blickte auf ihr Hauskleid. »Lass mich etwas hübscheres anziehen und Adam säubern.«

»Während du dich umziehst, schreibe ich Jonah eine Nachricht. Hast du Papier?«

»Ja, in meiner Reisetruhe. Und erinnere ihn daran, die Suppe aufzuwärmen, wenn ich nicht rechtzeitig zum Abendessen zurück sein sollte.«

Lina machte ein bisschen Katzenwäsche mit Adam und zog ihm etwas anderes an als seine Wildlederkleidung, wusch sich selbst mit einem Schwamm, legte ihr zweitbestes Kleid an und richtete sich die Haare. In kürzester Zeit war sie zurück im Hauptraum, Adam auf dem Arm. Sie setzte ihn ab und kontrollierte den Ofen, wobei sie feststellte, dass das Feuer bis auf ein paar glimmende Kohlen heruntergebrannt war. Sie stellte den Topf hinten auf den Herd, wo er gut für eine paar Stunden stehen konnte, während sie fort war. Dann schnappte sie sich ihren Hut und roten Schal vom Geweihkleiderständer.

Lina drehte sich zu Trudy um. »Und nun zum ersten Schritt in unserem Plan.«

Kapitel Sechzehn

Mit zwei Truthähnen, die mit zusammengebundenen Füßen über seiner Schulter hingen, trottete Jonah nach Hause. Nach vier Tagen Jagd, in denen er für Wildbret, Eichhörnchen-, Hasen- und nun Truthahnfleisch gesorgt hatte, war er der Meinung, dass er genug getan hatte, um die Vorratskammer aufzufüllen. Sicherlich würde Lina jetzt einsehen, dass sie vom Land leben konnten und nur gelegentlich in die Stadt fahren mussten.

Auch wenn es ihm nicht gefallen hatte, dass Lina heute Morgen wütend gewesen war, hatte er die Erinnerung an sie mit sich getragen – die Art, wie ihre dunklen Augen blitzen und ihre Wangen sich wild röteten, die lebendigen Bewegungen ihre Hände. Er hatte sich schuldig gefühlt, weil er sie gereizt hatte und beschloss, das wieder gut zu machen. *Morgen fahre ich in die Stadt.* Sogar der unangenehme Gedanke an einen Ausflug nach Sweetwater Springs reichte nicht aus, seine Freude auf das baldige Wiedersehen mit seiner Frau zu trüben.

Als er das Haus erreichte, waren weder seine Frau noch sein Sohn zu sehen. Alarmiert ließ Jonah die Truthähne auf die Bank auf der Veranda fallen und eilte nach drinnen. Die Stille überraschte ihn. Seit Kokos Tod hatte er mit der Leere seines Heims gelebt. In der kurzen Zeit, die Lina hier lebte, hatte sie den Ort mit Wärme, Summen und Worten und verführerischen Düften erfüllt. Je näher er sie kennengelernt hatte, umso mehr genoss er die Änderungen, die sie in sein Leben gebracht hatte und umso mehr fühlte er sich von ihr angezogen.

Ohne sie hallte das Haus wider vor Stille. Ohne, dass er ihren Namen rief, wusste er schon, dass seine Frau und sein Sohn nicht dort waren. Trotzdem ging er für alle Fälle ins Schlafzimmer. Lina hatte ihm erzählt, dass sie dort mit Adam Nickerchen gemacht hatte.

Als er das leere Bett sah, wirbelte er herum und rannte nach draußen. »Lina!«, rief er. »Adam!« Er legte die Hand zum Schutz über die Augen, um zu sehen, ob sie im Garten waren, konnte aber niemanden erblicken.

Kokos Pferd graste auf der Weide, doch er bezweifelte auch, dass Lina darauf geritten wäre. *Wie zur Hölle waren sie von hier verschwunden?*

Mit großen Schritten am Garten, den sie gestern bepflanzt hatte, vorbeirennend und auf die Scheune zuhaltend, brüllte er: »Lina!« Aber er erhielt keine Antwort. Das Blut hämmerte in seinen Ohren. *Wo sind sie?*

In der Scheune beäugte ihn die Kuh neugierig, aber auch hier waren seine Frau und sein Sohn nicht.

Sie hat mich verlassen und Adam mitgenommen! Jonahs Magen verkrampfte sich. Furcht überflutete sein Gehirn. Alles woran er denken konnte, war dass er sie in die Stadt hätte bringen sollen, wie sie es gewünscht hatte. Stattdessen hatte er seine Braut – der Sweetwater Springs und auch das Landleben fremd war – tagelang allein gelassen. Kein Wunder, dass sie ihn verlassen hatte. Und da sie Adam mitgenommen hatte, musste sie denken, dass er kein guter Vater war. Schmerz breitete sich in ihm aus.

Mit schweren Schritten trottete Jonah zum Haus zurück.

Drinnen war das Erste, was seine Aufmerksamkeit erregte, das rot-weiße Tischtuch. *Sie hatte es nicht mitgenommen!* Mit einem plötzlichen Hoffnungsschimmer sah er sich um und entdeckte den Topf Minestrone auf dem Herd, dann einen Tisch mit Marmorplatte zwischen den beiden Ledersesseln. *Wo kam der denn her?*

Jonah eilte in Schlafzimmer und sah Linas Truhe in der Ecke. Mit einem tiefen erleichterten Atemzug erkannte er, dass sie ihn nicht verlassen hatte. *Wo zum Henker stecken sie dann?*

Sich wegen seiner Reaktion wie Narr vorkommend, kehrte er in den Hauptraum zurück und bemerkte das Blatt Papier auf der farbenfrohen Tischdecke. Mit zwei langen Schritten erreichte er den Tisch, schnappte sich die Nachricht und las. Als er damit fertig war, entspannten sich seine Schultern, wenn sein Herzschlag auch einige Zeit länger brauchte, um sich wieder zu normalisieren. Den Brief in der Hand wurde ihm klar, dass er an einem Wendepunkt seiner Ehe stand. *Ein Heim und Sicherheit.* Er blickte sich um. *Leere.*

Jonah schaute auf seine blutbefleckte Lederkleidung und unterdrückte einen Fluch. Ihn so zu sehen, würde Lina wahrscheinlich abschrecken.

Langsam ging Jonah nach draußen und sank auf eine Verandastufe. Er konnte Lina und Adam kaum nach Hause schleifen. Nachbarn zu besuchen war eine völlig normale Angelegenheit, auch wenn es, was ihn betraf, zwanzig Jahre lang nicht zu Besuchen der Barretts bei den Dunns gekommen war.

Verschüttete Erinnerungen kamen ans Tageslicht. Ihm fiel wieder ein, dass seine Ma und Mrs. Dunn sich recht gut verstanden hatten. Nach Mas Tod hatten die Dunns mehrmals versucht, auf der Farm vorbeizuschauen, doch wie im Fall von Reverend Norton hatte sein Pa sie mit betrunkenem Gegröle und ungezielten Schüssen aus seinem Gewehr fortgejagt.

Mrs. Dunn hatte sich sogar ein- oder zweimal in Hardys Saloon gewagt, um seinen Vater anzuflehen, Jonah für ein paar Tage zu ihnen zu schicken. Alles, was sie als Dank für ihre Güte erhielt, waren Gegrummel und Beleidigungen. Später hatte sie versucht, mit Jonah allein zu sprechen, doch sein Schmerz und seine Scham hatten ihn fast stumm gemacht.

Diese Scham kam nun zurück. Seit dem Tod seines Pas hätte er die Dunns jederzeit besuchen können. *Nein, ich hätte bei ihnen vorbeireiten sollen, sobald ich ein Mann war und mein Vater nicht mehr über mich bestimmen konnte.*

Warum habe ich es also nicht getan?

Darüber musste er noch etwas nachdenken. In seinen Gedanken in der Vergangenheit gefangen, beobachtete Jonah die Hühner, die im Dreck nahe der entferntesten Ecke der Veranda herumpickten. Minuten vergingen, bevor er begriff, dass die Vögel tatsächlich da waren und es sich nicht um die Hühner seiner Mutter handelte. Trudy musste sie Lina mitgebracht haben.

Zu wissen, dass eine Freundin das für seine Frau getan hatte, was er eigentlich hätte tun sollen, ließ seinen Magen vor Scham verkrampfen. *Warum habe ich mich selbst von allem abgeschottet? Warum habe ich es zu dieser Situation kommen lassen?*

Jonah hatte Sweetwater Springs nicht immer gemieden. Als Junge hatte er es geliebt, in die Kirche und in die Schule zu gehen. Er hatte viele Freunde gehabt, und die Leute in der Stadt hatten seine Eltern respektiert.

Jonah zwang sich selbst, sich an die Jahre zu erinnern, die er zu vergessen versucht hatte − als sein Vater der Trunkenbold des Ortes geworden war − der Mann, der bis zum Umfallen trank, vor sich hinmurmelte und nach Whisky stank. Im Saloon war es nicht so schlimm. Hardy schleifte Sam Barrett immer in eine einsame Ecke und ließ ihn dort seinen Rausch ausschlafen. Jonah spielte dann mit Seth, dem

Sohn des Saloon-Mädchens. Sie kümmerte sich darum, dass er etwas zu Essen bekam, und, wenn nötig, schlief er bei Seth auf dessen Bett am Boden.

Nein, es war das Verhalten seines Vaters in der Öffentlichkeit, wenn er im Vollrausch vor aller Augen auf der Straße lag, das Jonah gezeichnet und ihn zu einem einsamen Wolf gemacht hatte. Jahrelang war Jonah nicht stark genug gewesen, den schweren Körper seines Pas zu bewegen. Die seinem Vater geltenden missbilligenden Blicke trafen Jonah am tiefsten. Als er älter wurde, warf man sie ihm zu, wann immer er in den Saloon ging oder später, als er eine Squaw heiratete.

Was hat mich dazu veranlasst, mich zu weigern, in die Stadt zu fahren, als Lina mich darum bat?

Jonah atmete tief ein und blickte der Wahrheit ins Gesicht.

Er war ein Feigling gewesen. Durch sein Versteckspiel hatte Jonah Unfrieden in seiner neuen Ehe gestiftet. *Habe ich meine Beziehung zu Lina irreparabel beschädigt?*

Entschlossen griff Jonah nach den kochfertigen, zusammengebundenen Vögeln und band das Seil von den Füßen des kräftigsten. Er würde den Dunns den riesigen Truthahn als Geschenk mitbringen. Auf keinen Fall würde er dort mit leeren Händen erscheinen. *Ich habe Jahre voller Unfreundlichkeit wieder gutzumachen.*

Trudy zügelte die Pferde vor einem langen schmalen Ranchhaus mit einer breiten, einladenden Veranda und band die Zügel an der Bremse fest. »Ein wunderschöner Besitz«, sagte sie mit einer Spur Neid in der Stimme. »Größer als unserer.«

In einiger Entfernung von den hohen Bäumen des Waldes war es leichter, die Berge zu sehen. Die Ausläufer des nächstgelegenen fielen zu den Rändern des üppigen Weidelandes hin ab. Eine warme Brise wehte über die Weide, die sich links vom Haus erstreckte. In deren Mitte streckte eine einsame Eiche ihre schützenden Äste über einem von Bänken umgebenen Holztisch aus. Ein kleiner Bach wand sich durchs Gras. Auf der anderen Seite des Hauses erhob sich eine große rote Scheune über andere Nebengebäude, einen eingezäunten Garten und eine kleine Obstplantage.

Die Ranch sah wesentlich wohlhabender aus als Jonahs Farm und, plötzlich nervös geworden, überlegte Lina, was die Dunns wohl von ihr denken würden, besonders weil sie eine Versandbraut war. *Werden sie über mich urteilen? Uns fortschicken?*

Eine Frau in brauner Reitkleidung und einem ledernen Männerhut kam mit großen Schritten aus der Scheune und hielt auf das Haus zu. Ein schwarz-weißer Hund trottete an ihrer Seite. Sie erblickte den Wagen, wurde langsamer und ging dann in Richtung ihrer Gäste.

Bellend lief ihr der Hund voraus.

Im Näherkommen erkannte die Frau offensichtlich Trudy und lächelte die beiden breit an. »Ruhig, Patches. Das sind Freunde«

Der Hund hörte auf zu bellen und wedelte mit dem Schwanz.

Die Frau blieb neben der Kutsche stehen. »Mrs. Flanigan. Sie sind aber weit von zu Hause weg.« Ihr Blick huschte zu Lina, dann zurück zu Trudy.

»Definitiv, Mrs. Dunn. Allerdings wollte ich Ihnen, da wir uns kurz kennengelernt haben, meine Freundin Lina Napolitano vorstellen.« Sie legte eine Hand auf Linas Schulter. »Nun ja, sie ist jetzt mit Jonah Barrett verheiratet, daher ist sie nicht länger Miss Napolitano.«

»Ich freue mich, Sie kennenzulernen, Mrs. Barrett. Ich wusste gar nicht, dass Jonah wieder geheiratet hat.« Mrs.

Dunn schenkte Adam einen merkwürdigen Blick. »Obwohl das mit solch einem Kleinen das Beste ist.« Sie sah Lina direkt an. »Sind Sie auch eine Versandbraut?«

Mrs. Dunns sachliche Frage beruhige Lina ein wenig. »Ja, Ma'am. Wir sind beide aus St. Louis.«

Mrs. Dunn winkte ab. »Nennen Sie mich Addie. Zwischen Nachbarn gibt es keinen Grund, so förmlich zu sein.« Sie deutete auf das Haus. »Bitte kommen Sie herein und bleiben Sie ein bisschen. Wir haben nicht oft Besucher. Ich werde jemanden schicken, der nach Ihren Pferden sieht.« Sie drehte sich um, rief einen Mann, der vor der Scheune ein Pferd striegelte, und winkte ihn herbei.

»Lassen Sie mich zu Ihnen herumkommen, Mrs. Barrett, und Ihnen diesen süßen Jungen abnehmen, während Sie absteigen. Abgesehen von seiner Hautfarbe sieht er genauso aus wie sein Vater, als der im selben Alter war. Wie oft ich den kleinen Jonah auf dem Arm hatte ...«

»Bitte, Addie, wenn wir uns bei den Vornamen nennen ... ich bin Lina.«

»Trudy«, fiel ihre Freundin ein.

»Gut.« Addie ließ ein breites Lächeln aufblitzen, ging um den Wagen herum und streckte die Arme nach Adam aus.

Etwas unsicher reichte Lina ihn ihr und als Addie zurücktrat, beeilte sie sich, von der Kutsche zu steigen, damit Adam nicht zu quäken begann.

Das Kind behielt sie im Blick, um sicherzugehen, dass sie in seiner Nähe blieb, erlaubte Addie aber, ihn zu halten – bis Trudy zu ihnen trat, dann verlangte er nach Lina.

»Das ist ein Fortschritt«, sagte Lina, ihren Sohn zurücknehmend. »Als Trudy ihn das erste Mal hielt, hat er geweint und seitdem haben wir es nicht mehr ausprobiert.«

Addie zeigte zum Haus. »Bitte kommen Sie herein.« Sie ging zur Veranda vor.

Die Tür öffnete sich, und eine untersetzte Frau mit

wirrem, von Grau durchsetztem blondem Haar und einem kantigen Kinn streckte ihren Kopf heraus. Ihre blassblauen Augen hatten einen eigenartigen Glanz. »Ich dachte, ich hätte einen Wagen gehört.«

»Ladies, Mrs. Pendell ist unsere Köchin und Haushälterin. Ich wüsste nicht, was ich ohne sie anfangen würde.«

»Wesentlich mehr Mahlzeiten kochen«, versetzte Mrs. Pendell mit einem neckenden Lächeln.

»Mrs. P., diese Ladys sind Sweetwater Springs' Versandbräute. Mrs. Seth Flanigan und Mrs. Jonah Barrett.«

Bei der Erwähnung ihrer neuen Namen wechselten Trudy und Lina ein zufriedenes Lächeln.

Addie lachte. »Der Reiz des Neuen ist noch nicht verflogen, nicht wahr?«

»Das ist das erste Mal, dass ich als Mrs. Jonah Barrett vorgestellt wurde«, erklärte Lina.

Mrs. Pendell klatschte in die Hände. »Das muss gefeiert werden.« Sie scheuchte sie hinein und wies auf eine Tür. »Nehmen Sie Platz. Ich bin gleich mit Erfrischungen zurück. Zu dumm, dass ich keinen Kuchen gebacken habe. Aber ich habe einige Kekse, die gerade abkühlen, und wenn Sie Glück haben, dann waren die Ranchhelfer noch nicht da und haben sie sich schon geschnappt.«

»Das klingt wunderbar.« Lina entspannte sich in der Wärme und dem Gefühl willkommen zu sein, die von den beiden Frauen ausgingen.

»Hätten Sie lieber Kaffee oder Tee?«, fragte Mrs. Pendell.

Nachdem sich alle drei für Tee entschieden hatten, gab Addie Mrs. Pendell ihren Stetson und führte sie in einen geräumigen Salon mit zwei Ledersesseln, einem mit verschlissenem goldenem Samt bezogenen Sofa und einem Ofen im hinteren Teil des Raums.

Lina und Trudy nahmen auf dem Sofa Platz, und Addie setzte sich ihnen gegenüber in einen der Sessel. Lina stellte Adam auf dem Boden ab und glättete sein Haar.

Er stand da und beobachtete Addie ernst, seine Hand auf Linas Knie.

Addie betrachtete ihn mit ruhigen grauen Augen. Sie hatte ein alltägliches Gesicht und trug ihr braunes Haar in einem Zopf, der ihren Rücken hinunter hing. »Ich habe viele Jahre nicht mit Jonah gesprochen, aber das liegt nicht daran, dass ich es nicht versucht hätte. Seine Mutter und ich waren gut befreundet, und er war der süßeste Junge, den man sich vorstellen kann.«

Lina blickte auf Adam hinunter, der Mrs. Dunn mit großen Augen anstarrte, und konnte sich vorstellen, was für ein unschuldiges kleines Kind Jonah gewesen sein musste.

»Unsere Familien waren sich sehr nah, bis Patience und das Baby starben und sich alles änderte.«

»Patience?« Ein Name, den Lina nicht wiedererkannte.

»Jonahs Mutter. Sie starb im Kindbett und ihr zweiter Sohn mit ihr.«

Lina holte schockiert Luft. »Seine Mutter und sein Bruder *und* seine Frau und seine Tochter starben im Kindbett?« *Armer, armer Jonah!*

»Und seine Großmutter, wenn auch ihr Baby überlebte.«

Madonna mia. Lina bekreuzigte sich. »Das bricht einem das Herz.« Ihre Familie hatte nie eine Mutter bei der Geburt verloren, obwohl eine ihrer Tanten und eine Cousine tragischerweise Fehlgeburten gehabt hatten.

Trudy runzelte die Stirn, ihre Hände fest im Schoss verschränkt. »Ist es üblich, dass so viele Frauen und Babys hier draußen sterben?«

»Lange Jahre hatten wir keinen Doktor«, stellte Addie einfach fest.

»Ah«, sagte Lina beruhigt. »Mrs. Norton hat uns versichert, dass Dr. Cameron recht kompetent ist.«

»Absolut. Der Doktor hat sich nicht um Jonahs Frau gekümmert. Wenn er es getan hätte ...« Addie rieb ihre Hände. »Nun, die Tragödie hat Sie nach Sweetwater Springs geführt, Lina. St. Louis, was?«, sagte sie, offensichtlich das Thema wechselnd. »Ich selber stamme aus Philadelphia.«

Trudy hob die Augenbrauen. »Wie sind Sie denn in Montana gelandet?«

Addie grinste. »Sie würden es nicht glauben, wenn Sie mich jetzt sehen, aber ... ich war ein kränkliches Mädchen und auf den Rat unseres Doktors hin schickten mich meine Eltern aufs Land in der Hoffnung, dass der Aufenthalt in der Natur mich stärken würde. Ich war gar nicht auf dem Weg nach Montana, traf meinen Mann aber im Zug. Im Laufe der Reise überzeugte er mich, dass ich in Sweetwater Springs aussteigen und ihn heiraten sollte.«

Trudy legte sich eine Hand auf die Brust. »Das ist so romantisch.«

»Ich könnte Ihnen Geschichten erzählen ... Ich war eine verwöhnte junge Dame.« Addie winkte in Richtung des Fensters. »So grün wie das Gras dort draußen. Ich wusste nicht einmal, wie man kocht. Nicht, dass ich das oft habe tun müssen. Zum Glück. Harrison, mein Ehemann, hatte bereits Mrs. Pendell angestellt, und sie brachte mir bei, wie man ein erträgliches Essen kocht. Aber was viel wichtiger ist − ich kann gärtnern, ein Pferd in jedem Gelände reiten, einen Stier einfangen, ein Huhn töten, Schädlinge schießen ... alles *damenhafte* −«, sie gab dem Wort eine scherzhafte Betonung, »− *Fertigkeiten*, die ich erwarb, nachdem ich einige Zeit hier gelebt habe.«

Nun ja, wenigstens kann ich kochen und gärtnern, versuchte Lina sich zu beruhigen. »Sie waren sehr tapfer, so ein Risiko einzugehen.«

Addie hob eine Augenbraue. »Ich rede hier mit zwei Versandbräuten, und Sie nennen *mich* tapfer.«

Die drei brachen in Lachen aus.

Lina langte herüber und tätschelte das Knie ihrer Freundin. »Trudy ist die Tapferste, weil sie zuerst hierher kam – in eine unbekannte Stadt, um einen Fremden zu heiraten. Sie hat mir von Sweetwater Springs und meinem Ehemann berichtet. Mit der vorteilhaften Empfehlung einer Freundin war meine Wahl nicht so furchteinflößend wie ihre.«

»Ich bin sicher, Sie werden hier beide aufblühen.« Addie zeigte an sich herunter. »Wie Sie sehen, bin ich so gesund wie ein Pferd. Eine Montana-Ehe *mit dem richtigen Mann* ist gut für Körper und Seele.« Ihr Gesichtsausdruck wurde wieder ernst. »Was Sie, wie ich hoffe, selbst feststellen werden. Aber … Ihre Ehemänner haben nicht den besten Ruf, obwohl keiner von ihnen als schlecht gilt.«

Trudy und Lina sahen sich an.

Lina schöpfte tief Atem. »Das ist einer der Gründe, warum wir hierher kamen. Ich hätte es gerne, wenn wir – mein Ehemann und ich – mehr in das Stadtleben eingebunden würden.« Sie runzelte die Stirn. »Einer der Stolpersteine ist, dass ich keine Ahnung habe, wie man reitet.«

Addie beugte sich vor, offensichtlich bereit, etwas zu sagen.

Lina hob eine Hand, um sie daran zu hindern. »Ich will nicht sagen, dass ich es nicht irgendwann lernen werde. Allerdings kenne ich mich nicht mit Pferden aus und die Idee allein macht mir schon Angst. Im Moment muss ich mich auf Adam konzentrieren.« Sie klopfte dem Jungen auf die Schulter. »Er hängt an mir wie eine Klette und lässt mich nicht aus den Augen. Ich muss den Haushalt organisieren und den Garten bepflanzen…« Sie schüttelte den Kopf und ließ die Schultern hängen. »Es ist so viel zu tun. Das ist wahrlich überwältigend.«

Addie nickte langsam und verstehend. »Und Jonah hat keine Kutsche, mit der Sie in die Stadt fahren können.«

»So ist es«, sagte Trudy.

Addie lehnte sich in ihrem Sessel zurück. »Sonntags könnten wir Sie sicher abholen und zur Kirche mitnehmen. Wenn man eine Abkürzung durch den Wald nimmt, ist die Entfernung zwischen Ihrer Farm und unserem Weg in die Stadt nicht allzu weit. Es gab dort einmal einen Pfad. Der ist zweifelsohne zugewachsen, aber Sie sollten trotzdem in der Lage sein, ihn zu benutzen.«

Auch wenn Addies Vorschlag genau das war, was Lina wollte, war das Angebot doch schwer zu akzeptieren, denn es bedeutete, dass sie das katholische Gebet verpassen würde, auf das sie sich gefreut hatte. Doch sie konnte die Dunns kaum bitten, in der Stadt zu warten, nachdem der protestantische Gottesdienst vorüber war. Hoffentlich wäre dieses Arrangement nur vorübergehend. *Sicher werden wir bald einen Wagen kaufen.*

Doch was ist, wenn Jonah sich weigert?

Kapitel Siebzehn

Jonah lenkte seinen Wallach Scout zur Dunn-Ranch und zügelte das Pferd, wobei er seine Umgebung genau ins Auge fasste. Das lange, niedrige Haus sah kleiner aus, als er es in Erinnerung hatte, aber immer noch wesentlich solider als sein eigenes. Natürlich waren die Dunns auch eine der ersten Familien gewesen, die in Sweetwater Springs gesiedelt hatten, lange bevor seine Eltern als junge Leute aus dem Osten hier angekommen waren.

Er erinnerte sich, dass das Haus drei Schlafzimmer und einen von der Küche abgeteilten Salon besaß. Für einen kleinen Jungen war so viel Platz unvorstellbar gewesen. Jonah wusste noch, dass er mit Tyler Dunn gespielt hatte, der damals nur wenig älter als Adam gewesen war. Er hatte den Jungen um sein eigenes Zimmer beneidet.

Eine große rote Scheune hatte die ältere ersetzt. Er erkannte Seths abgespannten Wagen unweit der Außenwand. Die Damen saßen nicht in den Schaukelstühlen auf der Veranda. Vielleicht waren sie im Haus und aßen Kekse in Mrs. Pendells Küche.

Harrison Dunn kam aus der Scheune, eine Heugabel in der Hand. Er sah Jonah, lehnte sie gegen die Wand und schlenderte zu ihm hinüber. Er tippte sich an die Hutkrempe und lächelte. »Schau mal an, wer da ist. Ich habe mich oft gefragt, ob ich jemals den Tag erleben würde, an dem du zu uns geritten kommst, Jonah Barrett. Addie wird überglücklich sein, dich zu sehen.«

Das Lächeln, mit dem Jonah das des anderen Mannes erwiderte, fühlte sich eingerostet an, seine Gesichtsmuskeln steif. »Es ist auch gut, Sie zu sehen.« Er deutete auf den Wagen. »Meine Braut und Seth Flanigans Frau sind zu Besuch gekommen.«

Mr. Dunn packte seinen Hut und schlug ihn gegen sein Bein. »Das schlägt doch dem Fass den Boden aus! Ich war ausreiten, bin gerade erst wiedergekommen. Du hast eine neue Frau? Und sie ist mit Flanigans Versandbraut hier? Der Mann hat viel Glück gehabt. Verdammt hübsche Frau.«

»Yep.« Jonah schwang sich aus dem Sattel. »Sie haben gerade *zwei* Versandbräute und einen kleinen Jungen hier irgendwo herumlaufen.« Nachdem er den Truthahn vom Sattelhorn genommen hatte, hielt er den Vogel Mr. Dunn entgegen. »Ich hatte heute viel Erfolg bei der Jagd. Davon habe ich noch einige. Dachte, Sie würden vielleicht einen mögen.«

Mr. Dunn nahm den Truthahn entgegen und hielt ihn hoch, um ihn zu bewundern. »Ist einen Weile her, dass wir Truthahn zum Abendessen hatten. Mrs. P. wird sich sehr darüber freuen. Danke, mein Sohn.«

Sohn. Die Zuneigung hinter diesen Worten schnürte ihm den Hals zu. Bis zu diesem Augenblick hatte Jonah nicht verstanden, dass seine Beziehung zu den Dunns noch etwas gewesen war, das er mit dem Tod seiner Mutter verloren hatte. Das Ehepaar war immer warm und herzlich gewesen, wie entfernte Verwandte. Wieder einmal bereute er es, dass er die Freundschaft zwischen ihnen nicht eher hatte wiederaufleben lassen.

Mr. Dunn gab ihm ein Zeichen, mit ihm zu kommen.

»Lass uns nach unseren Frauen suchen, okay?« Er winkte einem der Ranchhelfer, der sie vom offenen Scheunentor her beobachtet hatte, und der Mann kam herbeigetrottet. »Kümmere dich um das Pferd, ja, Blake?«

Der Mann nickte, nahm die Zügel von Jonah entgegen und führte Scout zum Stall.

Sie stiegen zur Veranda hoch und betraten das Haus. Mr. Dunn blieb kurz stehen, doch der Klang weiblichen Lachens ließ ihn nach rechts in den Salon abbiegen, anstatt nach links in die Küche.

Jonah folgte ihm.

Die Unterhaltung erstarb, als sie den Raum betraten. Lina sah ihn und gab ein überraschtes Geräusch von sich, ihre Augen weiteten sich, und ein Lächeln breitete sich langsam über ihr Gesicht aus.

»Paa.« Adam lachte ihn an.

»Oh mein Gott!« Addie setzte ihre Tasse ab, flog auf Jonah zu und umarmte ihn stürmisch. Sie trat zurück und begutachtete mit leuchtenden Augen sein Gesicht. »Mein lieber Junge, wie gut es ist, dich zu sehen.«

»Sie ebenfalls, Ma'am.« Jonah neigte zustimmend den Kopf.

»Ich habe mich gerade mit deiner entzückenden Frau und ihrer Freundin Trudy unterhalten. Wie klug von dir, mein Junge, nach einer Braut zu schicken. Das ist genau das, was die Stadt braucht. Frisches weibliches Blut.«

Ihr freundlicher Empfang verursachte ein warmes Gefühl in Jonahs Bauch. Trotzdem konnte er nicht anders, als sich schuldig zu fühlen, weil er sie nicht früher besucht hatte. »Es tut mir leid. Ich war kein guter Nachbar … kein guter Freund.«

Addies Gesichtsausdruck wurde weicher. »Das haben wir verstanden. Aber jetzt bist du hier, und darauf kommt es an. Setz dich, mein lieber.« Sie winkte Jonah zu einem der

DEBRA HOLLAND

Ledersessel, dann sah sie ihren Ehemann an. »Harrison, bittest du Mrs. Pendell, dir und Jonah etwas Tee zu bringen?«

Als Mr. Dunn wiederkam, trug er zwei Teller, auf denen Teetassen und Untersetzer standen. Servietten hingen über einem seiner Arme. Einen der Stapel und eine Serviette reichte er Jonah.

Addie gab Jonah den Keksteller.

Verlegen nahm er einen.

»Tyler ist unterwegs und sieht nach der Herde«, teilte ihm Addie mit. »Hoffentlich ist er zurück, bis ihr wieder aufbrecht.«

Jonah dachte an den kleinen Jungen, mit dem er gespielt hatte, und fühlte sich alt. »Ich habe ihn ab und zu kurz in der Stadt gesehen. Schwer zu glauben, dass er bereits zum Mann herangewachsen ist.«

Addie strahlte. »Ich sollte zwar nicht angeben, aber er ist unser einziges Küken, und wir sind stolz auf ihn. Er ist ein genauso guter Rancher geworden wie sein Vater.«

»Ich wünschte, er hätte die guten Instinkte seine Vaters, was Frauen angeht«, knurrte Harrison mit einem Kopfschütteln.

Jonah fragte sich, ob wohl über Tyler als Frauenheld getratscht wurde oder darüber, dass er schlechten Umgang pflegte. Er wusste so wenig über das Leben in der Stadt oder über das seiner Nachbarn.

Addie langte nach einem Keks und legte ihn auf ihrem Teller ab. »Tyler hat begonnen, einem Mädchen in der Stadt den Hof zu machen. Wir sind nicht von ihr begeistert und haben versucht, ihn von ihr abzubringen. Aber er hat sich die junge Dame in den Kopf gesetzt und ist sehr entschlossen.« Sie sah ihren Mann liebevoll an. »In dieser Beziehung ist er wie sein Vater.«

Harrison verschränkte die Arme. »Sie hat sich wohl eher ihn in den Kopf gesetzt.«

Addie zuckte die Achseln. »Aber was können wir tun?«

»Vielleicht werden Sie feststellen, dass Sie sie doch mögen →», warf Lina ein, »– wenn Sie sie erst einmal besser kennenlernen.«

Addie seufzte. »Dafür können wir nur beten.«

Die Konversation wandte sich landwirtschaftlichen Themen zu. Kurz darauf kündigte das Klappern von Stiefelabsätzen auf dem Holzboden des Flurs Tyler Dunns Ankunft an. Er blieb in der Türöffnung stehen, besah sich die Anwesenden und nickte den beiden Bräuten mit einem höflichen Lächeln zu, das sich verbreitete, als er Jonah entdeckte. Den Raum durchquerend streckte er die Hand aus und sagte: »Da hol mich doch der …«, um seiner Freude darüber Ausdruck zu verleihen, seinen alten Spielkameraden zu sehen.

Tyler war etwas kleiner als Jonah und besaß die markanten Züge seines Vaters und die grauen Augen seiner Mutter. Als er Adam neben Linas Knie erblickte, trat er zu dem Jungen und ging vor ihm in die Hocke. »Hallo, kleiner Mann.«

»Mäh.«

Tyler lachte. »Selber mäh.« Er wuschelte Adam durchs Haar, dann richtete er sich wieder auf. »Ich bin sofort zurück.«

Addies Augen leuchteten vor Lachen. »Als Tyler in Adams Alter war, war *mäh* sein Lieblingswort. Harrison nannte ihn immer Kleines Schaf.«

Mr. Dunn tat so, als würde er missbilligend dreinschauen. »Für einen Rancher ist es ganz schön hart zu hören, dass der eigene Sohn Schaflaute von sich gibt.«

Tyler kam mit etwas in seiner Hand zurück. Nochmal hockte er sich vor Adam und öffnete seine Finger, zwischen denen ein geschnitztes Holztier zu sehen war.

Adam besah sich das Spielzeug ernsthaft. Unentschlossen blickte er zu Tyler auf.

»Mach schon, nimm es. Es ist ein Schaf. Kannst du Schaf sagen? *Mäh*.«

»Mäh«, äffte Adam ihn nach.

Die Erwachsenen lachten.

Angestachelt durch ihre Reaktion grinste Adam, griff nach dem Tier und hob das Spielzeug hoch. Offensichtlich davon gefangen, ließ er sich auf den Po fallen, um seinen Schatz genauer in Augenschein zu nehmen.

Langsam ließ Jonah den Atem entweichen, den er unbewusst angehalten hatte. Die Aufnahme durch die Dunns, die Wärme im Raum, linderten einen Schmerz, der schon lange in ihm gewütet hatte. Er sah zu Lina und entdeckte Verstehen in ihren Augen. Etwas entstand zwischen ihnen, die Bestätigung ihrer Vereinigung und einer Verbindung, so fein und zerbrechlich wie ein Spinnennetz, genauso schön ... *und gefährlich.*

Am nächsten Abend beendete Lina das Tischdecken und trat auf die Veranda, um die von einer Ecke des Daches herunterhängende Glocke zu läuten, die Jonah zum Abendessen rief. Wie üblich schien er geahnt zu haben, dass das Essen fertig war, und sie sah, wie er sich am Trog der Pumpe wusch. Er hatte das Hemd ausgezogen und wandte ihr den Rücken zu, während er seinen Oberkörper mit Wasser bespritzte. Eine Minute lang beobachtete sie das Spiel seiner Rückenmuskeln und fragte sich, wie es wohl wäre, ihre Hände darüber gleiten zu lassen und seine Haut unter ihren Fingern zu spüren. Lina unterbrach diese verliebten Gedanken und wandte sich mit brennenden Wangen um, um hineinzugehen.

Aus den Augenwinkeln nahm sie eine Bewegung wahr, die sie innehalten und den Weg hinunterschauen ließ. Mit zusammengekniffenen Augen machte sie einen Mann aus, der ein beladenes Pack-Maultier zu führen schien. »Jonah«, rief sie. »Wir bekommen Gesellschaft.«

Er blickte zum Pfad, schnappte sich ein Handtuch und trocknete sich ab.

An der entspannten Art, in der er sein Hemd anzog, erkannte Lina, dass er den Mann kannte.

Das Hemd zuknöpfend, kam er auf Lina zu. »Unser südlicher Nachbar. Gideon Walker.«

»Ah, der Einsiedler, der den Schrank gezimmert hat.«

»Ja. Er ist ein eigenartiger Mann. Scheu. Intellektuell. Er hat jedes meiner Bücher gelesen – zweimal.«

»Nun, er kommt gerade zur rechten Zeit. Lade ihn zum Abendessen ein.«

»Lina«, sagte Jonah in drängendem Tonfall, die Stirn gerunzelt. »Ich glaube nicht, dass Gid von Kokos Tod weiß. Ich habe ihn schon monatelang nicht gesehen, und er war vielleicht nicht in der Stadt.«

»Dann gehe ich ins Haus, damit du ihm davon berichten kannst. Aber ich werde ein weiteres Gedeck auflegen.«

Er nahm ihre Hand und drückte sie. »Danke für dein Verständnis.«

Noch immer das Kribbeln von Jonahs Berührung spürend und glücklich über seine Anerkennung, schwebte Lina ins Haus und begutachtete den Tisch, wobei sie die Art, wie er gedeckt war, mit den Augen eines Fremden betrachtete. Sie wünschte, sie hätte hübscheres Geschirr, nahm aber an, dass ein Einsiedler sich daraus wohl nicht allzu viel machen würde. Früher am Tag hatte sie frische Blumen in das Einmachglas auf Trudys Zierdeckchen gestellt, so dass der Tisch schick genug für Gesellschaft aussah.

Lina warf dem am Boden mit seinem Schaf, den Soldaten und dem Wagen spielenden Adam einen Blick zu und beeilte sich dann, einen Teller zu holen und das Essen aufzutragen. Sie nahm an, dass ihr Mann und der scheue Mr. Walker wohl nicht allzu lange reden würden, nicht einmal über so einschneidende Themen wie den Tod der einen und das Bestellen einer anderen Frau. Das Essen würde wohl keine Chance haben kalt zu werden.

Dank der Vorräte, die Trudy mitgebracht hatte, hatte Lina Kartoffeln und Möhren zur Wildbret-Minstrone hinzugefügt und Brot gebacken. Sie hatte zwar nicht vorgehabt, ein Glas Marmelade hervorzuholen, doch dies war eine besondere Gelegenheit. Also stellte sie die Heidelbeermarmelade auf den Tisch, da sie die Erdbeermarmelade aufgebraucht hatten. Auf die andere Seite des Einmachglases legte sie einen knusprigen Laib braunes Brot und eine kleine Schale ihrer Butter.

Lina behielt recht, was die Dauer des Gesprächs zwischen den Männern anging.

Weniger als zehn Minuten später streckte Jonah seinen Kopf durch die Tür und bat sie hinauszukommen. Die beiden Männer standen auf der Veranda, vor sich einen kleine Kommode. Dieselben Symbole wie auf dem Schrank in ihrem Schlafzimmer zierten die Seiten und die Front. Jonah stellte Mr. Walker vor.

Zunächst fand Lina den Mann hässlich, mit seinem knochigen, glattrasierten Gesicht, dem dicken Haar, das in Wellen auf seine Schulter hinabfiel und Augen von solch hellem Grau, dass sie beinahe silbern wirkten. Doch schon bald erkannte sie die Intelligenz, die in diese Augen wohnte, die offensichtliche Stärke seines schmalen Körpers, und änderte ihre Meinung. Er besaß eine Ausstrahlung sanfter Kompetenz, die ihn Lina gleich sympathisch machte.

Sie hieß ihn willkommen.

Er schaute Lina schnell an, dann blickte er weg.

Lina ging hinüber und berührte ehrfürchtig die samtige Oberfläche der Kommode. »Sie haben eine meisterhafte Hand für Holz.«

»Ich nehme die Kommode wieder mit.« Mr. Walker Stimme war tief und passte so gar nicht zu seinem Aussehen.

»Schleife die indianischen Muster ab. Das kann ich auch beim Schrank tun.«

»Nein!« Lina hob Einhalt gebietend die Hand. »Das sind wunderschöne und einmalige Stücke.«

Mr. Walker schenkte ihr ein schüchternes Lächeln.

»Koko war ein wichtiger Teil von Jonahs Leben.« Lina fuhr ein Dreieck mit dem Finger nach. »Sie war Adams Mutter. Es wäre mir eine Ehre, die Möbelstücke zu benutzen, die Sie für sie gemacht haben.«

Mr. Walker sah sie direkt an, Anerkennung in seinen Augen.

»Eines Tages, wenn Adam sein eigenes Heim hat, wird er die Möbel mitnehmen.« Mit einem Lachen lockerte Lina die Stimmung auf. »Dann werden Sie uns neue machen müssen.«

Er nickte. »Das kann ich tun.«

»Davon abgesehen, Mr. Walker, bin ich erfreut, einen geeigneten Platz für meine Sachen zu haben. So werde ich die Truhe wegräumen können.«

»Ich werde sie auf den Dachboden bringen«, versprach Jonah. »Dort ist sie aus dem Weg, und du kannst sie immer noch benutzen, um Dinge zu verstauen.«

»Und nun, Mr. Walker – das Abendessen ist fertig«, sagte Lina. »Es ist mehr als genug für uns alle da. Ein Nein Ihrerseits werde ich nicht akzeptieren.«

»Nennen Sie mich Gid, Ma'am. Und ich würde mich geehrt fühlen, mit Ihnen zu essen.«

Bezaubert von seiner höflichen Art, die so gar nicht ihrem Bild von einem Einsiedler entsprach, lächelte Lina und zeigte zur Pumpe. »Sie können sich frisch machen. Dort sind auch Seife und ein frisches Handtuch, Mr. … Gid.«

»Ja, Ma'am.«

Lina drehte sich um und ging hinein.

Adam sah von seinen Spielsachen auf.

»Bist du hungrig?«, fragte sie. »Es ist Zeit zu essen.«

Er lächelte sie an. »Mmmma.«

Sie nahm ihn auf und küsste seine Wangen, dann setzte sie ihn in den Hochstuhl und schob ihn an den Tisch. Sie holte ein feuchtes Tuch und wusch sein Gesicht und seine Hände, woraufhin er das Gesicht verzog, ihr aber trotzdem erlaubte, ihn zu reinigen. Dann band sie ihm ein frisches Handtuch um den Hals.

Die Kombination von Minestrone und frischgebackenem Brot ließ verführerische Düfte durch den Raum wehen, und als die Männer eintraten, bemerkte Lina, wie Mr. Walker voller Vorfreude schnüffelte.

Sie aßen schweigend, und Lina genoss die offensichtliche Anerkennung des Mannes für ihre Kochkünste.

Als Gid sein zweites Stück Brot etwas langsamer zu schmieren begann, sagte er: »Haben Sie ein paar Bücher mitgebracht, Ma'am?«

»Lina«, korrigierte sie ihn. »Nur meine Bibel, fürchte ich. Ich habe keine eigenen Bücher. Ich habe vorher als Kindermädchen gearbeitet und hatte das Glück, dass meine Arbeitgeber über eine sehr große Bibliothek verfügten. Sie erlaubten mir zu lesen, wenn ich nicht mit den Jungen beschäftigt war. Daher musste ich nie eigene Bücher kaufen.«

Gid versuchte, seine Enttäuschung nicht sichtbar werden zu lassen.

»Aber meine Freundin Trudy – eine weitere Versandbraut – hat Kisten voller Bücher mitgebracht. Sie hat Seth Flanigan geheiratet.«

Seine silbernen Augen leuchteten auf. »Lebt sie hier in der Nähe?«

Lina sah ihren Mann fragend an.

Jonah schüttelte den Kopf und beschrieb den Weg zu den Flanigans.

Als Gid erfuhr, dass er die Stadt durchqueren müsste, um zu den Flanigans zu gelangen, schüttelte er den Kopf.

»Wie wäre das, Gid?«, schlug Lina vor. »Ich bitte Trudy darum, mir einige Bücher für Sie zu leihen. Wenn ich sie diesen Sonntag frage, kann sie sie nächsten Sonntag dabeihaben. Sie wäre sicher froh, Ihnen gleich eine ganze Kiste zu leihen. Die können Sie dann gegen eine andere eintauschen, wenn Sie mit der ersten fertig sind.«

»Das ist eine ziemlich große Bitte, Ma'am.«

Lina unterdrückte ein Lächeln. Sie wollte nicht, dass der Mann dachte, sie lache über ihn. »Trudy ist mit dem Inhalt eines ganzen Haushalts hier angekommen, das meiste davon lagert in Kisten in der Scheune. Seth beschwert sich − auf gutmütige Weise − dass er nicht mehr genug Platz für die Tiere hat. Ich bin mir sicher, er wäre froh, wenn eine Kiste weniger dort stünde.«

»Nun«, sagte Gid gedehnt, »da ich ihnen damit einen Gefallen tun würde … ja, ich werde die Bücher nehmen.«

Der Mann hat doch Sinn für Humor. »Gut. Also ist es abgemacht. Warum kommen Sie an dem Tag nicht zum Abendessen?«

Sein schüchternes Lächeln belohnte sie für ihre Mühen. »Eine ganze Kiste voller Bücher und Ihre Kochkünste wären in der Tat die Krönung. Das ist mächtig nett von Ihnen, Mrs … äh, Lina.«

Sie strahlte ihn an. »Ich werde ein besonderes italienisches Essen für Sie zubereiten.«

»Das wäre wunderbar.«

»Gibt es Bücher, die Ihnen besonders gefallen würden?«

»Ich mag fast alle Bücher, aber am meisten die von Philosophen von Cicero bis Ralph Waldo Emerson und Henry David Thoreau. Ich lese gerade ein weiteres Mal *Walden*.«

»Oh, eine der Frauen in der Agentur hat uns dieses Buch vorgelesen! Wir waren allerdings nur halb damit fertig, als ich nach Sweetwater Springs aufbrach.«

Beinahe hätte Lina Gid impulsiv gefragt, ob er nach einer Frau suchte, hielt sich dann aber zurück. *Die elegante Darcy, eine Dame der besseren Gesellschaft, würde sicher keinen armen Mann wählen, der im Wald lebte. Zu dumm,* dachte Lina. *Wenn sie nicht auf so unterschiedlichen gesellschaftlichen Stufen stünden, wären sie perfekt füreinander geeignet.*

Kapitel Achtzehn

Früh am Sonntagmorgen, als die Dämmerung dem Tage wich, legte Lina letzte Hand an ihre Kleidung und steckte die künstliche rote Pfingstrose an die Brust ihres Hochzeitskleides, das mittlerweile ihr bestes Kleid geworden war. Sie hatte den Saum in Lauge eingelegt und, nach einer intensiven Reinigung auf dem Waschbrett, war der Dreck schließlich verschwunden. Endlich wieder getrocknet, hatte sie das Kleid mit einem kleinen Spitzenbeutel voller Rosenblätter am Kragen in den Schrank gehängt, damit der Stoff den Duft annahm. Sie hatte dafür gesorgt, dass das Kleidungsstück in der entferntesten Ecke des Schrankes hing, damit Jonahs Sachen nicht ebenfalls nach Rosen riechen würden. Der Sitz auf dem Wagen der Dunns wäre hoffentlich sauber, so dass sie nicht mit Schmutzflecken auf dem weißen Kleid in der Kirche erscheinen würde.

Lina besah sich selbst in ihrem kleinen Handspiegel und winkelte ihn ab, um zu sehen, ob sie den geflochtenen Dutt auch korrekt in der Mitte ihres Hinterkopfes platziert hatte, konnte es jedoch nicht beurteilen. Sie fragte sich, ob sie es wagen sollte, einen großen Spiegel auf die Liste ihrer Wünsche zu setzen, bevor sie die Idee mit einem Achselzucken abtat. *Ein großer Spiegel ist in der Tat ein Wunsch, aber keine Notwendigkeit. Eine Kutsche dagegen ist eine Notwendigkeit.*

Sie ergriff ihren Pompadour, der ein Taschentuch und zwei Briefe enthielt – einen für Heather und einen für ihre Familie. Addie hatte gesagt, dass nach dem Gottesdienst noch Zeit wäre, die Briefe am Bahnhof abzuliefern. Sie hatte erwähnt, dass sie selbst wahrscheinlich ebenfalls Briefe an ihre Familie in Philadelphia dabei hätte.

Lina ging in den Hauptraum, in dem Jonah mit Adam auf dem Schoß am Tisch saß, auf dem sie mit den Soldaten und dem Schaf spielten.

Die beiden schenkten ihr ein identisches kleines Lächeln.

»Mmmm«, sagte Adam.

»Mmmm – wie wahr«, stimmt sein Vater ihm scherzend zu.

Letzte Nacht hatte sie verlangt, dass er sich den Bart abnahm, und sie hatte sein Haar einige Zentimeter geschnitten, so dass es nun knapp oberhalb seiner Schultern endete. Mit seinem Mund und seinem kräftigen Kinn war er ein sehr gutaussehender Mann, der ihren Herzschlag schon beschleunigte, wenn sie ihn nur ansah.

Jonah stellte Adam ab, erhob sich und kam zu ihr hinüber. Er berührte die angesteckte Päonie. »Sehr hübsch. Bist du bereit?«

»Ich hole nur noch meinen Hut.« Doch sie blieb noch einen Moment stehen und sah ihm in die Augen.

Er lächelte sie an. »Nimm besser deinen Schal mit. Ich stecke ihn in meine Satteltasche. Es ist ein schöner Tag und der Bauernkalender sagt Sonnenschein für die nächste Woche voraus, aber in Montana können sich die Dinge schnell ändern, darum ist man am besten auf alles vorbereitet.«

Lina langte nach ihrem Hut und band die roten Bänder schräg unter ihrem Kinn zusammen – auch wenn diese Unbeschwertheit im Widerspruch zu ihrer Stimmung stand. Sie reichte Jonah den Schal, dann presste sie eine Hand auf ihren Bauch. »Ich bin nervös.«

Verwundert legte er den Kopf schief.

»Eine neue Stadt. Menschen, die ich nicht kenne. Eine protestantische Kirche. Was ist, wenn ich etwas falsch mache?«

Er umarmte sie von der Seite, indem er ihr einen Arm um die Taille legte und sie drückte. »Schätze, ich fühle mich nicht anders, auch wenn die Stadt mir nicht neu ist.«

Lina lehnte sich gegen ihn, die erste spontane Geste starker Zuneigung genießend, die er ihr gezeigt hatte. Sie mochte das Gefühl des um sie gelegten Arms – die Art, wie die Umarmung, auch wenn sie nur ganz einfach war, dazu führte, dass sie sich weniger angespannt fühlte.

»Soweit ich mich an den Gottesdienst erinnere, machen alle alles zusammen. Wenn sie also aufstehen, tun wir es auch.«

»Das schaffe ich.« Sie stellte sich auf die Zehenspitzen, um seine glattrasierte Wange zu küssen. »Wir sollten uns auf den Weg machen, wenn wir die Dunns rechtzeitig treffen wollen.«

»Du riechst gut.« Eine tiefe Röte legte sich über sein Gesicht und er bückte sich, um Adam aufzuheben und aus dem Haus zu tragen.

Draußen war Jonahs Pferd Scout angebunden. Jonah setzte Adam in den Sattel.

Der Junge prustete, das erste Lachen, das Lina von ihm gehört hatte. Doch die Freude des Kindes daran, auf dem Pferd zu sitzen, milderte nicht Linas Sorge bei dem, was sie sah. Adam war so klein und das Pferd so groß. Wenn das Kind herunterfiele, könnte es sich schwer verletzen. »Er reitet aber nicht alleine?«

Jonah sah sie erstaunt an. »Natürlich tut er das.«

»Aber er ist so klein.«

»Adam ist mit Koko und mir geritten, seit er sitzen konnte. Nicht lange bevor sie gestorben ist, sind wir dazu übergegangen, ihn allein aufs Pferd zu setzen und es zu führen.«

Lina wollte widersprechen, doch sie hatte keine Erfahrung mit Kindern und Pferden, daher gab sie widerstrebend nach. Doch für alle Fälle beschloss sie, an Adams Seite zu bleiben und ihn wie eine Falkenmutter im Auge zu behalten.

Ein Mann hat keinen Grund, sich so feige zu benehmen, bloß weil er in die Kirche gehen soll. Aber sogar dieser Gedanke ließ Jonah seine Beine nicht schneller bewegen. Natürlich konnte er seine Langsamkeit damit begründen, dass sein Sohn auf dem Pferd saß und seine Frau in ihrem langen Kleid neben ihm her marschierte.

Dieses Gebiet war zahm im Vergleich zu den Wäldern, die noch unberührt waren von der Hand eines Menschen. Schon von Anbeginn an hatte sein Pa beschlossen, die Schönheit des Waldes soweit wie möglich zu bewahren und dazu die meisten Bäume unberührt gelassen, statt eine breite Schneise in den Wald zu schlagen. Einige Stümpfe schauten aus der Erde. Das Totholz war herausgezogen und gehackt worden, anstatt es zurückzulassen, bis es verrottete und in kleine Späne zerfiel.

Der Weg zwischen den Häusern der Barretts und der Dunns war einst offen gewesen und viel genutzt worden. Er erinnerte sich daran, dass die beiden Familien oft Sonntags zusammen zu Mittag gegessen hatten. Oder die Frauen waren hin und her geritten, um sich gegenseitig zu besuchen. Harrison Dunn und seine Leute hatten den Barretts bei der Ernte geholfen, und sein Pa hatte sich während der Herdenauftriebe und des Brennens der Rinder der Dunns revanchiert.

Ungefähr für ein Jahr vor dem Tod seiner Mutter hatte Jonah alleine zu den Dunns reiten dürfen. Wenn er seine

Arbeit erledigt hatte, war er oft geflüchtet und hatte Zeit mit den Cowboys verbracht, hatte sie bei der Arbeit beobachtet und ihren Geschichten gelauscht. Er hatte einige von Mrs. Pendells Desserts gegessen und mit dem kleinen Tyler gespielt.

Doch seit dieser Zeit hatte das Unterholz den Pfad zurückerobert. Junge Bäume wuchsen dort, wo einst festgetretene Erde gewesen war. Büsche und dichte Farne gaben kleinen Tieren Schutz. Wildblumen blühten. Als er das Zwitschern eines Vogels hörte, konnte Jonah nicht anders als sich darüber freuen, dass Lina einiges von der Schönheit des Landes sah, das er liebte.

Er blickte über seine Schulter zurück. Doch anstatt sich die Umgebung anzuschauen, hielt seine Frau ihre Hand auf Adams Knie gepresst, außer wenn sie zurückfallen musste, weil der Pfad zu schmal wurde. In diesen Momenten beobachtete sie den Jungen mit besorgtem Gesichtsausdruck. Auch wenn er sich wünschte, dass Lina etwas in ihrer Beschützerrolle nachlassen würde, konnte er doch nichts Falsches an ihrer Hingabe an seinen Sohn sehen.

In der Nähe der Dunn-Ranch wurden die Bäume dichter. Weder Jonah noch sein Vater hatten so weit vom Haus entfernt Bäume gefällt. Er hatte versucht, den breitesten Pfad zu wählen und stöhnte auf, als Linas Schritte durch tote Blätter und Zweige krachten. Seine Frau würde nie eine leise und vorsichtige Jägerin abgeben.

Sie kamen an einen kniehohen umgestürzten Baumstamm, der den Pfad blockierte. Die Bäume auf beiden Seiten standen dicht an dicht, und mit dem Pferd gab es keinen Weg um den Stamm herum.

»Oh, nein! Was sollen wir tun?«, fragte Lina.

Jonah lächelte sie beruhigend an. »Wir gehen darüber hinweg.«

Die Zügel mit einer Hand haltend, machte er einen

Schritt über den kniehohen Stamm und streckte ihr seine Hand entgegen.

Lina warf Adam einen besorgten Blick zu.

»Es ist nur für eine Minute. Ihm wird nichts passieren.«
Sie legte ihre Hand in seine.

»Kletter rauf«, ermutigte er sie.

Lina raffte ihren Rock mit einer Hand, kletterte auf den Stamm und balancierte.

Statt bloß ihre Hand zu halten, während sie wieder hinunter stieg, folgte Jonah einem Impuls und trat näher heran, legte einen Arm um ihre Taille und stellte sie mit Schwung auf den Boden.

Lina stieß ein Keuchen aus, ließ ihren Rock los und griff nach seinen Schultern. Ihre braunen Augen blitzten.

»Na siehst du?« Er löste seine Umarmung nicht, und so standen sie einen Moment da, versunken in die Augen des anderen. Sie duftete nach Rosen, was ihn dazu verlockte, seinen Kopf zu senken und seine Lippen in einem süßen, forschenden Kuss auf die ihren zu legen.

Seine Frau drückte sich an ihn. Ihre Lippen waren weich und voll. Ihre Brüste pressten sich gegen ihn.

Bis zu Lina hatte Jonah noch nie eine Frau umarmt, die ein Korsett getragen hatte. Er erinnerte sich daran, einmal eines gesehen zu haben, als es im Laden des Ortes ausgestellt worden war – ein gerüschtes Kleidungsstück mit Spitze und Bändern. Doch die Steifheit, die er unter seinem Arm spürte, erweckte in ihm die Vorstellung, wie er Lina das Kleid auszog und sie in ihrem Korsett und ihrer Unterwäsche sah, um dann diese ebenfalls zu entfernen....

Das Pferd schüttelte seinen Kopf, zog an den Zügeln und unterbrach diesen besonderen Moment.

Er konnte nicht widerstehen, ihr einen weiteren schnellen Kuss zu geben, bevor er sich wieder von ihr entfernte. »Halte die.« Jonah übergab ihr die Zügel, stieg über den Baumstamm und hob Adam vom Pferd. »Lass uns tauschen.« Er reichte ihr das Kind und übernahm wieder die Zügel. »Geh weiter. Ich laufe ein Stück zurück, damit Scout genug Anlauf hat, um über den Stamm zu springen. Ich hole dich wieder ein.«

Lina nickte ihm verstehend zu, dann wandte sie den Blick ab. Ihre Wangen begannen zu glühen. Sie drückte Adam einen Kuss auf die Stirn und folgte dem Pfad.

Jonah beobachtete, wie sie sich entfernte, sah das Schwingen ihrer kleinen Tournüre, das seine Fantasie wieder zu einem Höhenflug veranlasste. Er führte Scout rückwärts bis der Pfad breiter wurde und er das Pferd wenden konnte. Er schwang sich in den Sattel und trabte den Pfad soweit entlang, bis er erneut die Richtung wechseln und auf den Stamm zuhalten konnte.

Der Wallach liebte es zu springen, und Scout segelte in hohem Bogen über das Hindernis hinweg.

Nach einer Minute hatte Jonah zu seiner Frau aufgeschlossen. Ihr bewundernder Blick erfüllte ihn mit ungewohntem Stolz. Er stieg ab, nahm Adam wieder an sich und setzte den Jungen zurück in den Sattel. Der Pfad war breiter geworden. Nach der gefällten Menge und den Zeichen an den Baumstümpfen zu urteilen, schienen die Dunns diesen Teil des Waldes zu benutzen, um Feuerholz zu gewinnen.

Jonah verkürzte den Griff um die Zügel und ging neben Scouts Kopf auf der Lina abgewandten Seite des Pferdes. Er war nahe genug, um sie über den Wallach hinweg anzusehen, und von Zeit zu Zeit tauschten sie Blicke aus, die von einer erhöhten Wahrnehmung des anderen sprachen sowie von einem Versprechen für die Zukunft.

Am Ende der Bäume breitete sich Grasland aus. Sie mussten nur einige hundert Yards laufen, um den Fahrweg zu erreichen. In der Ferne entdeckten sie einen Wagen, der von Addie gelenkt wurde. Neben ihr saß Mrs. Pendell. Einige

Männer ritten zu beiden Seiten des Wagens. Er erkannte
Harrison Dunn und den Vormann Habakkuk Pendell, doch
von den anderen erkannte er niemanden.

Die beiden Gruppen trafen sich, und die Reiter zügelten
ihre Pferde. Addie bremste, begrüßte sie und stellte die
Männer Lina und Jonah vor.

Tyler war nicht bei der Gruppe, und Jonah fragte sich, ob
der junge Mann früh aufgebrochen war, um eine bestimmte
Dame zur Kirche zu begleiten.

Mr. Dunn trieb sein Pferd näher heran. »Morgen, Mrs.
Barrett. Hallo, kleines Schaf.« Er beugte sich nach unten und
streckte Jonah die Hand entgegen. »Guten Morgen. Ich
freue mich, dass du mit uns zur Kirche kommst, Sohn.
Meine Frau war mächtig froh, dass du und deine hübsche
Braut uns besucht habt.«

»Das wurde auch Zeit, nicht wahr, Sir?«

Der Mann gab ein verächtliches Geräusch von sich. »Du
bist jetzt ein Mann. Nenn mich Harris. Und meine Frau
heißt Addie.«

Auch wenn es sich eigenartig anfühlte, die Freunde seiner
Eltern bei ihren Vornamen zu nennen, konnte Jonah die
Wärme, die das Paar ausstrahlte, nicht ablehnen. »Ich weiß
es zu schätzen, dass Sie meine Frau so gut aufnehmen,
Harris. Das bedeutet ihr viel.«

Harris warf ihm einen wissenden Blick zu, sagte jedoch
nichts.

Doch Jonah verstand ihn. *Dieser Ausflug findet auch für mich
statt.* Von den Dunns unterstützt zu werden, konnte den Weg
zurück in die Gemeinschaft nur ebnen.

Hoffentlich wird das ausreichen.

Kapitel Neunzehn

Je näher sie Sweetwater Springs kamen, desto nervöser wurde Lina im Hinblick auf ihren Kirchenbesuch. Als sie die Ausläufer der Stadt erreichten, stellten Addie und Mrs. Pendell ihre Unterhaltung ein, um Bekannten zuzuwinken. Adam, der auf ihrem Schoß saß, sah sich neugierig um.

Lina hatte am Tag ihrer Ankunft durch den strömenden Regen nicht viel von der Stadt gesehen. Heute, bei Sonnenschein und trockener ungepflasterter Straße, wirkte ihre neue Heimatstadt schon einladender.

Doch für eine Frau, die in einer überfüllten Gegend aufgewachsen war, wo man während eines Spaziergangs durch die Straßen ein Dutzend Unterhaltungen auf Italienisch mit ein paar eingeworfenen englischen Brocken hören, wo man Knoblauch und Tomaten riechen konnte und Kindern ausweichen musste, die ausgelassene Spiele spielten, war Sweetwater Springs beinahe … unbelebt und zu still. Natürlich hielten Familien, Paare und einzelne Personen alle auf das gleiche Ziel zu — ein weißes Holzrahmengebäude mit einem Kirchturm, der sich in den leuchtend blauen Himmel erhob.

Addie hielt mit dem Wagen vor einem großen hölzernen Mietstall und zog die Bremse an. Die Männer zügelten die Pferde neben ihr und stiegen ab.

Ein Mann trat aus der offenen Tür des Mietstalls. Er hatte blass-grüne Augen und eine krumme Nase in einem dünnen Gesicht. »Sie sind früh dran, Mrs. Dunn«, bemerkte er und machte mit dem Kopf eine ruckartige Bewegung zur Seite. »Ich stelle Ihren Wagen links vom Stall ab.«

»Danke, Mr. Taylor«, sagte Mrs. Dunn, ihm die Zügel reichend, und akzeptierte seine Hilfe beim Absteigen vom Kutschbock.

Jonah schlang Scouts Zügel um einen Haltepfosten und ging zu Lina hinüber, wo er nach Adam griff. Er nahm den Jungen fest in einen Arm und half ihr beim Hinuntersteigen. Als sie sicher auf dem Boden angekommen war, streckte er Mrs. Pendell die Hand entgegen, um ihr zu helfen.

Mit lachenden Augen akzeptierte die Haushälterin seine Hilfe.

Harrison gab seine Zügel dem Stallburschen, ging um den Wagen herum und streckte seiner Frau den Arm hin. Die anderen Männer banden ihre Pferde ebenfalls fest und machten sich auf den Weg zur Kirche.

Addie nahm Harrisons Arm, und die beiden schlenderten die Straße hinunter, wo sie die Eltern einer großen Familie grüßten, deren Kinder hinter ihnen her marschierten wie die Entenküken.

Jonah stellte Adam ab, behielt die Hand des Jungen aber in seiner. Mit einem Zwinkern und einem kaum wahrnehmbaren Lächeln machte er Mr. Dunn nach, indem er Lina seinen freien Arm hinhielt.

Etwas weniger besorgt durch die geheime Zwiesprache, legte sie ihre Hand um den Arm ihres Mannes, und sie folgten den Dunns. Lina achtete darauf, dass der Saum ihres weißen Kleides hoch genug über der staubigen Straße hing, doch tief genug, um ihre Knöchel damenhaft bedeckt zu halten.

Ein paar Minuten lang erfüllte sie das neue Gefühl, mit ihrer Familie die Straße entlang zu stolzieren, mit Freude.

Dann kamen sie an einem Paar vorbei – sie klein und untersetzt mit einem ausgestopften Vogel auf ihrem enormen Hut und er groß und kahl werdend, mit einer roten Nase – und Lina nahm den missbilligenden finsteren Blick der Frau auf Jonah sowie die unfreundliche Art wahr, wie der Mann sie anstarrte. In diesem Augenblick löste sich ihre gute Laune in Wohlgefallen auf.

Lina war ihnen am nächsten und zwang sich dazu, den beiden ein höfliches Lächeln zu schenken anstelle des stechenden Blicks, den sie ihnen eigentlich zukommen lassen wollte.

»Beschämend«, schnaubte die Frau. Sie entdeckte Adam, und ihre engstehenden Augen wurden schmal.

Ärger brandete in ihr auf, und Lina tat ihr Möglichstes, um ihn zu unterdrücken. *Kein Geschrei auf Italienisch, das die ganze Stadt hören kann.* Sie machte größere Schritte, um schneller zu werden, soweit dies das an ihnen hängende Kleinkind zuließ. *Davor hat mich Jonah in seinem Brief gewarnt.* Sie erinnerte sich selbst daran, dass nicht alle Leute so waren, wie diese beiden.

Jonah schien das Paar gar nicht wahrzunehmen. Er lehnte sich zu seinem Sohn und betrachtete offensichtlich das Spielzeug, das Adam hochhielt.

Die Frau murmelte noch etwas.

Doch sie waren schon außer Hörweite und Lina konnte nur den kritischen Tonfall und nicht die tatsächlichen Worte hören. Was auch gut so war, denn hätte die Frau etwas Unfreundliches über Adam gesagt, wäre Lina herumgewirbelt und hätte ihr mit den Fingernägeln das Gesicht zerkratzt.

Doch da Jonah die Frau weder gesehen noch gehört hatte, gab sich Lina damit zufrieden, den Zwischenfall für sich zu behalten. Es war sinnlos, ihm noch mehr Schmerz zuzufügen. Sie holte tief Luft, um ihren Ärger abzukühlen.

Addie sah kurz über ihre Schulter und warf ihr einen aufmunternden Blick zu.

Je näher sie der Kirche kamen, desto unangenehmer wurden Lina die Blicke der Leute, doch sie zwang sich, jeden anzulächeln, der ihr in die Augen sah. Aus den Augenwinkeln bemerkte sie, wie der Kiefer ihres Mann arbeitete. Sie stieß ihn leicht mit der Schulter an. »Du siehst aus wie Gevatter Tod«, tadelte sie mit sanfter Stimme. »Versuche, freundlich zu wirken.«

»Ich fühle mich nicht besonders freundlich.«

Sie wusste nicht, ob sie lachen oder ihn wegen ihrer gleichen Gefühle bemitleiden sollte. »Eines Tages werden diese Menschen unsere Freunde sein, und heute legen wir das Fundament für diese zukünftigen Beziehungen.«

Sein Kiefer entspannte und ihre Blicke trafen sich. »Ich habe eine weise Frau geheiratet.«

»Auch wenn ich dir den Arm auf den Rücken drehen musste, damit du heute hierher kommst?«

»Meinen Arm? Du hast mir fast den ganzen Körper verdreht.« Seine Mundwinkel bogen sich nach oben.

»Jonah! Solche Worte an einem Sonntag«, ermahnte Lina ihn, konnte die Belustigung aber nicht aus ihrer Stimme heraushalten.

Von der anderen Seite der Straße her näherte sich Tyler Dunn, eine dralle junge Frau am Arm, und traf sich mit seinen Eltern. Nachdem die beiden Paare sich begrüßt hatten, führte er sie hinüber zu Jonah und Lina und stellte sie einander vor, offensichtlich stolz darauf, der Begleiter der jungen Frau sein zu dürfen. Seine Angebetete hieß Laura. Lina bekam den Nachnamen nicht mit.

»Schön, Sie kennenzulernen«, sagte Lina mit einem höflichen Lächeln.

»Morgen, Miss«, murmelte Jonah.

Adam hielt sein Schaf hoch. »Mäh.«

Als sie Jonahs Namen hörte, erstarrte sie und sah die beiden frostig an, auch wenn ihre Begrüßungsworte sich ganz freundlich anhörten.

Von dort, wo er stand, konnte Tyler Lauras Gesichtsausdruck nicht sehen, und Lina vermutete, dass er die wahre Natur der Frau nicht kannte. *Seine Eltern sind zu Recht besorgt.*

Zusammen gingen sie zur Kirche, auch wenn Laura langsamer wurde, so dass sie und Tyler nicht als Teil der Gruppe erschienen, und ihn zur Seite zog, um mit einem anderen Paar zu sprechen.

Reverend Norton stand nahe der Tür und begrüßte die Leute, wenn sie eintraten. Als er Lina sah, leuchteten seine Augen auf, und sein strenger Gesichtsausdruck wurde milder.

Gerade der Ausdruck des Willkommens auf dem Gesicht des Priesters linderte Linas Verärgerung über die letzten beiden Begegnungen.

»Ah, die Familie Barrett. Was für ein Segen, Sie alle an diesem schönen Sonntag in der Kirche zu sehen.«

Jonah nickte. »Danke, Reverend.«

Trudy eilte auf sie zu, Seth am Arm fast mit sich zerrend. »Ich hatte schon Angst, dass wir zu spät kommen«, stieß sie hervor. »Eines der Pferde hatte sich einen Stein in den Huf getreten, und wir mussten anhalten, um ihn zu entfernen, bevor es lahm wurde.« Sie streckte ihre Hand nach Lina aus und zog sie an sich, um ihr einen Kuss auf die Wange zu geben. »Meine liebe Freundin, du weißt gar nicht, wie froh ich bin, dich hier zu sehen.« Trudy machte einen Schritt zurück und begutachtete Jonah mit einem frechen, neckenden Blick. »Aber hallo, Jonah Barrett, wie gut du ohne deinen Bart aussiehst.«

»Hey«, protestierte Seth amüsiert.

Trudy gab vor ihn zu ignorieren und konzentrierte sich

auf Jonah. »Das Verdienst für deine Verwandlung schreibe ich mir zu.« Ihre Augen, die voller Heiterkeit waren, trafen Linas.

Lina tat es ihr gleich, wohl wissend, dass Trudys Bemerkung über Jonahs Bart in ihrem ersten Brief gestanden hatte.

Mit einem breiten Grinsen schlug Seth Jonah auf die Schulter. »Wir sind wohl respektabel geworden, was?«

Jonah lächelte schief. »Das wird wohl noch etwas länger dauern.« Er nahm Adam auf den Arm.

Die Glocke im Kirchturm schlug, rief die Gläubigen zum Gottesdienst und erfüllte Linas Magen mit ihrem Echo.

Reverend Norton wandte sich um und betrat das Gebäude.

Trudy und Seth gingen ins Innere voraus. Dank ihrer Hochzeit wusste Lina, was sie zu erwarten hatte, obwohl die Madonna nicht mehr auf der einfachen weißen Decke auf dem Altar stand. An ihrer Stelle befanden sich dort nun fünf Vasen mit verschiedenen Blumensträußen, und sie fragte sich, ob mehrere Familien die Blüten aus ihren Gärten hierfür gespendet hatten.

Lina ging an Leuten vorbei, die sie neugierig anstarrten. Einige von ihnen bedachten Adam mit verächtlichen Blicken. Ihr Magen zog sich zusammen. Ihre Finger wollten sich zu Fäusten ballen, doch sie entspannten sich, als sie auch das Willkommen auf anderen Gesichtern ausmachte, ein Umstand, der ihr Unbehagen milderte.

Trudy wählte eine Bank in der Mitte des Raumes aus und bedeutete Seth, als erster hineinzugehen. Sie folgte ihrem Ehemann, und Lina setzte sich, erleichtert, nicht mehr angestarrt werden zu können, neben Jonah, der Adam auf den Schoß nahm. Adam umklammerte sein Schaf, und sie hoffte, dass es keine protestantische Regel brach, ein Spielzeug in die Kirche mitzubringen.

Addie und Harrison nahmen auf Jonahs anderer Seite Platz und belegten damit die Bankreihe völlig.

Eine sehr schwangere Frau in einem rosaroten wallenden Kleid setzte sich ans Klavier und begann ein leidenschaftliches Stück kunstvoller Musik zu spielen, das den Rest der Gemeinde in die Kirche rief.

Trudy beugte sich herüber. »Bach«, flüsterte sie. »Sehr gut gespielt.«

Mit dem Stück noch aus ihrer Zeit als Kindermädchen vertraut, nickte Lina. Mrs. Hensley hatte nachmittags oft Klavierspielen geübt. Abends spielte sie auch manchmal für ihren Mann und Freunde, während die Jungen vom oberen Treppenabsatz aus zuhörten.

Der unerwartete Klang solch wunderbarer Musik in einer Grenzstadt trug viel dazu bei, Linas aufgewühlten Zustand wegen der Begegnungen an diesem Morgen und des Umstands, dass sie eine ihr glaubensfremde Kirche besuchen musste, zu verbessern. Den Rest des Gottesdienstes empfand sie als interessant und tatsächlich leichter zu folgen als einer katholischen Messe. Sie genoss das Singen der Hymnen, die Lesungen aus der Bibel und die Weisheiten in Reverend Nortons Predigt – auch wenn sie sich nie wirklich entspannte.

Adam benahm sich sehr gut, selbst wenn er manchmal zwischen seinen Eltern wechselte und ab und zu von Jonahs Schoß auf ihren und wieder zurück kletterte. In einem Moment der Stille sagte er laut und deutlich: »Mäh.«

Einige der Frauen kicherten, doch die Frau mit dem Vogelhut, die auf der anderen Seite des Ganges saß, funkelte böse herüber.

Lina erwiderte ihr Starren ebenso kompromisslos.

Die Frau schnaubte. Hob ihr Kinn und wandte sich dem Altar zu.

Lina wand sich innerlich. Die Feindseligkeit, die ihrem

Sohn entgegengebracht wurde, schockierte sie. Adam war doch nur ein unschuldiges Kind.

Später, als Reverend Norton den Abschlusssegen sprach, war Linas erste Reaktion, dankbar dafür zu sein, den Gottesdienst ohne Fehler zu machen überstanden zu haben. Sie blickte zu Jonah.

Die Melancholie war auf sein Gesicht zurückgekehrt.

Sie fragte sich, was er dachte und wünschte, sie könnte ihn berühren, um ihn zu trösten.

Einige Momente später verließen sie das Gebäude und traten in den Sonnenschein des späten Vormittags. Seth, Harrison und Jonah, der immer noch Adam trug, wurden von anderen Männer in ein Gespräch verwickelt. Und Trudy, Addie und Lina stellten sich zu Reverend Norton, mit dem sie sich über den Gottesdienst unterhielten.

Die hübsche Klavierspielerin trat zu ihnen und schenkte ihnen ein freundliches Lächeln. Ihre großen blauen Augen betrachteten Lina und Trudy mit offensichtlichem Interesse. Ein winziger rosa Hut, der genau zur Farbe ihres Kleides passte, schmiegte sich in ihre blonden Locken, die zu einem lockeren Nackenknoten zusammengesteckt waren. Dem modisch wallenden Kleid gelang es nicht, ihre fortgeschrittene Schwangerschaft zu verbergen. Ein großgewachsener attraktiver Mann mit hohen Wangenknochen und einer leichten Hakennase kam hinter ihr her.

Reverend Norton drehte sich ein wenig und sprach die Frau an. »Mrs. Thompson, schön Sie zu sehen. Geht es Ihnen besser?«

Mrs. Thompson lächelte den Priester reuevoll an, berührte ihren prallen Bauch. »Entschuldigen Sie mein Fernbleiben, Reverend Norton. Der Kleine hier hat mir einige Zeit lang Schwierigkeiten gemacht. Ich war wochenlang krank. Aber nun ist alles wieder gut, und ich habe darauf bestanden, dass Mr. Thompson uns in die Stadt und zur Kirche fährt. Ich glaube allerdings nicht, dass ich einen weiteren Gottesdienst besuchen werde, bevor das Baby geboren ist.«

»Mrs. Toffels hat schon von ihrer heiklen Situation berichtet. Mrs. Norton und ich haben für Ihre und die Gesundheit des Babys gebetet.«

Mrs. Thompsons leuchtendes Lächeln verwandelte ihre hübsches Aussehen in atemberaubende Schönheit. »Vielen Dank, Reverend Norton. Dem Baby und mir geht es jetzt gut. Allerdings warte ich ungeduldig auf seine oder ihre Ankunft.«

»Selbstverständlich tun Sie das.« Er deutete auf Trudy und Lina. »Wo wir gerade von Ankunft sprechen – ich glaube nicht, dass Sie bereits unsere neuen Mitbürger in Sweetwater Springs kennengelernt haben. Mrs. Seth Flanigan und Mrs. Jonah Barrett.«

Mrs. Thompson lachte fröhlich und streckte Lina ihre behandschuhte Hand entgegen. »Die Versandbräute. Ich bin hocherfreut, Sie kennenzulernen.« Sie drückte Linas Hand, bevor sie Trudys ergriff. »Unsere Cowboys haben mich über den Stadtklatsch auf dem Laufenden gehalten. Ich war ans Sofa gefesselt und bin fast vor Langeweile gestorben. Wann immer einer unserer Männer in die Stadt geritten ist, habe ich darauf bestanden, dass er alle Neuigkeiten zusammentragen musste, so dass ich nicht das Gefühl hatte, die Verbindung zur Gemeinde zu verlieren. Die guten Männer haben den Laden, das Zug-Depot und den Schreiner aufgesucht. Sie haben sogar auf der Straße mit allen möglichen Leuten gesprochen. Die Ärmsten. Ich fürchte, sie haben in den letzten fünf Monaten mehr geredet, als in den letzten fünf Jahren zusammengenommen.«

Lina konnte nicht anders – ihr entfuhr ein Kichern.

Sobald Reverend Norton bemerkte, dass das Gespräch zwischen den Frauen in Gang gekommen war, entschuldigte er sich und begab sich zu anderen Mitgliedern seiner Gemeinde.

»Ich habe eine hervorragende Idee.« Mrs. Thompsons Augen blitzten. »Ich werde für Sie beide eine Teegesellschaft geben, um Sie in Sweetwater Springs willkommen zu heißen.« Sie schaute Mrs. Dunn an. »Halten Sie das nicht auch für eine gute Idee, Addie?«

Bevor Addie antworten konnte, warf Mr. Thompson seiner Frau einen strengen Blick zu. »*Nachdem* das Baby da ist und du wieder auf den Beinen bist.«

»Oh, Wyatt!« Sie krauste ihre kecke Nase. »Na gut.« Mrs. Thompson tat so, als würde sie schmollen, dann wurde sie wieder munter. »Dann werde ich auch Ihnen allen gegenüber mit dem Baby angeben können. Sollen wir sagen am … 20. Juli?« Sie sah ihren Mann an und hob kokett die Brauen.

»Später. Am 10. August«, sagte Mr. Thompson, der ganz offensichtlich ein Lächeln unterdrückte. »Nur für den Fall, dass sich das Baby verspätet.«

Sie rollte mit den Augen und tätschelte ihren Bauch. »Wage es nicht, auch nur *anzudeuten,* dass dieses Kind spät dran sein könnte.« Sie schaute Lina mit einer sichtlichen Bitte um Mitleid an. »Ich bin ja jetzt schon so groß wie ein Pferd, und Dr. Cameron denkt, dass ich immer noch drei Wochen warten muss.«

Lina konnte nicht vermieden, dass der Neid ihr einen Stich versetzte. Schon bald würde Mrs. Thompson ein Neugeborenes in den Armen halten. Wie sehr sie sich dasselbe wünschte.

Mrs. Thompson ergriff Linas Arm. »Gefällt Ihnen die Idee einer Teegesellschaft, Mrs. Barrett?« Sie ließ Lina los und wies mit flatternder Hand auf Trudy. »Und Ihnen, Mrs. Flanigan? Bitte sagen Sie ja.«

Trudy lachte. »Natürlich, Mrs. Thompson.«

Diesmal war Trudy das Opfer der gekrausten Nase. »Oh,

nennen Sie mich Alicia. Ich *weiß* einfach, dass wir alle gute Freunde werden. Und mein Mann heißt Wyatt.«

Addie legte eine Hand auf Linas Arm. »Ich werde Sie zu den Thompsons hinüberfahren, so dass Sie sich keine Gedanken machen müssen, wie Sie dorthin kommen.«

Lina blickte zu Trudy, sah das zustimmende Nicken ihrer Freundin und sagte: »Wir werden da sein.«

»Wunderbar.« Alicia klatschte in die Hände. »Sagen wir um 2 Uhr?«

Lina und Trudy nickten.

»Eine Feier wird mir etwas geben, auf das ich mich nach der langen Abgeschiedenheit freuen kann.« Alicia winkte eine stämmige ältere Frau herbei. »Das ist unsere liebe Mrs. Toffels, die beste Haushälterin der ganzen Gegend.«

Addie lachte. »Da muss ich widersprechen«, sagte sie neckend. »Ich habe Mrs. Pendell, die die beste Haushälterin des Westens ist.«

»Dann sagen wir, es steht unentschieden«, sagte Alicia lebhaft. Schnell informierte sie Mrs. Toffels über die Feier.

»Genau das, was Sie brauchen.« Die Frau nickte zustimmend. »Die Planung der Feier wird sie daran hindern, sich wegen der Geburt Sorgen zu machen.«

Alicia hob ihr Kinn, und Lina erblickte ein kurzes Aufflackern von Besorgnis in ihren blauen Augen, bevor er wieder verging.

Egal wie sehr man sich ein Kind wünscht, eine Geburt ist immer noch etwas, das jede Frau fürchtet.

»Das Wichtigste in Bezug auf die Feier werden wir jetzt gleich entscheiden«, sagte Alicia unbekümmert. »Was ist ihr Lieblingskuchen, Lina? Trudy? Ich kann Mrs. Toffels' Kokosnuss- oder Schokoladenkuchen nur empfehlen. Aber ihre anderen sind beinahe ebenso schmackhaft.«

»Kokosnuss«, schlug Trudy vor.

»Schokolade«, sagte Lina gleichzeitig.

Mrs. Toffels strahlte sie gutmütig an. »Wir machen beide.«

Der Geistliche und seine Frau traten zu ihnen. »Liebe Mrs. Thompson, ich habe Ihr Spiel in der Kirche verpasst. Ich bin so froh, dass Sie heute hier sind.«

»Das ist die einzige Möglichkeit, Klavier zu spielen, die ich habe und ich liebe es so zu spielen.« Alicia zog einen nicht ernstgemeinten Schmollmund. »Ich fürchte, Sie werden ein paar Wochen ohne mich auskommen müssen.«

»Nun ja, die Gemeinde wird wohl mit mir vorlieb nehmen müssen.« Mrs. Norton verzog keine Miene, doch ihr Ton klang scherzhaft. »Unglücklicherweise nur grundlegende Hymnen.«

Alicias Hände flatterten. »Das Singen von Hymnen ist das Beste an der Kirche! Aber verraten Sie Reverend Norton nicht, dass ich das gesagt habe.«

In der Haut um Mrs. Nortons Augen erschienen Fältchen, als sie lächelte. »Manchmal denke ich das auch. Allerdings selbstverständlich *nicht*, wenn mein Mann predigt.«

Sie lachten alle.

»Mrs. Norton, ich gebe am 10. August um 2 Uhr eine Teegesellschaft für unsere neuen Bräute. Sagen Sie bitte, dass Sie auch kommen.«

Bevor sie antworten konnte, ging eine ältere Frau mit scharfen Gesichtszügen an ihnen vorbei, ihre Hand um den Arm ihres Mannes gelegt. Er hielt sich gebeugt, war dünn und schien sich auf ihren Arm zu stützen.

»Mrs. Murphy«, flötete Alicia. »Ich gebe am 10. August eine Teegesellschaft für unsere neuen Bräute. Ich würde mich sehr freuen, wenn Sie auch kämen.«

Mrs. Murphy schaute Trudy an und schenkte ihr ein kaum wahrnehmbares Lächeln. »Guten Tag, Mrs. Thompson. Mr. Thompson. Danke für die Einladung, aber ich lasse meinen Mann nicht gern so lange allein.«

»Unsinn«, sagte Mr. Murphy in einem sanften Südstaatentonfall. Sein Lächeln hob die Falten in seinem Gesicht. »Du brauchst mich nicht zu bemuttern. Geh und mach dir einen schönen Tag mit den Damen. Ich werde schon sehr gut alleine zurechtkommen.«

Mit Unentschlossenheit im Blick sah die Frau zwischen Alicia und ihrem Ehemann hin und her; die schlaffe Haut unter ihrem Kinn zitterte.

Alicia legte eine Hand auf Mrs. Murphys Arm. »Sie müssen sich nicht gleich entscheiden. Warum sehen Sie nicht, wie es mit Mr. Murphys Gesundheit an dem betreffenden Morgen aussieht und kommen dann vorbei, wenn Ihnen danach ist.«

Mrs. Murphys Gesicht entspannte sich, und sie nickte. »Wenn das für Sie in Ordnung ist, mache ich es so, Mrs. Thompson.«

Trudy deutete auf Lina. »Mrs. Murphy, dies ist meine Freundin, Mrs. Jonah Barrett.

»Oh, ja. Die, für die Sie meine Hühner gekauft haben.«

Lina schenkte der Frau ein höfliches Lächeln. »Adam liebt es, sie zu jagen, doch bisher sind sie ihm noch immer entkommen.«

Die Frau runzelte die Stirn. »Das gewöhnen Sie ihm besser sofort ab, Mrs. Barrett. Es wird sie davon abhalten, Eier zu legen.«

Die Hühner sind dafür noch zu jung, und es tut mir gut, Adam beim Spielen zu beobachten und dabei, wie er Spaß hat. Doch Lina sprach ihre Gedanken nicht laut aus. Stattdessen neigte sie zustimmend den Kopf.

Die Murphys gingen weiter, und ein anderes Paar näherte sich der Gruppe.

Lina erkannte die Frau, die die unangenehme Bemerkung gemacht hatte und ihr Rücken versteifte sich. Mit einem schnellen Blick stellte sie sicher, dass sich ihr Mann und ihr

Sohn nicht in Hörweite befanden, dann machte sie sich bereit für den Kampf.

»Die Cobbs betreiben den Laden«, sagte Trudy mit warnendem Unterton. »Sie sind nicht die angenehmsten Menschen.«

Das Lächeln, mit dem Alicia die Cobbs begrüßte war genauso freundlich wie die, die sie jedem anderen geschenkt hatte. »Mrs. Cobb, ich würde mich freuen, wenn Sie zu der Teegesellschaft kämen, die ich im August für unsere neuen Bräute geben werde.« Sie zeigte auf Trudy und Lina.

Mrs. Cobb betrachtete Lina, einen kritischer Blick in ihren engstehenden braunen Augen. Sie öffnete den Mund, um etwas zu sagen, blickte Wyatt an, der sich beschützend hinter seine Frau gestellt hatte, und schloss ihre Lippen wieder. Die Ladenbesitzerin schüttelte den Kopf. »Ich kann das Geschäft nicht allein lassen.«

»Natürlich können Sie das.« Alicia lächelte Mr. Cobb charmant an. »Sie werden das Fort schon hervorragend selber halten, nicht wahr, Mr. Cobb?« Ihre großen blauen Augen blickten bittend.

Er räusperte sich. »Mach nur, Hortense, und akzeptiere die Einladung. Ich komme schon ein paar Stunden allein klar.«

Alicia belohnte ihn mit einem anerkennenden Blick. »Danke, Mr. Cobb. Jetzt werde ich mal aufmachen und allen von der Feier erzählen. Oh, dort ist Mrs. Cameron. Ich gehe sie auch fragen.« Sie flitzte los.

Die Cobbs verzogen sich schnellstens in Richtung ihres Ladens.

Wyatt starrte Alicia hinterher, einen zärtlichen Ausdruck auf dem Gesicht, bevor er sich ihnen allen zuwandte. »Nun, Ladys, wie Sie sehen, ist meine Frau eine Naturgewalt, wenn sie es wünscht. Ich wette, dass jede Frau aus der Nähe von Sweetwater Springs auf der Teeparty erscheinen wird, um

Sie beide zu begrüßen, und Sie werden alle eine wunderbare Zeit haben, selbst wenn solche disparaten Elemente wie … äh … Mrs. Murphy und Mrs. Cobb anwesend sein werden.«

Trudy lachte. »Ihre Frau tut alles mit einem solchen Charme.«

»Sie ist wie Sonnenschein«, sagte Lina bewundernd, während sie beobachtete, wie das ältere Paar in Alicias Gegenwart zu strahlen begann.

»Und sehr talentiert«, fügte Trudy hinzu. »Ich habe ihr Klavierspiel in der Kirche heute so genossen. Diese Bach-Kantate war phantastisch.«

Wyatts graue Augen funkelten, und er legte einen Finger an die Seite seiner Nase. »Verraten Sie nichts, meine Damen, aber ich glaube, es wird auf ihrer Teeparty Musik geben. Ich habe für Alicia ein Klavier bestellt, um die Geburt unseres Kindes zu feiern. Es sollte in drei Wochen ankommen. Es ist eine Überraschung.«

»Oh«, sagte Lina erfreut. »Was für ein besonderes Geschenk.« *Wie romantisch!*

Trudy verzog das Gesicht in gespieltem Entsetzen. »Ich bin neidisch. Mein Klavier steht immer noch in eine Kiste verpackt in der Scheune.«

Er grinste. Die Zähne in seinem gebräunten Gesicht leuchteten weiß. »Ich sollte Alicia besser nach Hause schaffen, damit sie sich ausruhen kann. Wenn es nach meiner Frau ginge, würde sie mit jedem sprechen, der in der Kirche war – und mit wer weiß wie vielen anderen noch. Wenn ich nicht aufpasse, geht sie noch in Hardys Saloon, bloß um Hallo zu sagen.« Er tippte sich an den Hut und folgte seiner Frau, wobei er den Eindruck eines liebenswürdigen Hütehundes machte, der dabei war, seine Herde in die gewünschte Richtung zu treiben.

Lina starrte hinter ihm her. »Was für ein entzückendes Paar.«

»Ich bin auch völlig verzaubert von beiden«, stimmte Trudy zu.

Sie sahen einander an und ergriffen gleichzeitig die Hand der anderen.

»Ich bin so froh, dass wir gekommen sind, um hier zu leben«, sagte Trudy mit glänzenden Augen.

Lina sah an Trudy vorbei zu ihrem Ehemann, der zwei Schritte hinter Adam lief, der sich torkelnd seinen Weg durch die Menge suchte. »Das bin ich auch.«

Jonah schaute auf, und ihre Blicke trafen sich. Die Art, in der sein Blick auf ihrem Mund verharrte, erinnerte sie an die Küsse am Morgen.

Das bin ich auch, wiederholte Lina im Stillen.

An diesem Abend, nachdem sie Adam ins Bett gebracht hatten, saß Jonah händchenhaltend mit Lina auf der Veranda und beobachtete die fette sinkende Sonne dabei, wie sie orange, pinke und goldene Strahlen über den Himmel feuerte. Die Hühner hockten auf dem Verandageländer. Jonah ermahnte sich, sie in den Stall zu bringen bevor Lina schlafen ging, aber im Moment war er zu faul, sich zu bewegen.

Neben ihm plapperte Lina über den Tag und die Teegesellschaft. Die freundliche Begrüßung, die ihr an diesem Morgen zuteil geworden war, schien ihre Bedenken über den Besuch einer protestantischen Kirche zerstreut zu haben. Und dann beschrieb sie in jeder Einzelheit alle Begegnungen des Tages.

Jonah lauschte nur mit halbem Ohr, da er spürte, dass Lina keine Erwiderung benötigte. Aber er genoss den Klang ihrer Stimme und wie sie manchmal ein italienisches Wort in die Konversation einfließen ließ.

Er und Koko hatten abends oft hier gesessen. Doch sie hatten, die Atempause nach den Arbeiten des Tages genießend, den Sonnenuntergang in behaglichem Schweigen betrachtet. Bisher war ihm nie klar gewesen, wie sehr ihre unterschiedliche Sprache ihre Kommunikation beeinflusst hatte. Sie hatten ein paar Grundlagen der Sprache des anderen gelernt, sich durch Gesichtsausdrücke oder Gesten verständigt und waren mit der Zeit darin immer geübter geworden. Aber sie hatten nie über die große Welt außerhalb von Sweetwater Springs, gesprochen oder tiefergehende Themen diskutiert. Die Liebe, die sie füreinander verspürten, war etwas, um das sie beide wussten, doch in Worte fassten sie es nie.

Mit einem Stich des Bedauerns dachte Jonah, *ich hätte einen Weg dafür finden sollen.*

Das Zusammensein mit Lina war anders. Sie war lebhaft und sprach aus, was sie dachte – fast schon zu viel für seinen Geschmack. Er war sich der Energie, die zwischen ihnen pulsierte, bewusst, seit er sie früher am Tag geküsst hatte.

Der Kuss von heute Morgen war ihm im Gedächtnis geblieben und hatte es ihm schwer gemacht, sich auf die Predigt zu konzentrieren. Er hätte sie gerne noch einmal geküsst, doch hatte er zugestimmt, einen Monat zu warten, bevor er wegen der Erfüllung der ehelichen Pflichten an sie herantrat. *Aber was ist, wenn sie darauf wartet?*

Wir sind noch nicht von Pater Fredrick verheiratet worden. Wird ihr das noch immer wichtig sein?

Er bemühte sich, Wege zu finden, wie er die Antwort auf seine Fragen erhalten könnte, und begann damit, ihre Hand an seine Lippen zu führen und den Handrücken zu küssen. Er legte ihre Hände in seinen Schoß und strich leicht über ihr Handgelenk.

Ihr Atem ging schneller.

Definitiv ein Anfang.

»Ich war neidisch, dass Alicia schwanger ist und kurz vor der Niederkunft steht.« Unter ihren Wimpern warf sie ihm einen flirtenden Blick zu. »Überleg mal, unsere Kinder könnten sich altersmäßig so nah sein, dass sie Freunde werden könnten.«

Wie ein Eimer Eiswasser, der über ihm ausgeleert wurde, verlangte ihr Vorschlag nach Jonahs kompletter Aufmerksamkeit und kühlte alle Gedanken an eine Verführung ab. Er setzte sich kerzengerade auf und wandte ihr sein Gesicht zu. »Nein.«

»Nein?« Lina legte erstaunt ihre Stirn in Falten. »Du glaubst nicht, dass unsere Kinder Freunde sein könnten?«

Mit einem Gefühl der Übelkeit erkannte Jonah, dass er die Intimität nicht zum Äußersten vorantreiben konnte. Er hatte begonnen, sich um Lina zu sorgen und er wollte sie nicht verlieren. »Keine weiteren Babys mehr. Adam ist genug.«

Verwundert neigte sie den Kopf. »Was soll das heißen, 'Adam ist genug?'«

»Du hast mir gesagt, dass du ihn wie dein eigenes Kind liebst.« Er hatte das Gefühl, dass sein Brustkorb zusammengepresst wurde.

»Das tue ich auch«, erklärte Lina mit Nachdruck. Sie zog ihre Hand weg.

»Warum willst du also noch mehr Kinder?«

»Ich habe immer Kinder haben wollen«, sagte sie geduldig. »Und weil ich Adam liebe, möchte ich, dass er Schwestern und Brüder bekommt. Ich habe es verpasst, Adam als Neugeborenes zu erleben. Ich möchte mein eigenes Baby in den Armen halten. Eigene *Babys*.«

»Nein.« Panik lähmte seine Zunge.

»Jonah, ich verstehe das nicht. Du liebst es, Adams Vater zu sein, das weiß ich. Ich sehe doch, wie nahe ihr euch seid. Warum willst du nicht noch mehr Kinder?« Rasselnd zog sie den Atem ein. Tränen schossen ihr in die Augen. »Liegt es daran, dass du mich nicht so liebst wie Koko?«

Die Klammer um seine Brust schnitt ihm die Luft ab. Er konnte nur mit dem Kopf schütteln.

Lina starrte ihn an, die Hände kraftlos im Schoß. »So kannst du nicht immer gefühlt haben. Koko war mit dem zweiten Kind schwanger.« Sie zog scharf die Luft ein. »Oh!« Ihr Körper kam zur Ruhe. Schweigen breitete sich aus, während sie darauf wartete, dass er etwas sagte.

Schließlich lösten sich die Ringe um seine Brust soweit, dass er wieder sprechen konnte. »Ich will es nicht riskieren, dich auch zu verlieren, Lina. Ich könnte es nicht ertragen, das noch einmal zu erleben.«

»Also bist du um mich besorgt?«

»Du bist ... *wichtig* für Adam geworden ... für mich.«

Enttäuschung huschte über ihr Gesicht. »Ich verstehe«, sagte sie sanft, griff nach seiner Hand und drückte sie.

Ihre zärtliche Berührung war fast zu viel für ihn. Tränen brannten in seinen Augen, und er zwinkerte, bis sie verschwanden. »Ich sollte mich um die Hühner kümmern.«

»Jonah, warte bitte. Mrs. Dunn hat gesagt, dass Dr. Cameron sich während ihrer Schwangerschaft nicht um Koko gekümmert hat. Wieso nicht?«

»Wir hatten geplant, zu ihrem Stamm zu gehen. Das haben wir bei Adam getan − die kräuterkundige Frau hat ihn zur Welt gebracht. Koko hatte eine einfache Geburt, und wir haben nicht damit gerechnet, dass es bei der zweiten anders sein würde. Wir hatten vorgehabt, in ein paar Tagen abzureisen. Ich pflügte die Felder, als ihre Wehen anfingen − Wochen früher, als wir erwartet hatten. Stoisch wie sie war, hat Koko nicht die Glocke geläutet, um mich zu rufen.«

»So tapfer wäre ich nie«, murmelte Lina kopfschüttelnd.

»Als ich zum Mittagessen kam, waren ihre Wehen zu weit fortgeschritten. Als ich aufbrechen wollte, um Dr. Cameron zu holen, ließ sie mich nicht gehen.« Er schüttelte den Kopf, versuchte den Schrecken aus seiner Erinnerung zu verbannen, doch sie blieb in jedem furchtbaren Detail bestehen. »Koko war eine Kämpferin, doch das Baby lag in Steißlage. Als ich sie endlich herausbekam, war sie … bereits tot. Unsere Tochter war so perfekt. Sie sah genauso aus wie Adam, als er geboren wurde, nur winziger.«

»Mir bricht das Herz, wenn ich nur an die kostbare Kleine denke.«

»Und Koko hörte nicht auf zu bluten.« Jonah verbarg sein Gesicht in den Händen. »So viel Blut. Ich schaffte es nicht, den Blutfluss zu stoppen. Ihr Leben floss aus ihr heraus, und ich konnte sie nicht retten.« Obwohl er alles versuchte, sich zusammenzureißen, entfuhr ihm ein Schluchzer.

»Oh, Jonah.« Lina legte die Arme um ihn und zog ihn an sich.

Er lehnte sich an sie, atmete den Duft nach Rosen und Lina ein, halb beschämt seine Emotionen zu zeigen und halb erleichtert seine Gefühle ausgedrückt zu haben. Mit ihr zu teilen, nahm etwas von dem Druck, der sich seit Kokos Tod in ihm aufgebaut hatte. Nein, wenn er ehrlich war, seit dem Tod seiner Mutter.

Sie saßen eine lange Zeit aneinandergeschmiegt da, und Jonah ließ den Schmerz aus sich heraus sickern. Keiner von ihnen sprach, doch Lina hörte nicht auf, seinen Rücken zu streicheln – besänftigende Kreise, die ihm Trost schenkten.

Die Dämmerung nahm zu. Schließlich zog Jonah sich wieder zurück und rieb einen Arm über seine Augen.

»Wo sind sie begraben?«

Er wies auf den Wald. »Koko hatte eine Lieblingsstelle – eine runde Lichtung umgeben von Bäumen. Ich habe die Stelle mit einem Kreuz markiert. Unsere Tochter habe ich in ihre Arme gebettet. Ihr Name war Jessabelle. Wir hatten geplant, sie Jess zu rufen.«

»Zeig mir, wo sie liegen und ich werde ein paar Blumen für sie dort pflanzen«, versprach Lina.

Er dachte an ihr Grab – schmucklos, abgesehen von dem Holzkreuz, das er gemacht hatte. »Das würde mir gefallen.«

Sie nahm seine Hand. »Jetzt muss ich dir ein paar Dinge über Babys sagen.«

Linas entschlossener Tonfall brachte etwas Leichtigkeit in sein schweres Herz. »Ich bin mir sicher, das musst du.«

»Ich habe sowohl mit Mrs. Norton als auch mit Mrs. Dunn über den Tod von Müttern und Kindern im Wochenbett hier in der Gegend gesprochen. Sie haben mir beide versichert, dass sehr wenige Frauen gestorben sind, seit Dr. Cameron hier praktiziert.«

»Aber es passiert trotzdem noch«, stellte er fest.

»Aber Jonah, das *Leben* passiert auch noch. Ich könnte morgen von einem Wagen fallen und sterben. Wir werden alle sterben. Aber ich möchte nicht sterben, ohne vorher *gelebt* zu haben. Und für mich heißt das, Kinder zu haben – eine große liebevolle Familie, wie die, die ich hatte.«

Furcht wühlte in seinem Magen, doch er wartete, bis sie zu Ende sprach.

»Meine Großmutter hatte neun Kinder, die ihrerseits achtundfünfzig Enkel und siebzehn Urenkel zur Welt brachten, wobei meine Cousine Margaret auch kurz vor der Entbindung stand, als ich abreiste, also sind es mittlerweile vielleicht achtzehn. *Keine* meiner Tanten, Schwestern oder Cousinen ist im Wochenbett gestorben. Nicht *eine einzige*. Wir stammen von robusten italienischen Bauern ab.« Sich kicherte. »Obwohl Nonna behauptet, dass es die rote Sauce ist, die uns bei guter Gesundheit hält.«

»Ich dachte, es sei die Minestrone.«

Lina lachte herzhaft. »Wahrscheinlich beide.« Sie stieß ihn mit der Schulter an. »Aber ich bin zu einem Kompromiss bereit. Ich wollte immer sechs Kinder. So ist das bei uns in der Familie. Aber ich bin auch mit vieren einverstanden.«

Vier! Er schüttelte den Kopf. »Ich glaube nicht, dass ich *vier* Schwangerschaften überleben würde.«

»Dann zwei. Aber nicht weniger. Und wenn wir zwei Jungen haben, dann will ich weitermachen, bis wir ein Mädchen bekommen. Ich möchte auch eine Tochter.«

»Was ist, wenn wir zehn Söhne kriegen?« Allein der Gedanke löste bei ihm den Fluchtreflex aus.

»Dann werden wir ein größeres Haus brauchen.« Sie drohte ihm mit dem Finger. »Und in dem Moment, in dem meine Wehen einsetzen, musst du zum Arzt rennen.«

»Und dich alleine lassen?« Er konnte nicht anders, als zu erschauern.

Sie hob ihr Kinn. »Ich komme schon klar, bis du mit dem Doktor wieder da bist.«

Jonah hob müde die Hand. »Lina, du bist wie Quecksilber. Ich bin wie …« Er suchte nach einer Übereinstimmung.

»Ein Fels«, schlug sie trocken vor.

Er verzog einen Mundwinkel. »Nah dran. Vielleicht bin ich wie die Erde?«

Sie beugte sich zu ihm und drückte ihm einen Kuss auf die Lippen. »Was für mich zählt ist, dass du es dir überlegen *wirst.*«

»Das werde ich.« Wohlwissend, wie sein Gehirn arbeitete, fügte Jonah hinzu: »Kann sein, dass das ein paar Tage dauern wird.«

Sie lachte ihn kurz an. »Sollen wir uns in drei Tagen wieder hier zusammensetzen und das Thema noch einmal diskutieren?«

Drei Jahre wären mir lieber. Aber die Entscheidung musste getroffen werden. Er war sich nicht sicher, ob sie bleiben würde, wenn er nein sagte, daher war es besser, so schnell wie möglich Bescheid zu wissen.

Könnte ich es ertragen, wenn Lina fortginge? Dass Adam sie verlieren würde? Der Gedanke schmerzte ihn. »Drei Tage. Abgemacht.«

Kapitel Zwanzig

Drei Tage später kehrte Jonah aus der Stadt zurück, seine Arme voller in Papier eingewickelter Pakete und Mehl- und Maismehlsäcke, die Lina hatte haben wollen. Er stellte die Vorräte auf dem Tisch ab, schob eine Hand unter sein Hemd und zog einen Brief hervor, mit dem er ihr winkte. »Von deiner Freundin Heather.«

»Oh, Gott sei Dank!« Lina klatschte in die Hände. »Ich konnte es kaum mehr abwarten zu erfahren, wie es ihr geht.« Lächelnd nahm sie den Umschlag entgegen.

»Lass dich nicht stören.« Mit nachsichtigem Gesichtsausdruck deutete Jonah auf das Schlafzimmer. »Ich passe auf Adam auf, während du in aller Ruhe liest.«

Lina drückte den Umschlag gegen ihre Brust. »Oh, danke.« Sie stellte sich auf Zehenspitzen, gab ihm einen Kuss auf die Wange, dann eilte sie ins Schlafzimmer und machte die Tür hinter sich zu, um Adams Geplapper auszuschließen. Der Junge war in letzter Zeit sehr gesellig geworden. Auf dem Bett sitzend öffnete sie vorsichtig den Umschlag, der noch warm von Jonahs Körper war, ließ das Blatt Papier herausgleiten und begann zu lesen.

Liebste Lina,

Dein Brief hat mich an einem Tag erreicht, an dem ich Deine geistige Unterstützung wirklich nötig hatte. Danke dafür, dass Du anscheinend immer weißt, wann ich Dich brauche. Obwohl meine ursprünglichen Pläne nicht aufgegangen sind, habe ich keinen Grund allzu sehr zu klagen. Ich habe drei Jobs. Ja, so ist es. Ich arbeite morgens für Dr. Handerhoosen, für Berta May in ihrer urigen kleinen Schneiderei und nachmittags dann in Mr. Lichtensteins Laden. Ich verdiene also alles, was ich brauche, selbst!

Auch wenn ich Hayden nicht vergessen habe, gibt es einen anderen gutaussehenden Cowboy namens Roady, der mir den Hof macht. Jedenfalls denke ich, dass er das tut. Er hat sich noch nicht erklärt, hat mich allerdings auf eine Kutschfahrt in die Prärie mitgenommen und mir recht oft Gesellschaft geleistet. Morgan findet das gut und scheint ihn auch darin zu unterstützen. Ich mag Roady. Es ist schwer, das nicht zu tun. Er sieht recht gut aus, hat ein gewinnendes Lächeln und die sonnigste Lebenseinstellung, die ich je erlebt habe. Immer wenn ich anfange, mich wegen Hayden schlecht zu fühlen, erinnere ich mich daran, dass die Dinge viel schlimmer liegen könnten.

Bevor ich schließen muss – Roady nimmt mich zu einem Konzert im Park mit – muss ich Dir noch von Evie berichten. Ich war bei ihr und Chance zu Hause. Es ist so gemütlich. Sie hat sich wunderbar eingelebt. Wenn man die beiden zusammen sieht, denkt man, sie kennen sich seit Jahren und nicht erst seit knapp über einem Monat. Ich bete, dass Dir dasselbe Glück widerfährt – und mir ebenfalls. Ich weiß wirklich nicht, welchen Rat ich Dir bezüglich Mr. Barrett und seinem Sohn geben soll, außer, dass ich davon überzeugt bin, dass Du die Medizin bist, die sie brauchen. Sei nur Du selbst und alles wird gut werden.

Es tut mir leid, dass dieser Brief so kurz ist, doch die nette Frau, die mir ein Zimmer vermietet, hat gerade angeklopft und mich wissen lassen, dass Roady da ist, um mich abzuholen.

Bitte grüße Trudy von mir. Ich vermisse Euch beide so unglaublich. Ich bin froh, dass Du ihre Schulter hast, um Dich daran anzulehnen.

Schreib bald!
Alles Liebe,
Heather

Postscriptum – Ich habe einen Brief von Sally bekommen. Mein geliebte kleine Melba weilt noch unter uns, doch Sally befürchtet, dass es nicht mehr lange dauern wird, bis sie ihre Flügel aufspannt und in den Himmel fliegt. Bitte schließe sie, meine Mutter und Familie in Deine Gebete ein. Ich weiß, dass Deine Gebete von einigem Gewicht sind. Ich liebe Dich und denke oft an Dich.

Lina las den Brief schnell und dann noch einmal langsamer. Einmal meinte sie, Stimmen im anderen Raum zu vernehmen, doch, von ihrem Brief in Beschlag genommen, nahm sie nicht viel Notiz davon.

Als sie fertig war, tippte Lina auf das Papier in ihrem Schoß. Wenn sie auch froh war, dass Heather an einem anderen Mann interessiert zu sein schien, war sie offensichtlich noch nicht über Hayden hinweggekommen. Lina konnte verstehen, dass Heathers tapfere Art und ihre Fähigkeit hart zu arbeiten sie dazu bringen würde, das Beste aus ihrer Situation zu machen. *Dieser Brief ist zu fröhlich, aber ich spüre, dass da mehr vorgeht.* Lina wünschte, sie wüsste, was ihre Freundin wirklich fühlte. Dieser Brief minderte ihre Sorge um Heather kein bisschen. *Wenn ich das nächste Mal schreibe, muss ich sie rügen, weil sie nicht ganz ehrlich ist, was ihre Gefühle angeht.*

»Lina!« Jonahs Stimme, die aus dem angrenzenden Zimmer drang, hatte eine Schärfe, die sie nie zuvor gehört hatte.

Adam! Mit klopfendem Herzen ließ sie den Brief fallen und sprang auf, riss die Tür auf – und sah ihren Sohn in den Armen eines indianischen Mädchen. Instinktiv hielt sie auf die beiden zu, nur um erschreckt beim Anblick eines ernsten indianischen Mannes ein Keuchen auszustoßen.

»Kein Grund zur Sorge«, sagte Jonah, doch der gepresste Klang seiner Stimme strafte die beruhigenden Worte Lügen. »Das sind Kokos Bruder Mingan und ihre Schwester Sokanon. Würdest du ihnen bitte deine italienische Gastfreundschaft erweisen?«

Unter Aufbietung all ihrer Kraft nahm Lina eine aufrechte Haltung an. »Selbstverständlich.« Sie zwang sich zu einem Lächeln und trat vor, streckte Mingan, der näher stand, ihre Hand entgegen, wobei sie hoffte, dass diese Geste eine akzeptable Art war, ihn zu begrüßen. »Willkommen. Sind Sie hier, um Adam zu besuchen? Ich bin sicher, er ist gewachsen, seit Sie ihn das letzte Mal gesehen haben.«

Der Indianer starrte sie aus ernsten schwarzen Augen in einem zerfurchten braunen Gesicht an, das von zwei langen Zöpfen eingerahmt wurde. Er berührte ihre Hand mit den Fingern, bevor er den Arm senkte.

Jonah übersetzte ihre Worte, doch da er weniger sagte als sie, fragte sich Lina, ob er ihnen alles mitteilte, was sie gesagt hatte. *Vielleicht kennt er nicht alle Wörter.*

Der Mann gestikulierte in Richtung des Mädchens und sagte noch mehr.

Sie war etwa fünfzehn oder sechzehn, hübsch, mit einem ovalen Gesicht und braunen Augen. Ihr dunkles Haar floss ungebändigt über ihren Rücken. Der Mann und die junge Frau trugen mit Fransen und Perlen verzierte Wildlederkleidung. Die des Mannes reichte über seine Beinlinge bis zur Hüfte, und die der Frau bedeckten noch die Hälfte ihrer Wade.

Wie vom Donner gerührt schüttelte Jonah den Kopf. Er trat vor das Mädchen, legte eine Hand auf ihre Schulter und sprach sanft zu ihr.

Sokanon schluckte. Ihr Blick wanderte kurz zu Lina und wieder zurück, bevor sie nickte.

Mingans Züge verdunkelten sich, und er bellte ein paar unverständliche Sätze.

Bei dem schneidenden Ton verkrampfte sich Linas Magen.

Jonah antwortete, manchmal kurz nach Worten suchend, dann fuhr er in ruhigem Ton fort. Sein Mund verzog sich leicht, dann sprach er weiter.

Mingan verengte die Augen, dann stieß er ein kurzes, bellendes Lachen aus.

Jonahs Schultern entspannten sich.

Lina atmete erleichtert aus. »Jonah, was ist hier los?«

Er sah sie an, ein amüsiertes Lächeln auf den Lippen. »Kokos Familie hat sich Sorgen um Adam gemacht – wer sich nun um ihn kümmern würde. Also haben sie Sokanon geschickt, um meine Frau zu werden.«

»Deine Frau?«, sagte Lina schwach. »Hast du ihnen gesagt, dass du bereits eine Frau hast?«

»Jetzt gerade. Und ich habe Mingan mitgeteilt, dass ich mir keine zwei Frauen leisten kann.«

Da sie niemanden beleidigen wollte, presste Lina ihre Lippen aufeinander, um nicht loszulachen.

»Ich glaube, Sokanon ist erleichtert, dass sie den Stamm nicht verlassen und in der Welt des weißen Mannes leben muss.«

Oh Signore, was für eine Entwicklung. Lina zeigte zum Tisch. »Ich bin sicher, sie sind hungrig. Bitte biete ihnen etwas zu essen an. Was für ein Glück, dass ich genug Minestrone habe.«

Krise abgewendet.

Zumindest hoffte sie das.

Jonah hatte seine Frau nie so bewundert wie jetzt. Nach dem ersten Schreck hatte Lina wegen der unerwarteten Gäste nicht mehr mit der Wimper gezuckt. Stattdessen hatte sie mit ihren Gästen gesprochen, während sie die Suppe aufschöpfte

– als könnten sie jedes Wort, das sie sagte, verstehen.

Als Lina auf ihrem Stuhl Platz genommen hatte, blickte sie von Mingan zu Sokanon. »Ich werde nun das Tischgebet sprechen.« Sie sah Jonah auffordernd an, offensichtlich erwartete sie, dass er übersetzte.

Er schloss die Augen und neigte den Kopf. Die anderen taten es ihm nach.

Lina sprach das Gebet auf Italienisch.

Da er es schon einige Tage gehört hatte, gewöhnte sich Jonah langsam an den Klang der unbekannten Worte. Nicht mehr lange und er würde mitsprechen können.

Als das Gebet beendet war, tunkte Lina ihren Löffel in die Suppe, hob ihn ein Stück zu ihrem Mund und hielt inne. »Das ist *Minestrone. Minestrone*«, wiederholte sie.

Ahnend, was seine Frau von ihm wollte, wiederholte Jonah das Wort, woraufhin er auf eine Weise nickte und lächelte, die beide Indianer aufforderte, das italienische Wort ebenfalls auszusprechen.

Zu seiner Verwunderung machte Sokanon als erste den Versuch, wobei sie den Klang richtig hinbekam, allerdings nicht den Rhythmus der Silben.

Lina grinste das Mädchen an. »Ja, sehr gut.« Sie nickte erfreut und löffelte sich Suppe in den Mund.

Sokanon erwiderte das Lächeln, dann sah sie ihren Bruder herausfordernd an. »Min-stron-eé«, sagte sie.

Er schaute grimmig drein, doch Jonah konnte sehen, dass Mingan nicht wirklich verärgert war. Er bekam eine verdrehte Version des Wortes hin.

»Exzellent«, strahlte Lina und applaudierte.

Da er sich nicht ausstechen lassen wollte, patschte Adam seine pummeligen kleinen Händchen ebenfalls zusammen.

Wann hat er das gelernt? Jonah erkannte, dass der Junge wahrscheinlich gesehen hatte, dass Lina das immer tat, wenn er etwas machte, das ihr gefiel.

Mingan schöpfte die erste Portion auf seinen Löffel und hob die ungewohnte Gerätschaft an, wobei er aufmerksam die Nudel betrachtete, die über den Rand hing. Doch als er die Suppe probiert hatte, verwandelte sich sein Gesichtsausdruck in einen der Anerkennung.

Nachdem sie einmal mit dem Essen begonnen hatten, beobachtete Jonah, wie sich alle entspannten. Vielleicht hatte Minestrone ja wirklich etwas Magisches, wie Linas Nonna behauptete. Mingan und Sokanon aßen Teller um Teller sowie Scheibe um Scheibe Brot mit Heidelbeermarmelade.

Sie redeten nicht viel. Doch Kokos Geschwister beobachteten Adam genau, als ob sie sich jeden seiner Gesichtsausdrücke und jede seiner Bewegungen einprägen wollten. Zum Glück waren sie nicht schon vor ein paar Wochen gekommen, als Vater und Sohn noch dünn und bleich gewesen waren. Mingan hätte gesehen, wie sehr er kämpfte, das Leben mit Adam ohne seine Frau zu bewältigen und hätte darauf bestanden, dass Sokanon blieb oder, was noch schlimmer gewesen wäre, hätte vorgeschlagen, dass Adam bei ihnen leben sollte. Aus Verzweiflung hätte Jonah sie vielleicht sogar als Ehefrau akzeptiert. Er konnte sich vorstellen, wie die Leute in der Stadt darauf reagiert hätten, wenn das passiert wäre – nicht nur hätte er wieder eine Squaw geheiratet, sondern auch noch so eine junge ....

Doch nun hatten sowohl er als auch Adam etwas zugelegt und waren offensichtlich gut versorgt. Statt des zurückhaltenden, klammernden Kindes, das er gewesen war, genoss sein Sohn nun anscheinend, im Mittelpunkt des Interesses zu stehen, suchte mit jedem Augenkontakt und gab Laute von sich, die immer mehr nach echten Worten klangen.

Nach dem Abendessen, während Lina spülte und abtrocknete, saß Sokanon mit Adam auf dem Boden, wo sie gemeinsam mit seinen Spielsachen spielten.

Jonah sah ihnen ein paar Minuten zu und verspürte ein bittersüßes Gefühl der Verwandtschaft. Sokanon sah Koko so gut wie gar nicht ähnlich, außer um den Mund herum. Sie hatten beide das gleiche Lächeln. Seine Frau war mehr einen weibliche Version von Mingan gewesen.

Sokanon holte eine Puppe aus Tierhaut hervor, an deren Kopf echtes Haar angebracht war, sowie Perlen für die Augen und den Mund. Das Kleid der Puppe glich dem, welches das Mädchen trug, mit Fransen am Saum und den Ärmeln und einer Reihe roter Perlen, die quer über die Vorderseite verlief. »Koko hat sie für Sokanon gemacht, als diese klein war«, erklärte Jonah Lina. »Auch wenn es kein Spielzeug für einen Jungen ist, möchte sie gerne, dass er es hat. Und − dass er es vielleicht eines Tages mit seiner Schwester teilt.«

Jonah und Mingan unterhielten sich gestelzt aber warmherzig über Kokos Familie − über ihren Vater, der sich den Knöchel verstaucht hatte, mittlerweile aber wieder auf beiden Beinen laufen konnte; über ihre andere Schwester, die ein Baby erwartete; den Mangel an Wild, der den Stamm zwang, in andere Jagdgründe zu ziehen. Wenn Jonah und Adam zu Besuch kämen, würde er zum bemalten Berg ziehen müssen, um sie zu finden. Er durfte gern seine neue Frau mitbringen, und vielleicht würde sie den Frauen des Stammes ja das Geheimnis ihrer Minestrone verraten.

Auf diese ironische Bemerkung von Mingan hin lachte Jonah laut auf.

Dadurch offenbar angestachelt begann sein Schwager ihn damit aufzuziehen, dass eine indianische Frau besser geeignet wäre, ihn zufriedenzustellen als eine Weiße, die so viele Sachen trug und verhätschelt werden musste. Jonah musste ein Bild von sich und Lina im Bett unterdrücken, bei dem sie nur zu sehr in der Lage war, ihn zu erfreuen.

Seine Frau, die dabei war, Geschirr in die Regale zu räumen, drehte sich zu ihm um und hob einen Augenbraue.

Er wiederholte nur Mingans Kommentar dazu, dass sie den Frauen beibringen könnte, wie sie ihre Suppe kochte.

Mit glitzernden Augen sah sie Mingan an. »Ich werde Sokanon Gewürze und Nudeln mitgeben.«

Auf den Knien rutschend schob Adam seinen Wagen, mit der Puppe als Fahrgast, zu Mingan.

Der Mann hob seinen Neffen auf, setzte ihn auf sein Knie und begann mit ihm zu reden.

Die Augen seines Sohnes hefteten sich an den Mund seines Onkels.

Ich glaube, Adam erinnert sich an die Sprache. Mingan hatte dem Jungen die Geschichte schon früher erzählt und Koko hatte übersetzt, was Jonah nicht verstanden hatte. Er sah zu Lina. »Er erzählt Adam die Geschichte eines Jungen, der von einem Bären aufgezogen wurde. Eines Tages sah er seine eigenen Leute, als sie in der Gegend kampierten, in der sie ihn verloren hatten. Er kehrte zu seinem Stamm zurück und brachte heilige und magische Geschenke mit.«

Jonah erinnerte sich an Kokos Tierhäute auf dem Dachboden und stieg hinauf, um sie zu holen. Nach ihrer Arbeit an den Häuten waren sie weich und biegsam. Sie hatte sie aufeinandergestapelt. Er rollte zwei davon auf und nahm sie mit sich.

Er trat zu Sokanon und legte ihr die Rolle zu Füßen. Er sah zu Lina hinüber. »Die Blackfoot glauben, dass es die Aufgabe der Frau ist, das Wild zu zerlegen und die Häute zu bearbeiten. Je mehr sie besitzt, umso wertvoller ist sie. Koko war stolz auf diese Häute. Ich möchte, dass ihre Schwester einige davon hat.«

»Das ist sehr lieb, Jonah.«

Das glückliche Lächeln des Mädchens erinnerte ihn an Koko, und er musste sich abwenden.

Es wurde immer später, und Adam fielen langsam die Augen zu. Lina nahm ihn, um ihn ins Bett zu bringen.

Jonah entschuldigte sich kurz und folgte ihr ins Schlafzimmer. »Ich werde ihnen die Felle geben, damit sie im Hauptraum schlafen können. Aber ich sollte hier bei dir schlafen. Es sähe sonst eigenartig aus.«

Linas Wangen röteten sich. »Natürlich. Sollen wir versuchen, Adam in das Beistellbett zu legen? Er ist ein recht unruhiger Schläfer.«

Ohne ihn wird nichts zwischen uns sein, wollte er sie warnen. »Mach nur. Du kannst dich zuerst fertig machen.«

Jonah brachte die Schlaffelle nach draußen und breitete sie vor dem Kamin aus. Die zwei Besucher hatten außerdem ihr eigenes zusammengerolltes Bettzeug mitgebracht.

Er verließ sie, während sie es sich bei Mondschein im Hauptraum gemütlich machten, und trug die Lampe ins Schlafzimmer.

Lina lag bereits im Bett, die leichte Decke, die sie im Sommer anstelle des Bärenfells benutzte bis zum Kinn hinaufgezogen.

Jonah blies die Lampe aus, legte seine Kleidung ab und sein Nachtzeug an und stieg neben ihr ins Bett. Zunächst lagen beide bewegungslos nebeneinander. Die Geräusche der Nacht drangen durchs teilweise geöffnete Fenster – der leise Ruf einer Eule, das entfernte traurige Heulen eines Wolfes.

Die Dunkelheit legte sich schwer auf sie, und er war sich Linas warmen Körpers, nur bekleidet mit einem Nachthemd, neben dem seinen sehr bewusst. Mehr als alles andere wollte Jonah sie in seine Arme nehmen und seine Hände über ihre Kurven gleiten lassen.

Lina bewegte sich und sagte dann: »Wir hätten heute auf der Veranda sitzen und unsere Diskussion führen sollen.«

»Komm her.« Er ließ einen Arm unter ihre Schulter gleiten und zog sie an seine Seite. Mit ihr im Arm, ihr weiches Fleisch spürend, begriff Jonah, wie sehr seine Entschlossenheit ins Wanken geriet. *Wie kann ich mit ihr als*

Mann und Frau zusammenleben und ihrer Anziehungskraft widerstehen? Das Bild seiner sterbenden Frau, seiner totgeborenen Tochter, quälte ihn noch immer.

Jonah strich ihr mit der Hand über das Haar, fuhr mit den Fingern in ihre langen Locken, die sich elastisch unter seiner Handfläche anfühlten. Beinahe hätte er vor Verlangen laut aufgestöhnt. Für einen Moment erinnerte er sich an Kokos Haar, das wie Seide über ihren nackten Körper fiel. Er rollte herum, umfing Lina mit seinen Armen und küsste sie, alle Erinnerungen an Koko aus seinem Kopf verdrängend.

Linas Atem ging schneller, und sie ließ ihre Hand über sein Nachthemd wandern.

Ihre Ehe zu vollziehen würde so einfach sein. Sie in jeder Hinsicht zu besitzen. Er sehnte sich danach. *Aber noch nicht jetzt — wenn überhaupt jemals.* Er kämpfte mit seiner Angst, sie an die brutalen, verheerenden Auswirkungen der Geburt zu verlieren.

Lina wich sanft zurück und legte ihren Kopf auf seine Schulter, ihre Hand kreiste auf seiner Brust, als könne sie nicht genug davon bekommen, wie er sich anfühlte. »Pater Fredrick ist Sonntag in der Stadt«, flüsterte sie. Ihr warmer Atem kitzelte seine Wange. »Ich hoffe, es macht dir nichts aus, noch ein bisschen länger zu warten.«

Während seine Gedanken mit seinen Bedürfnissen kämpften, zog Jonah sie enger an sich. *Vier Tage noch, und ich habe immer noch keine Entscheidung getroffen.*

Am nächsten Tag, nachdem Mingan und Sokanon davon geritten waren, getrocknete Kräuter und Pasta-Nudeln in ihren Beuteln, saß Lina auf der Veranda, stopfte Jonahs Socken und beobachtete Adam dabei, wie er die Hühner über den Hof jagte. Er war sicherer auf seinen Beinen geworden, und es sah so aus, als würden die jungen Hühner bald Gefahr laufen, ihre Schwanzfedern zu verlieren. Schlussendlich würde sie dem Spiel ein Ende bereiten müssen. Aber noch nicht jetzt. Sie genoss es viel zu sehr, ihm dabei zuzusehen, wie er spielte und Spaß daran hatte.

Adam zeigte. »Pfer.«

Lina sah auf und erblickte einen Mann auf einem Pferd, der auf sie zugeritten kam. Ihr Magen zog sich zusammen. Der Reiter war zu weit entfernt, um seine Züge erkennen zu können. Sie wusste nicht, ob sie über diesen ersten Besucher seit Kokos Familie erfreut oder verängstigt sein sollte.

Jonah bepflanzte das Feld, und sie legte ihre Hand zum Schutz gegen die Sonne über die Augen, um zu sehen, ob er den Reiter bemerkt hatte.

Ihr Mann stand über seine Arbeit gebückt da, darum stand sie auf und hob Adam hoch, der sich beschwerte, dass er von den Hühnern fortgeholt wurde. Seinen steifen kleinen Körper im Arm eilte sie zur Ecke der Veranda, um die Essensglocke zu läuten.

Jonah richtete sich auf und sah in ihre Richtung.

Mit ihrem Arm in einem weiten Kreis winkend signalisierte sie ihm, dass er zu ihnen kommen sollte. Da sie nur selten die Glocke läutete – er schien immer zu wissen, wann es etwas zu essen gab – lief er im Trott auf das Haus zu und erreichte ihre Seite in dem Moment, in dem der Mann seinen Rotschimmel vor ihnen zügelte.

Bestürzt sah Lina die schwarze Binde, die der Mann über dem Ärmel trug und legte eine Hand auf ihre Brust, um ihr plötzlich heftig pochendes Herz zu beruhigen. *Wer ist gestorben?* Entsetzt sah sie Jonah an und drückte Adam fester an sich.

Jonahs hatte die Brauen zusammengezogen. »Sie sind einer der Thompson -Cowboys.«

Der Mann nahm den Hut ab. Sein dünnes Gesicht war bleich, seine Augen rotgerändert. »Mr. Thompson ...« Er schluckte, und sein Adamsapfel hüpfte auf und ab. »Mr. Thompson hat seine Leute ausgeschickt, um die traurige Nachricht zu verbreiten.«

Mr. Thompson? Lina dachte an den großgewachsenen gutaussehenden Mann, den sie in der Kirche getroffen hatte. An seine hübsche, charmante Frau. *Alicia.* Und mit einem plötzlichen Krampf in ihrem Magen wusste sie Bescheid. *Bitte, lieber Gott, nein! Nicht Alicia. Das Baby!*

Sie setzte Adam ab, so dass er losmarschieren konnte und legte ihre Hand in Jonahs, lehnte sich, nach Trost suchend, an ihn.

Der Mann sah ihr in die Augen. »Mrs. Thompson ist vor zwei Tagen gestorben.«

Jonah versteifte sich und fuhr sich mit der Hand übers Gesicht.

Linas Körper fror ein. Sie bekam kaum die Worte heraus, um ihre Frage zu stellen. »Bei der Geburt?«

»Ja, Ma'am.«

Tränen schossen ihr in die Augen, und sie hob ihr Kinn, damit sie nicht zu laufen anfingen. Doch sie tropften trotzdem auf ihre Wangen und rannen daran herunter.

»Und das Kind?« Jonahs Stimme war rau vor Trauer.

»Sie lebt. Ihr Name ist Christine Alicia. Dr. Cameron sagt, sie ist gesund.«

»*Grazie a dio il bambina e'salva.*« Lina wurde erst klar, dass sie italienisch gesprochen hatte, als der Mann sie erstaunt ansah. »Gott sei Dank ist das Kind am Leben«, wiederholte sie auf Englisch.

»Ja, Ma'am. Mr. Thompson bittet sie, an der Beerdigung morgen um 1 Uhr teilzunehmen. Wir werden den Gottesdienst draußen auf der Ranch abhalten. Mrs. Thompson wird dort beerdigt werden, nicht auf dem Friedhof in der Stadt.«

»Wir werden kommen.« Jonahs Stimme klang immer noch rau.

Lina hob bittend die Hand. »Bitte übermitteln Sie Mr. Thompson unser tiefstes Mitgefühl.«

»Ja, Ma'am, das werde ich tun.«

»Möchten Sie hereinkommen?« Sie deutete aufs Haus. »Etwas essen oder trinken?«

»Nein, Ma'am. Aber ich werde mein Pferd tränken.« Er nahm die Zügel auf. »Als Nächstes muss ich zu den Dunns.«

Jonah blickte den Cowboy an und reckte seine Schultern. »Würden Sie den Dunns bitte sagen, dass wir sie an der üblichen Stelle treffen, so dass sie Lina und meinen Sohn zur Beerdigung mitnehmen können? Wir haben keinen Wagen.«

»Ja, Sir, das werde ich.«

Jonah streckte den Arm aus. »Es gibt eine Abkürzung zu den Dunns. Kommen Sie, ich zeige Ihnen, wo sie beginnt. Wenn Sie die benutzen, sparen Sie eine Stunde.«

»Danke, Sir.«

Lina konnte die Welle der Trauer, die sie überrollte, nicht aufhalten. Weinend stürmte sie ins Haus und das Schlafzimmer, riss die oberste Schublade der Kommode auf. Sie griff nach einem Stapel Taschentücher und verstreute getrocknete Rosenblüten über den Boden. Nach der Stärke der Gefühle, die in ihr aufwallten, zu urteilen, würde eines wohl nicht ausreichen. Sie putzte sich die Nase in dem duftenden Leinentuch und trug den Rest nach draußen, wo sie zum Rand des Hofes ging. Ihre Tränen hörten nicht auf zu fließen.

Jonah hatte dem Cowboy den Weg zu den Dunns gezeigt und kehrt gerade zurück, sein Gesicht verkniffen. Ohne ein Wort nahm er sie in die Arme und hielt sie.

»Ich kannte sie nur zehn Minuten, Jonah.« Linas Weinen verwandelte sich in ein Schluchzen. »Nur zehn Minuten.

Und trotzdem fühle ich mich, als hätte ich einen liebe Freundin verloren. Oh, der arme, arme Mr. Thompson. Man konnte sehen, wie gut sie zueinander passten ... wie glücklich sie zusammen waren. Ich kann mir nicht vorstellen, wie er sich fühlen muss.«

»Ich schon«, sagte Jonah leise. »Nur zu gut.«

Bei diesen Worten flossen ihre Tränen für ihren Mann, denn er wusste genau um Wyatt Thompsons Qual. Sie vermutete, dass die Nachricht von Alicias Tod den Schorf von seiner schmerzenden Wunde gerissen hatte. Aber er war ein Mann, und Männer weinten nicht. Daher weinte sie für ihn.

Er küsste ihre Stirn und hielt sie, bis ihre Tränen versiegten.

Lina zog sich weit genug zurück, um ihre Nase zu schnäuzen, dann legte sie den Kopf zurück auf seine Schulter, dankbar für die starken Arm, die sie festhielten. Wenn sie in der Vergangenheit getrauert hatte, hatte sie dies allein getan. In einer Familie, in der alle um ihren Bruder Luigi trauerten, der sich das Leben genommen hatte, lösten gemeinsame Gefühle bloß emotionale Reaktionen aus, besonders bei ihrer Mutter. »Danke.«

»Wofür?« Jonah klang überrascht. Er zog sich sanft zurück, um sie anzusehen.

»Nur dafür. Dass du mich hältst. Mich weinen lässt. Mir nicht sagst, dass es lächerlich ist, so aufgewühlt zu sein, weil ich sie nicht einmal richtig kannte.«

»Ich hatte sie auch erst getroffen und bin ebenfalls traurig. Sie hatte das Talent, dass andere sie gern hatten. Vielleicht, weil sie die anderen gern hatte.«

Sie hob den Kopf und starrte ihn fragend an.

»Mrs. Thompson blieb bei mir stehen, um mit mir zu reden bevor sie zu Euch ging. Genauer gesagt blieb sie stehen, um *Adam* zu bewundern. Sie sagte mir, was für ein schönes Kind er sei ...« Seine Stimme brach.

»Was für ein wunderschönes Geschenk sie dir gemacht hat – Adam zu akzeptieren. Was du am meisten wolltest.«

Jonah sah auf sie hinunter, seine grünen Augen voller Schmerz. »Mrs. Thompson sagte, dass sie schon glücklich wäre, wenn ihr Kind nur halb so wunderbar wäre, wie er.«

Die Tränen wallten wieder auf, doch sie zwinkerte sie fort. »Ich bin sicher, dass es so ist. Ihr Kind muss wunderschön sein.«

»Wir werden Christine Alicia morgen selbst sehen.«

»Ich hoffe, ich werde sie halten dürfen. Darum werde ich wohl mit jeder Frau aus der Stadt konkurrieren müssen.« Sie dachte an Mrs. Murphy und Mrs. Cobb. »Naja, mit fast jeder Frau.«

Jonah atmete langsam aus. »Wir gehen wohl besser wieder an die Arbeit. Dieses Feld wird sich nicht von selbst bepflanzen.«

»Ja.« Lina versuchte, ihren Mann anzulächeln, ihm zu versichern, dass alles in Ordnung war.

Jonah gab ihr einen Kuss auf die Stirn und wandte sich um, um zum Feld zurückzukehren.

Das Gefühl seiner Lippen auf ihrer Haut blieb, und Lina berührte die Stelle, bevor sie langsam die Hand sinken ließ. Sie schaute, dass Adam in Sichtweite war, im Dreck sitzend und mit einem Löffel in der Hand, den sie ihm vor einer Weile gegeben hatte.

Schwer seufzend kehrte Lina auf die Veranda zurück. Mit zitternden Hände nahm sie ihr hölzernes Stopfei wieder auf, das in Jonahs Socke steckte, und nahm auf der Bank Platz. Sie machte einen schiefen Stich, dann einen weiteren, bevor sie aufgab und ihre Hände in den Schoß legte.

Das ist nicht richtig!

Sie musste Socken stopfen, Essen kochen. Jonah hatte sich um das Feld zu kümmern. All die üblichen Aufgaben des Lebens.

Doch alltägliche Aufgaben zu erledigen, scheint so falsch zu sein!

Die ganze Welt sollte anhalten und den Verlust von Alicia Thompson betrauern – einer Frau, die überall dort, wohin sie gegangen war, die Sonne hatte scheinen lassen.

Was wird das bei Jonah auslösen?

Die Tränen stiegen wieder in Linas Augen und liefen über – wegen des Verlusts einer Freundschaft, für ein Baby ohne Mutter und einen Ehemann ohne Ehefrau … und vor allem für ihren Jonah, der so voller schmerzhafter Erinnerungen steckte.

Kapitel Einundzwanzig

Am nächsten Tag auf der Thompson-Ranch, an einem Tag
voller Sonnenschein, schien die ganze Welt den Tod von
Alicia Thompson zu betrauern, denn kein einziger Vogel
sang in dem Wäldchen von Espen, in dessen Schatten die
Wiese lag, in der sie zur Ruhe gebettet werden würde.

Lina stand zwischen ihrem Mann und Trudy in dem
riesigen Kreis von Menschen, die das offene Grab
umringten. Als sie auf den hölzernen Sarg Alicias
hinunterblickte, wollte sie weinen, während sie sich die
schöne Frau im Inneren der polierten Kiste aus Kiefernholz
vorstellte. *Gott sei Dank liegt ihr Baby nicht in ihren Armen.* Sie
schaute über das Grab zu Wyatt Thompson, der mit
steinernem Gesicht da stand, seine Tochter in den Armen
wiegend, sein Körper von der Trauer wie eingefroren, seine
grauen Augen wie Eiskristalle.

Neben ihm betupfte Mrs. Toffels ihre geröteten Augen
mit einem Taschentuch, dann schnäuzte sie sich die Nase.
Ihr Taschentuch war nicht das einzige, das man am heutigen
Tag sah. Die meisten Frauen und Männer wischten sich über
ihre Gesichter. Die Luft vibrierte schier vom Kummer der
anwesenden Trauergäste.

Lina schaute zu Jonah auf, der Adam eng an seine Brust

gedrückt hatte, und der ausdruckslose Ausdruck auf seinem Gesicht versetzte ihr einen schmerzhaften Stich ins Herz. Sie fragte sich, ob er Koko und Jessabelle ganz alleine beerdigt hatte, und nahm an, dass es wahrscheinlich so gewesen war. Sie konnte sich nicht vorstellen, wie qualvoll es sein musste, in diesem Augenblick allein zu sein, und wie es sich anfühlte, wenn einem der Trost einer liebenden Familie und von Freunden in solch einem tragischen Moment verwehrt blieb.

Reverend Norton stand am Kopf des Grabes, seine Frau an seiner Seite. Obwohl er den Gottesdienst bei einer Beerdigung schon oft abgehalten haben musste, hielt er oft inne, als müsse er seine eigenen Gefühle kontrollieren. Er holte zitternd Atem und las aus Jesaia: »Fürchte dich nicht, denn ich bin mit dir; weiche nicht, denn ich bin dein Gott.« Seine Stimme wurde fester. »Ich stärke dich, ich helfe dir auch, ich erhalte dich durch die rechte Hand meiner Gerechtigkeit.«

Die bekannten Wort trafen Lina wie ein Schlag, und sie erinnerte sich an das letzte Mal, als sie sie gehört hatte – auf der Beerdigung ihres Bruders. Sie unterdrückte ein schmerzerfülltes Stöhnen, dachte an diese dunkle Zeit, als sie dreizehn Jahre alt gewesen und ihr Bruder von eigener Hand gestorben war. Ihre Trauer um Luigi kam zurück, so frisch und roh, als hätte sie ihn erst gestern verloren. Sie schwankte von der Anstrengung, keine Klagelaute von sich zu geben. Die Menschen in Sweetwater Springs klagten nicht, wie ihre Familie es getan hatte. Sie waren … stoisch, doch sie wusste, dass sie tief um die lebenslustige Alicia trauerten.

Jonah legte ihr eine stützende Hand unter den Ellbogen.

Dankbar für seine Unterstützung, lehnte sie sich an ihn.

Von der anderen Seite warf ihr Trudy einen besorgten Blick zu, hob fragend die Augenbrauen. »Ist alles in Ordnung?«, flüsterte sie.

Lina nickte, war sich aber bewusst, dass sie ihre Freundin

anlog. Zusätzlich zu ihrer Traurigkeit, fühlte sie sich schwermütig und niedergeschlagen. Wegen Alicias Tod könnte Jonah ihr eventuell die Kinder verweigern, die sie sich immer gewünscht hatte. Ihre Ehe würde fruchtlos bleiben. Ihr Ehemann würde in seinem melancholischen Zustand verweilen. Denn auch wenn seine Laune in der letzten Zeit leichter zu sein schien und er sich die Mühe gemacht hatte, sich unter Leute zu begeben, blieben ihre Zweifel bestehen. *Hat er sich in seinem Inneren wirklich geändert? Was, wenn das nicht der Fall ist? Was, wenn er wie Luigi ist, auf dem Weg an den Abgrund, nun da Adam meinen Schutz und meine Fürsorge hat?*

Trotz ihres Altersunterschiedes waren Lina und ihr Bruder besonders eng befreundet gewesen. Sie war ihm näher gewesen als all ihren anderen Geschwistern. Sie, mehr als alle anderen, hatte von Luigis Kampf mit seinen inneren Dämonen gewusst und oft versucht, ihn durch Scherze oder Drängen in eine bessere Laune zu versetzen. Manchmal besserte sich seine Lage, und die ganze Familie atmete erleichtert auf. Nur Wochen bevor er sich schließlich tötete, hatte er glücklicher gewirkt als je zuvor, seine Gefühle ausgeglichen. In der Nacht bevor er starb, hatte er mit ihnen beim Abendessen gelacht und gescherzt, als ob alles in Ordnung wäre. An diesem Abend waren sie so voller Freude gewesen, bevor er das Gebilde ihrer Familie zerrissen hatte.

Auf Luigis Beerdigung hatte ihre Mama seinen Namen herausgeschrien. Papa, seine Frau in den Armen, hatte laut geweint. Die Tränen rannen seine Wangen hinunter – das erste Mal, dass sie ihn hatte weinen sehen. Nonna und Nonno hatten aneinander gelehnt wie zwei alternde Bäume, die von einem Wind gepeitscht wurden, dem sie nicht widerstehen konnten. Doch Lina hatte mit trockenen Augen und voller Wut dagestanden und sich erbittert gewünscht, dass Luigi am Leben wäre, so dass sie ihn anschreien und mit Gegenständen bewerfen könnte. Sie wollte mit den Fäusten auf seine Brust eintrommeln, bevor sie in seinen Armen zusammensank und das Schlagen seines Herzens hörte. *Seines lebenden Herzens!*

Doch das sollte nicht sein. Die Napolitanos hatten den Stoff, aus dem ihre Familie gewoben war, geflickt, doch nichts hatte die Lücke in ihrem Herzen, die Luigi hinterlassen hatte, füllen können.

Egal, wie sehr ich es auch versucht habe, ich konnte meinen Bruder nicht retten. Und Jonah kann ich auch nicht ändern … Egal, wie sehr ich ihn liebe. Ihr Herz krampfte sich zusammen, als sie das erkannte – ein Schmerz, den sie beinahe körperlich spüren konnte. *Ich war mir sicher, dass ich ihn glücklich machen, ihm Kinder schenken und ihn zurück in die Gesellschaft bringen könnte. Doch das ist vielleicht unmöglich.*

Langsam zog sich Lina aus seinen stützenden Händen zurück.

Jonah muss selbst das Leben wählen.

Jonah hatte das Gefühl, er wäre wieder acht, hielte die Hand seines Vaters und stünde am Grab seiner Mutter auf dem Friedhof hinter der Kirche. Um sie herum ballte sich die Menge, wenn sie auch nicht so groß war wie heute; in den zwanzig Jahren seit dem Tod seiner Mutter war die Stadt gewachsen.

Er erinnerte sich an die Verwirrung eines Kindes, das weder die Endgültigkeit des Todes verstand, noch die Intensität der Gefühle, die es umgab; das nicht wollte, dass seine Mutter im Himmel war; und vor allem nicht das erdrückenden Gefühl der Schuld verstand. Das Baby hatte sie getötet – der Bruder, um den er gebetet hatte. Und wegen dieser Bitten an den Allmächtigen, glaubte Jonah, war es seine Schuld, dass seine Mutter gestorben war.

In dieser Nacht versank sein Vater das erste Mal in Trunkenheit. Er hatte am Tisch gesessen und geweint. »Es ist meine Schuld, dass deine Mutter uns verlassen hat, Jonah. Wenn wegen mir nur nicht das Baby in ihr gewesen wäre!«

Während er da stand und dem Weinen von Mrs. Toffels und den anderen lauschte, begriff er auf einmal. Er nahm einen schmerzhaften Atemzug. *Ich trage doppelte Schuld.* Auch wenn er sich nach Kokos Tod nicht betrunken hatte, hatte er das Gleiche geglaubt wie sein Vater. Er hatte seine Frau ermordet, so sicher, als hätte er sie mit einem Messer erstochen. Und er hatte keine weitere Verantwortung für den Tod einer anderen Frau gewollt, seiner Lina.

Als wäre ich die Hand Gottes und besäße solche Macht.

Jonah blickte nach unten und sah Tränen in Linas Wimpern glitzern. Er spürte die Liebe und das Mitgefühl der Menschen, die ihn umgaben. Geteiltes Leid. Vervielfacht, vielleicht, aber auch emotionale und – er sah Reverend Norton an – *geistige* Unterstützung, die sein Vater sich selbst verwehrt hatte. *Und ich habe das Gleiche getan.*

Adam gab einen qualvollen Laut von sich und wand sich, um heruntergelassen zu werden. »Schhh, mein Sohn«, flüsterte er, und wiegte den Jungen ein bisschen.

Lina streckte ihre Hände aus. »Lass mich ihn nehmen«, sagte sie leise.

Er reichte ihr das Kind, doch nicht, bevor er Adam einen Kuss auf die Stirn gedrückt hatte. *Dank sei Gott für meinen Sohn.* Ohne ihn wäre Jonah sicher genauso geworden wie sein Vater. Er sah den Abgrund nun ganz deutlich vor sich – eine tiefe dunkle Schlucht, an deren Rand er schwankend stand und in die er hineingestürzt wäre.

Nun sah Jonah Lina zärtlich an. Er war vom Abgrund zurückgetreten und hatte diese Frau geheiratet, die ihr Bestes tat, um ihn ins Licht zu bringen.

Ich werde stärker versuchen, den Weg mit ihr zu gehen.

Kapitel Zweiundzwanzig

Nachdem die Dunns Lina am Pfad im Wald abgesetzt hatten, der nach Hause führte, stieg Jonah vom Pferd und ging neben seiner Frau, während Adam weiter auf Scout saß. Sie und der Junge waren ungewöhnlich still. Jonah hatte gar nicht gemerkt, wie sehr er sich an Linas Geplauder gewöhnt hatte, und ihr Schweigen verursachte ihm Unbehagen. Die Beerdigung schien sie genauso tief berührt zu haben wie ihn. Vielleicht war er derjenige, der damit anfangen musste zu reden. *Wenn wir zu Hause sind*, versprach er sich selbst.

Auf halbem Weg zum Haus blieb Jonah stehen und starrte den Wildwechsel entlang, der vom Hauptpfad abzweigte. Ihm war eine Idee gekommen.

»Was ist?«

»Kokos Grab liegt in dieser Richtung, ungefähr fünfzehn Minuten zu Fuß entfernt.«

Linas Blick folgte dem Pfad. »Möchtest du alleine gehen? Ich kann dem Pfad nach Hause folgen.« Ihr Lächeln flackerte. »Ich kann sogar Scout führen. Wir kommen schon alleine klar.«

Gerührt von ihrem Angebot, strich Jonah mit einem Finger über ihre Wange. *Meine Frau besitzt ihre eigene Art Tapferkeit, die in ihrem fürsorglichen Herzen verwurzelt ist.* »Du kannst mitkommen. Aber es ist nur ein Wildwechsel, und wir werden hintereinander gehen müssen. Ich werde Adam auf die Schultern nehmen, so dass du dich nicht den ganzen Weg über um ihn kümmern musst.«

Ihre Mundwinkel wanderten nach oben, doch das Lächeln änderte nichts an dem traurigen Blick in ihren Augen.

Er griff nach Adam, hob ihn vom Pferd und setzte ihn auf seine Schultern.

Der Junge gluckste und schlug gegen seinen Hut, so dass dieser verrutschte.

»Schluss damit.« Er nahm seinen Hut ab und trug ihn in der Hand. »Glaubst du, du kannst Scout führen?«

Lina blickte bleich von ihm zum Pferd. Sie streckte die Hand aus.

»Braves Mädchen«, sagte er sanft und reichte ihr die Zügel. »Wenn das so weitergeht, sagst du mir bald, dass du soweit bist zu reiten.«

Diesmal schien ihr Lächeln etwas breiter zu sein. »Bald.« Vorsichtig tätschelte sie Scouts Hals.

Er ging den Pfad entlang, darauf bedacht, auf die tiefhängenden Äste zu achten. Manchmal musste er Adam von den Schultern nehmen und sich unter einem hindurch ducken.

Nach kurzer Zeit erreichten sie die Lichtung, auf der Koko und Jessabelle begraben waren. Das Gras stieg einen sanften Hügel hinan. Eine Brise wehte durch das immergrüne Gehölz, wobei es den würzigen Duft der Kiefern zu ihnen trug und die Blätter der Pappeln am Rande der Lichtung sowie der alten Eiche, die ihre dicken Äste über das Grab ausstreckte, rascheln ließ.

Jonah tauschte Adam gegen Scouts Zügel. Schweigend nahm er dem Wallach Sattel und Zaumzeug ab, erlaubte ihm zu grasen, und breitete die Satteldecke neben dem Grab aus. Er und Lina setzten sich und sahen Adam dabei zu, wie er lachend einen Schmetterling jagte. Ohne es zu wissen, rannte er über das Grab seiner Mutter und seiner kleinen Schwester. Jonah stellte sich vor, wie Kokos Geist, mit ihrer Tochter in den Armen, ihrem Sohn beim Spielen zusah. *Sie wäre begeistert von Lina,* dachte er. *Wie sie Freude zurück in Adams Leben gebracht hat. In mein Leben.*

Linas Blick folgte dem Jungen. »Seit ich hierhergekommen bin, wollte ich ihn lächeln sehen.« Tränen stiegen ihr in die Augen. »Ihn an solch einem traurigen Tag glücklich zu sehen… Er ist das Licht in der Dunkelheit.«

»Kokos Leute haben ein Sprichwort … 'Was ist das Leben?'«, zitierte Jonah. »'Es ist das Leuchten eines Glühwürmchens in der Nacht. Es ist der Atem des Büffels im Winter. Es ist der kleine Schatten, der über das Gras huscht und sich im Sonnenuntergang verliert.'«

»Das ist wunderschön«, murmelte Lina. »Und so wahr.« Die Brise löste lockige Strähnen aus ihrem geflochtenen Haarknoten.

Jonah langte nach einer ihre Korkenzieherlocken und zog vorsichtig daran, bis sie gerade war. »Alicias Tod hat dich wirklich getroffen.« Er ließ die Locke los und beobachtete, wie sie wieder an ihren ursprünglichen Platz zurücksprang.

»Findest du meine Reaktion eigenartig?«

Er schüttelte den Kopf. »Sie hat es in zehn Minuten geschafft, dass eine Freundschaft zwischen euch entstand. Ich bin mir sicher, dass du Jahre mit anderen dir bekannten Frauen verbracht hast und sie nicht annähernd so sympathisch fandest.«

»Ja.« Sie atmete langsam aus. »Und ich fühle mit Wyatt Thompson. Er hat sie so geliebt. Ich kann mir nicht ansatzweise vorstellen, wie groß die Qual ist, die er empfindet.« Sie sah ihn offen an. »Und ich sorge mich um dich − dass dieser Tod…« Sie streckte die Hand aus und tätschelte die Oberfläche des Grabes.

Er starrte das Kreuz an, kämpfte damit, seine Gefühle in Worte zu fassen. »Das erste Mal sah ich Koko, als sie ihr Pferd ritt, lachend, die Haare im Wind wehend. Ihre Energie nahm mich sofort gefangen.« Die Erinnerung ließ ihn lächeln. »Ich musste erbittert mit ihrem Vater handeln, bevor er uns zu heiraten erlaubte. Zum Glück war der junge Mann, dem sie als Kind versprochen worden war, gestorben. Sie hat mich vier Pferde und fünfzig Dollar gekostet.«

Lina riss die Augen auf. »Du hast für sie bezahlt?«

Spielerisch stieß er ihr den Finger in die Seite. »Ich habe auch für *dich* gezahlt, Weib.«

Sie rollte mit den Augen. »Für mein Zugticket und die Agenturgebühr.«

Sein Gesichtsausdruck wurde ernst. »Als sie und Jessabelle starben ...« Er streckte die Hände von sich. »Lina, ich hatte das Gefühl, dass ihr Tod meine Schuld war. Ich habe geglaubt, dass alles, was ich berühre, stirbt – meine Mutter, Koko und meine Tochter ... ich dachte, dass ich Unglück bringe, dass meine Eltern mir den richtigen Namen gegeben haben.«

»Oh nein, Jonah!« Lina legte eine Hand auf sein Knie. »Deine Mama, Koko ... sie *wollten* diese Babys. Waren daran beteiligt, sie zu bekommen.«

»Heute habe ich das viel klarer gesehen. Vor gestern hätte ich gesagt, Thompson ist der glücklichste Mann hier in der Gegend – wohlhabend, eine große Ranch, eine wundervolle Frau, die er vergötterte ...«

»Der Tod sucht alle Familien heim«, sagte Lina, seinem Blick ausweichend.

Die Bitterkeit in ihrer Stimme zu hören brachte ihn dazu, ihr Gesicht genauer anzuschauen und ihren verletzten Gesichtsausdruck zu sehen. »Wer ist in deiner gestorben?«

»Mein Bruder Luigi hat sich erhängt, als ich dreizehn war«, sagte sie mit stockender Stimme. »Er war mein

Lieblingsbruder – das zweitälteste Kind. Er hatte immer Zeit für mich, hat manchmal sogar mit Puppen mit mir gespielt. Doch als er älter wurde, war er nicht glücklich. Ich konnte seine Melancholie sehen und versuchte alles, damit er sich besser fühlte.« Sie schüttelte den Kopf, wrang die Hände in ihrem Schoß. »Es gab nur kurze gute Momente, dann versank er wieder.«

Jonah legte einen Arm um sie.

Lina legte den Kopf auf seine Schulter und fuhr fort, ihm die tragische Geschichte eines jungen Mannes zu erzählen, der kein Glück finden konnte.

Während er der Geschichte lauschte, erkannte Jonah sich in Luigis innerem Kampf wieder, denn auch er hatte oft mit dunklen Seelenzuständen gerungen.

An einem Punkt brach Linas Stimme und sie fing an zu weinen. Da er sich hilflos fühlte, ihr den Schmerz zu nehmen, blieb Jonah nur, sie zu festzuhalten. Ihre Tränen verwandelten sich in tiefe Schluchzer, die ihren Körper schüttelten, und er verstärkte seine Umarmung.

Adam kehrte zu ihnen zurück, sein Gesicht besorgt. Er ließ sich neben sie plumpsen und tätschelte Lina. »Mmmma.«

Mit der Zeit wurden ihren Schluchzer weniger, bis Lina schniefte und ein Taschentuch aus ihrem Ärmel zog. »Gut, dass ich heute genug davon mitgenommen habe«, murmelte sie, während sie sich aufsetzte, um ihr Gesicht zu trocknen und ihre Nase zu putzen. »Ich habe nie um Luigi geweint.« Linas Augen und Nase waren rot, aber sie sah schön aus in ihrer Verletzlichkeit. »Zuerst war ich zu wütend.«

Da er spürte, dass sie nicht mit einer Erwiderung rechnete, strich er eine Locke beiseite, die an ihrer feuchten Wange festklebte.

»Ich fühle mich …« Lina stoppte, und ihre Augen nahmen einen abwesenden Blick an. »Ich weiß nicht, ob *besser* das richtige Wort ist. Als ob etwas Unverarbeitetes und

Wütendes, das ich zu lange mit mir herumgetragen habe, sich geändert hat … Getröstet? Beruhigt?« Sie schüttelte den Kopf. »Ich weiß es nicht. Es fühlte sich gut an, über ihn zu reden. In unserer Familie tun wir das nie, denn dann weint Mama immer.«

Jonah lächelte sie zärtlich an. »In der ersten Nacht, in der du hier warst, hast du mir angeboten, wann immer ich wollte, mit mir über Koko zu reden. Das hat mir eine Menge bedeutet, und ich bin froh darüber, dass ich es tun konnte – auch für dich. Ich bin sicher, du hast eine Menge Geschichten über Luigi zu erzählen. Du kannst sie zu denen hinzufügen, die du uns zum Abendessen erzählst.«

Lina lachte und gab ihm einen Kuss auf den Mund, dann beugte sie sich herüber um Adam zu drücken. »Da wir gerade von Abendbrot sprechen … Wir sollten am besten nach Hause gehen, sonst werden wir erst um Mitternacht essen!«

Am nächsten Morgen, als er die Kuh fertig gemelkt hatte, trug Jonah den halbvollen Eimer Milch zum Haus. Nachdem er die Veranda überquert hatte, veranlasste ihn etwas, in der Tür stehen zu bleiben.

Lina stand am Ofen, summend und in dem allgegenwärtigen Topf Minestrone rührend. Sie schien mit einer neuen angefangen zu haben, denn als Kokos Familie zu Besuch gewesen war, waren sie bis auf den Boden des Topfes vorgedrungen.

Das nun vertraute Aroma ließ Jonah das Wasser im Mund zusammenlaufen, erinnerte ihn aber auch an den ersten Morgen, an dem Lina die Suppe gekocht hatte. *Sie heilt Herzschmerz*, behauptete ihre Nonna. Und sie hatte recht gehabt.

In ein paar kurzen Wochen hatte Lina ein leeres Heim und zwei verletzte Männer – selbst wenn der eine erst zwei war – genommen und daraus eine Familie gemacht. In diesem Moment wusste Jonah, dass er nach Hause gekommen war. Mit leichtem Schritt trat er ein.

Sie wandte sich zu ihm um und lächelte. »Ah, genau richtig. Gieß bitte die Milch in die Gläser, ja?«

»Nach dem Frühstück werde ich einen Ausflug in die Stadt machen.«

Sie starrte ihn aus großen Augen an. »In die Stadt? Da warst du doch erst. Wir brauchen nichts.«

Ein Lachen stieg in ihm auf. »Wir brauchen etwas Heidelbeermarmelade«, sagte er mit unbewegter Miene.

Kopfschüttelnd legte Lina den Holzlöffel weg und ging zu Adam. Sie nahm den Jungen hoch. »Was ist nur mit deinem Papa los?« Lina sprach mit dem Kind, als wüsste es die Antwort.

»Paa.«

»Ja, dein Pa. Er hat Sweetwater Springs früher gemieden wie die Pest. Und nun, Sonntag eingeschlossen, ist er dreimal in der Woche dort gewesen.« Sie schüttelte den Kopf und hätschelte die Wange des Jungen. »Lass uns etwas essen, *Carissimo*, und deinen Tag beginnen. Um deinen Papa kümmern wir uns später.«

Jonah beobachtete amüsiert das Nebengeplänkel. *Oh ja, meine Liebe. Das wirst du bestimmt tun.*

Kapitel Dreiundzwanzig

Die Morgenarbeiten waren so gut wie erledigt und Adam machte ein Nickerchen, als Lina das Geräusch von Hufschlag und das Knarren von Wagenrädern vernahm. Verwundert sah sie nach dem Jungen, dann ging sie zur Tür.

Die Pferde kamen ihr bekannt vor, und Lina sah, dass der Fahrer niemand anderer war als Jonah. Sie schnappte nach Luft, eilte über die Veranda und trottete die Stufen hinunter.

Jonah zog die Bremse an und sprang vom Kutschbock, die Zügel noch in der Hand.

Als sie ihn erreichte, legte er ihr schwungvoll die Zügel in die Hände. »Ihr Triumphwagen, Mylady.«

Ihr Mund öffnete und schloss sich wie bei einem Fisch. »Meiner?« Hoffnung stieg in ihrem Herzen auf.

»Deiner«, sagte er und streckte ihr die Hand entgegen. »Komm, kletter rauf.«

Mit einem glücklichen Lachen tat Lina, worum er sie gebeten hatte.

Einmal auf dem Kutschbock, stieg ihr Mann neben ihr hinauf. »Nun, was denkst du?«

»Oh, Jonah!« Tränen schossen ihr in die Augen. Eine lief ihre Wange hinunter.

Mit einem Finger wischte er die Feuchtigkeit fort. »Du verdienst die beste aller Kuschen mit samtbezogenen Sitzen und einem Gespann weißer Pferde mit Federn auf dem Kopf, die sie ziehen.«

»Sei nicht albern, *caro marito*.« Doch innerlich jubelte sie über seine romantischen Worte. »Wie? Wie?«, stotterte sie, während ihre Hand hin und her fuhr, um auf den Wagen zu deuten.

»Ich habe gestern bei den Thompsons mit Mack Taylor gesprochen. Er hatte eine, die er von einer Familie gekauft hatte, die zurück in den Osten gegangen war. Weil er sie günstig erworben hatte und der Wagen nur herumstand und Platz wegnahm, überließ er ihn mir billig.« Er machte eine Pause. »Es tut mir leid, dass ich zu stur war, einen zu kaufen.«

Lina starrte ihn aus großen Augen an.

»Ich wollte nicht, dass du siehst, wie die Leute mich ansehen ... wie sie mich behandeln. Wollte nicht dabei zusehen, wie du den Respekt vor mir verlierst. Oder noch schlimmer: dabei zusehen müssen, wie die Stadt das Urteil über mich auf dich überträgt – wie du Schmerz und Schande erdulden musst, nur weil du mich geheiratet hast, ohne zu wissen, worauf du dich einlässt. Stattdessen habe ich dir wehgetan. Habe unnötigen Aufruhr in unsere Ehe gebracht.«

Er betrachtete ihre ausdrucksvollen Augen, als sie verarbeitete, was er gerade gesagt hatte.

Er sah, wie der Schalk darin aufleuchtete. »Solange du das nie wieder tust«, gab sie vor ihn zu tadeln.

Jonah lachte. »Pater Fredrick wird diesen Sonntag da sein«, erinnerte er sie. »Wir werden in der Lage sein, selbst in die Stadt zu fahren.«

»Ja!«, stieß Lina glücklich aus und legte eine Hand auf seine Wange. »Du hättest mir nichts schenken können, was mir besser gefällt.«

Sich dicht zu ihr beugend hob er eine Augenbraue. »Nichts? Ich dachte, ich könnte mich daran erinnern, dass du Babys wolltest.«

Babys! Ihr Herz machte einen Satz vor Hoffnung. Lina kniff die Augen zusammen, als sie ihn ansah, und senkte die Hand. »Spiel nicht mit mir, Jonah Barrett!«

Mit einem Ruck seines Daumens deutete er auf die Transportfläche des Wagens. »Egal ob Verletzung, Krankheit oder Geburt, wir können Doc Cameron jederzeit erreichen. Kein Grund, hier draußen vor sich hin zu leiden.«

Mit sanftem Blick ließ Lina einen langen Seufzer entweichen.

»Ich liebe dich, Lina. Du hast Sonnenschein in mein Leben gebracht.« Jonah zog sie an sich. »Wir werden ein Baby nach dem anderen angehen. Ich bin bereit, es *einmal* zu versuchen. Aber nur, wenn du versprichst, nicht zu ….«

»Das werde ich nicht! Ich verspreche es.« Lina kicherte und schlängelte sich näher an seinen Mund, bis ihrer nur noch Zentimeter von seinem entfernt war. »*Ti amo, mio marito.*«

Er hob eine Augenbraue. »Und das heißt …?«

»Ich liebe dich, mein Ehemann«, wiederholte sie. »Ich werde dich und Adam und mein neugeborenes *Bambino nicht* verlassen«, sagte Lina fest, bevor sie ihre Lippen auf die seinen presste.

Meine lieben Freunde,

während ich dies schreibe, frage ich mich, ob überhaupt noch eine von Euch in der Versandbräute-des-Westens-Agentur lebt oder ob Ihr bereits Eure eigenen Abenteuer mit Euren neuen Ehemännern begonnen habt.

Ich möchte, dass Ihr alle wisst, dass ich mein Glück als Frau von Jonah Barrett und Mutter eines kleinen Sohnes, Adam, den ich wie mein eigenes Kind liebe, gefunden habe.

Das Leben in Sweetwater Springs (einer idyllischen Stadt) war nicht so, wie ich erwartet hatte, besonders weil Trudy mich nicht dahingehend gewarnt hatte, dass es hier keine katholische Kirche gibt. Zu ihrer Verteidigung muss ich sagen, dass sie nicht wusste, dass dem so ist. Daher rate ich Euch allen, Euren jeweiligen Bräutigamen zu schreiben und Euch nach den Kirchen zu erkundigen, die es dort gibt, wo sie leben. Jedenfalls haben Mr. Barrett und ich uns an eine Mischung gewöhnt und besuchen die protestantische Kirche, außer an Sonntagen, an denen der reisende katholische Priester die Messe abhält.

Wie Ihr wisst, war mein Ehemann vorher mit einer indianischen Frau verheiratet. Stellt Euch meine Überraschung vor, als ihr Bruder eines Tages mit einer Frau für Mr. Barrett auftauchte! Nachdem mein Mann und ich unseren Schock überwunden hatten, war der Besuch ausgesprochen erfreulich − oder zumindest so erfreulich, wie er sein konnte, wenn man bedenkt, dass ich die Sprache der Gäste nicht verstand. Nachher verließen sie uns wieder, und Mr. Barrett endete nicht mir zwei Frauen.

Aber wir hatten zwei Hochzeitszeremonien! Die erste mit dem gütigen Reverend Norton und die zweite mit Pater Fredrick, einem Priester, der seine katholische Herde einmal im Monat besucht, vorausgesetzt das Wetter erlaubt es.

Wir haben liebenswerte Nachbarn, die Familie Dunn, die eine Ranch nördlich von uns besitzen. Mr. Gideon Walker, unser nächster Nachbar im Süden, ist ein schüchterner Mann, der im Wald lebt und die wunderschönsten Möbel herstellt − wirklich einzigartige Stücke − und der eine richtige Leseratte ist. Darcy, Du und er teilt denselben Geschmack, was Bücher angeht! Solltest Du Dich entscheiden, ein zurückgezogenes einfaches Leben mit einem Mann zu führen, mit dem Du über Philosophie sprechen kannst, dann habe ich den perfekten Mann für Dich.

Ich habe das Glück, nahe einer Stadt zu leben, in der ich Trudy Flanigan jeden Sonntag sehen kann. Ja, unsere Trudy lenkt selbst einen

*Wagen und wirkt bereits wie eine erfahrene Frau aus dem Grenzland.
Ich hoffe, dass ich auch bald den neuen Wagen zu fahren lerne, den Mr.
Barrett mir vor kurzem gekauft hat.*

*Meine Damen, es gibt noch viele Gentlemen in Sweetwater Springs,
die zu haben sind, und ich hoffe, dass noch mehr von Euch sich
entscheiden, Trudy und mir in diese Stadt zu folgen, in der wir liebevolle
Ehemänner und eine sympathische Gemeinschaft gefunden haben.*

Alles Gute.

Mrs. Jonah Barrett, geb. Lina Napolitano

Auf dem Bett sitzend, las Lina den Brief noch einmal,
bevor sie das Papier zusammenfaltete und in den Umschlag
schob. Mit einem Blick auf ihren Sohn, der im Beistellbett
döste, stand sie auf und machte sich auf die Suche nach
ihrem Mann, dem sie vertrauen und den sie lieben gelernt
hatte.

ENDE

Um mehr über das Erscheinen zukünftiger Bücher zu
erfahren, melden Sie sich für Debra Hollands Newsletter an:
http://debraholland.com

Buchreihe der *Himmel über Montana*

In chronologischer Reihenfolge:

1882
Unter dem Himmel von Montana

1886
Versandbräute des Westens: Trudy
Versandbräute des Westens: Lina
Versandbräute des Westens: Darcy
Versandbräute des Westens: Prudence
Versandbräute des Westens: Bertha

1890er
Grace: Als Braut in Montana
Der Wilde Himmel über Montana
Der Sternenhimmel über Montana
Stormy Montana Sky
Der Weihnachtshimmel über Montana
Der Gemalte Himmel über Montana
A Valentine's Choice
Irish Blessing
A Rolling Stone
Glorious Montana Sky
Healing Montana Sky
Sweetwater Springs Scrooge
Sweetwater Springs Christmas
Mystic Montana Sky
Singing Montana Sky
My Girl
Bright Montana Sky
Montana Sky Justice
A Late-Blooming Rose
Beyond Montana's Sky (*May 1, 2020*)

2015
Angel in Paradise

Über Die Autorin

Debra Holland, New York Times- und USA Today-Bestsellerautorin, war drei Mal unter den Finalisten für den Golden Heart Award der Romance Writers of America und hat ihn einmal gewonnen. Sie ist Autorin der *Buchreihe Der Himmel über Montana*, romantische und historische Western-Liebesromane, und der Reihe *The Gods' Dream Trilogy*, Fantasy-Liebesromane. Im Februar 2013 hat Amazon *Starry Montana Sky* als eine der 50 größten Liebesgeschichten ausgewählt.

Debra hat auch ein Sachbuch mit dem Titel *The Essential Guide to Grief and Grieving* bei Alpha Books (einem Tochterunternehmen von Penguin) veröffentlicht. Ein kostenloses E-Booklet ist auf ihrer Internetseite erhältlich: http://drdebraholland.com: *58 Tips for Getting What You Want From a Difficult Conversation.*

So können Sie Kontakt zu Debra aufnehmen:
www.debraholland.com
Facebook: debra.holland.731
Twitter: @drdebraholland
Blog: drdebraholland.blogspot.com

www.ingramcontent.com/pod-product-compliance
Lightning Source LLC
Chambersburg PA
CBHW031715170626
46808CB00005B/1763